第一书记
驻村日记

张鑫华◇著

远方出版社

图书在版编目 (CIP) 数据

第一书记驻村日记 / 张鑫华著 . -- 呼和浩特 : 远方出版社，2018.10（2019.10 重印）

ISBN 978-7-5555-1172-4

Ⅰ . ①第… Ⅱ . ①张… Ⅲ . ①日记 – 作品集 – 中国 – 当代 Ⅳ . ① I267.5

中国版本图书馆 CIP 数据核字 (2018) 第 229136 号

第一书记驻村日记

DI-YI SHUJI ZHUCUN RIJI

作　　者　张鑫华
责任编辑　董美鲜　张利君
责任校对　莫　一
装帧设计　韩　芳
出版发行　远方出版社
社　　址　呼和浩特市乌兰察布东路 666 号　邮编 010010
电　　话　（0471）2236470 总编室　2236460 发行部
经　　销　新华书店
印　　刷　北京德富泰印务有限公司
开　　本　170mm×240mm　1/16
字　　数　214 千
印　　张　15.75
版　　次　2018 年 10 月第 1 版
印　　次　2019 年 10 月第 4 次印刷
印　　数　1—2 500 册
标准书号　ISBN 978-7-5555-1172-4
定　　价　42.80 元

序：走向广阔天地

今天是冬至。古人说“冬至一阳始”，是说这一天阴至极，阳始生，数九开始，意味着九九八十一天之后，又将迎来新一轮的春回大地，万物复苏。2017 年的冬天不冷，气候比较干燥，至今未像模像样地飘上一阵雪花，太阳暖洋洋地照着，炉火点燃后只需一袋烟的工夫，屋子就暖意融融了。窗外，那两只花喜鹊站在栅栏上叽叽喳喳地问候个不停，村里不时传出玉米脱粒机的轰鸣声，秋收的喜悦还在村庄上空弥漫，让人感觉冬天远未到来。

刚刚接受了市委组织部对派驻“第一书记”的考核，我知道，我很快就要离开这里了。南倒拉板村的山山水水，一草一木，父老乡亲的喜怒哀乐，都将化为我人生中的美好回忆。

不知谁传递了我要离开的消息，这几天来办公室的村民明显多了起来。他们有事没事就来坐一会儿，说不上几句话就走了，来了就是问候，他们不会说那些场面上的客套话。

64 岁的五保户郭根元，早上就喝了几杯酒，在我屋里来回走了好几圈，粗糙的大手梳拢着头上几根稀疏的头发，微醺醉眼，看着我嘿嘿嘿地笑半天不说话，小黑狗伸出右腿和我握手，似乎也有告别之意。两年多来，我已然和郭根元成了朋友，他进我的办公室很随意，凑到窗前看我在屋，推门就进来了。一小袋新摘下的白里透红的沙果，几个熟透了的带着阳光和泥土味道的西红柿，一把丁香树下的野蒲公英。总之，他会时不时地把菜园里新长成的时令瓜果送到我的办公桌上，并用含混不清的语言赞美这些绿色食品，我也送他点儿茶叶、酒或者从市里带来的东西，他从不推辞，也不说感谢之类的客套话，可能认为朋友之间就应该坦诚相见。收拾东西时，我把一些衣物都送给了他。他问我：“你真的要走吗？”我说：“真的走。”他问：“还回来吗？”我说：“会经常回来看大家的。”他又不解地说：“回去做甚，在哪干活还不是一样！”我就说了几句工作分工不同的话，不知道他是否听得明白。他不再问了，环视四周，似乎想帮我做点什么，又不知道该干啥。于是，转身去外面提了满满一桶煤块，把屋内的炉火捅旺，带着小黑狗走了。我心知他有情感，只是不知道怎么表达。

毛泽东曾说过，农村是个广阔天地，在那里是大有可为的。当初选择来农村任职，不过是想长点见识，了解一下那座山，那条河，那些人，那些事。真正住下来，耳濡目染、亲身经历的故事比想象中的要多很多。

2015 年，移民新村办公室和卫生室新建了 7 间房子，我住进来时，屋内墙壁的白灰尚未干透，我便成了这里的第一个“土著居民”。就在这间狭小的办公室兼卧室兼锅炉房内，我开启了两年半的驻村工作之旅。

20 多年的军旅生涯，在紧张忙碌的军营里，多忙于事务性工作，对读书“先天不足”，总想找时间弥补。这回终于有了时间，白天在鸡鸣犬吠声中工作，行走在绿野平畴，与村民百姓交流，倾听他们的喜怒哀乐，处理村内事务。晚上伴着无边的星光夜色秉烛夜读，听窗外北风呼啸，白杨树高调喧哗，徜徉于无涯的书海之中。

两年多时间，我先后读了上百册书籍，一开始漫无目的地读，喜欢什么就读什么，手上有什么书就读什么书，时间久了，开始找到点感觉。比如读《老子》，初读觉得晦涩难懂，然后又不满意通行版本的译注，遂四处查找词典，断句排列并标注解释，查询老子生卒年代的历史，站在更广阔的空间内看《老子》的成书背景，用心体悟老子博大精深的哲学思想，以及玄奥无极的修身治国之道。后来读《大学》《论语》《孟子》和《中庸》，读来读去，越读越感觉自己没文化，最后还得从《尔雅》开始学习，像小学生学字母和生字一样，转了一圈又回到了原点。

办公桌上一盆郁郁葱葱的文竹，一盆舒展着墨绿叶片的君子兰，还有一个小院第一次开荒长出的迷彩南瓜，黄绿色的斑纹对称分布，秋天时我摘下并放置在桌子右侧靠墙的一摞书上，不知是书香浸染还是其他什么缘故，一年多了，这个普通的南瓜竟没有枯萎腐败的迹象，像是昨天刚刚从灰白色的瓜秧上摘下来一般，引得很多来办公室的村民啧啧称奇。

门外的两只花喜鹊，每天在太阳升起的时候飞来与我见面，站在栅栏或窗台上叽叽喳喳地叫个不停。它们就在我这间屋子西侧 30 米外路边高高的白杨树上搭窝居住。我想，它们一定非常熟悉屋内发生的一切，听我对窗诵读经典，与村民煮茶交谈，看我在星光月色下读书写日记，第一缕晨曦到来时叫我起床。我深信，喜鹊是有灵性的鸟，喜欢和人类居住在一起，不然它在人世间的悲欢离合中飞来飞去的，怎么只会报喜不报忧呢？

新营子村所属4个自然村均以传统农业为主，水浇地不多，大多数村民们的收入虽在贫困线以上，但生活并不富裕。村委会是五六十年代的老房子，空间狭小，格局不合理。夏天还好说，冬天党员开会只能挤在两间连着的小屋子里，靠一个小火炉和两片电暖气取暖。全村56名党员中，常住党员就有35人，队伍虽然庞大，但作用发挥很不理想，加上阵地设施陈旧，也拿不出特色工作和亮点工作示人。驻村以后，我首先从党支部抓起，因为这是村子全面建设的"龙头"，龙头不抬，龙身难动，龙尾更摆不起来。抱怨解决不了任何问题，只能给大家传递负能量。我在讲党课时就给大家动员鼓劲，干工作和外在条件关系不大，江湖人称，剑不如人，但剑法要胜于人，我们的设施越陈旧，条件越差，就越要把工作抓好。当年毛主席住在西柏坡农家土院，照样指挥"三大战役"，共产党靠小米加步枪，还不是把飞机加大炮的国民党赶到了台湾！舒舒服服的环境未必就能干成事，艰苦的条件反倒更能激发人的潜能和斗志。

2016年春天，盛乐镇要在盛乐新村东侧102省道以南的400多亩地植树，分配给村里的任务是确定树苗的行距和株距，用木棍和白灰做出标记，然后镇里调用机器循着标记挖树坑。如果找村民干活，工钱也解决不了，村里一年只有5万元办公经费（2017年增加到8万元），本身就入不敷出。我们党支部和村委会几个人一商议，干脆自己干。地已经被拖拉机翻过了，脚踩进去，沙土顿时没过鞋面，春天本就风大，这又是一片开阔地，风一起，漫天黄沙，从头到脚全是土，总让我联想到在阿拉善边防遇到的沙尘暴。村支书王巧兰找了根百十米长的量地尼龙绳，村主任许峰从家里抱来几捆高粱秸秆，大家分成两组，量距的量距，扯绳的扯绳，做标记的做标记，一天下来，每个人都是灰头土脸。说心里话，这些年久在机关，基本上没干过这样的体力活，干到第三天的时候，大家连话都不想说，一个个拖着沉重的脚步在沙土里机械地劳动，最终如期完成了任务。

老子云：大象无形，大音希声。两年多时间如过眼云烟般逝去了，看似没什么轰轰烈烈的大事，但留下的果实是沉甸甸的。我们带领村"三委"成员，抓党建，抓学习，抓扶贫，抓治理，感觉都是些日常生活中的小事，但不知不觉间，变化自在其中。首先是工作标准提高了，来村检查的各级领导多了，奖牌和荣誉也多了，在盛乐镇2015、2016、2017年连续3年年终考评中，新营子村的全面建设在全镇29个行政村中一直名列前茅。2017年7月，村党支部被中共和林格尔县委组织部授予"全县先进基层党支部"称号，红彤彤的证书成了新营子村党支部的醒目标牌和鲜艳旗帜。

从一开始我就想，在驻村工作结束时，要把村干部干事创业的内在动力调动起来，把他们开展工作的能力培养出来，这才是长久之策。所以在工作中无论大小事，都是大家一起商量着办，整理党务和村务工作资料，也是集中组织进行，让他们在实践中学会工作流程和标准。到了后半年，大家已经配合得十分默契了，每项工作我只提标准要求，解决疑难问题，检查工作成果，大家对程序已经轻车熟路了。孟子说，集义养气。“气”是靠养的，一个集体的自信心也要积小胜为大成。随着一个个成绩的取得，村“三委”成员的工作热情日渐高涨，党支部的凝聚力也空前提高。现在有事需要召集人时，马上就可以集合起一二十名党员，不用说干的质量怎样，这种团结干事听招呼的氛围，就让许多外村的村干部们羡慕不已。

2017年“十一”长假期间，县委、县政府组织召开了“全县脱贫攻坚推进会”，要求各行政村在10月20日前，不漏一户、不漏一人地再次组织精准扶贫入户普查摸底工作。10月4日是中秋节，我们一商议，就是要抓住村民在家过节人员比较集中的时机，组织入户普查。村“三委”成员全部上阵，又临时动员了几名能写会算的老党员参加摸底工作，组成了四个小组入户普查，村民确认签字并现场拍照。大家分头行动，第一天就走完了77户，全村300多常住农户，只用了4天时间全部走完。在别的村子还在开会动员的时候，我们已经开始集中核算并装订整理归档了。

当然，村里的工作也不是完美的，也存在很多问题和不足。一个有着2000多常住人口的大村子，一点事没有是不正常的，上访告状、打闹纠纷、扯皮推诿的事时有发生。有问题不可怕，可怕的是不敢正视问题，回避问题。两年多时间，我曾苦口婆心地劝阻不明原委执意上访告状的村民，和十几个气势汹汹的村民针锋相对地拍桌子，与蛮不讲理的“钉子户”和告状户斗智斗勇，想方设法平息各种纠纷，协助受伤害的村民讨回公道，为特困村民和孤儿申请待遇，四处寻求社会救助等等。百姓无小事，在一个普通农民的心目中，家里的毛驴生病了，远比联合国召开大会要重要得多，因为他看不到后者和自己有什么关系，而毛驴却是占据心头的重要财产。说到底，是贫穷和文化素质低压缩了他们的眼界和人生格局。

在基层工作，只要你没有私心，把一碗水端平，凡事全力以赴，就没有解决不了的问题。因为没有个人恩怨，也就不存在解不开的疙瘩。正是在帮助村民解决一个个具体问题的过程中，也锻炼和成长了自己。

有些收获是无形的，汗水浇灌出的阅历和经验未必能说出来，但必将影响我一生的选择和决策，在生命中的重大关头，一定给予我一个清晰明了的答案。

如果你认真对待，生活中的美好无处不在。我在2015年9月住到移民新村这个小院后不久，白副支书夫妇也把医务室从家里搬过来，于是小院开始热闹起来。白天买药看病的村民人来人往，晚上我一个人守着7间房子读书写日记，累了就到院子里看星光月色。万亩滩的星星和城市的星星相比，又大又亮，特别抢眼，很多星座呈规则性分布，像数学老师在新黑板上用白粉笔勾画出的几何图形，让你怀疑在浩瀚苍穹中，是否有人在用星星摆下一盘大棋对弈。我留意过，一年四季中，入夜、子夜和黎明前的星光月色各有千秋，我试图用手机拍下这些美景，但一次也没有成功过，看来智能科技的产物，最终还是抵不过人的眼睛和心灵。

驻村工作非常清苦，住所虽差点儿但好适应，只是一日三餐却成了负担，白副支书夫妇给予我非常多的关照。白副支书夫人王美云，原本只有小学文化，婚后凭着要强不服输的性格，在不耽误地里农活的情况下，竟把公公白俊杰身上祖传的医术绝活学来十之八九，成了村卫生室的医生。自己还通过自学拿到了医学院的中专文凭，在十里八乡小有名气。去年春暖花开的时候，白副支书在东面的屋子安置了一个简易的液化气灶，王美云在小院的两块空地种了些蔬菜，我们3个人搭伙做饭，颇有田园生活的感觉。一场春雨落下来，翠绿的羊角葱、鲜嫩的水萝卜、飘香的韭菜、带着露水的小白菜、丁香树丛下面野生的苦菜和蒲公英，都陆续上了餐桌。到了夏天，瓜果蔬菜长得蓬蓬勃勃，一派生机盎然，餐桌上的菜品非常丰盛，我们几个人吃不完还送给来买药的村民。到了秋风起舞的时候，硕大的南瓜从灰白的枯叶下骄傲地伸出头来，胡萝卜叶子绿绿的，依然在顽强生长，这些都是冬天餐桌上的上等食品。虽少有大鱼大肉，但不失绿色健康。《论语》记载，颜回“一箪食，一瓢饮，在陋巷，人不堪其忧，回也不改其乐”。子曰：“贤哉回也。”用好的心态把清苦的日子过出诗意，我想，这也算是一种智慧。

生活总是富有戏剧性。就在我结束驻村工作的时候，村党支部、村委会和白副支书夫妇的卫生室，搬迁至原镇卫生院有集中供暖的宽敞明亮的二层楼内办公。似乎冥冥之中自有天意，只为我设置了两年多的艰苦环境让我体验。我回城了，这个有着7间房子、2块菜地和丁香花丛的小院开始闲置起来，那花喜鹊是否也一起跟着住到楼房，就不得而知了。

天地有大美，山水动人心。两年多时光，我见证了农民、农村、农业的发展变化，为自己增长了一份弥足珍贵的阅历和见识。那些朴实得如山野中的土块般的农民，他们是大地的主人，他们身上发生的一切，让我看到了活生生的人间百态，比直线加方块的军营要丰富许多倍。于是，我心里涌起一个念头，把村里发生的这些故事，以及自己的所思所感用文字记录下来。这本简单的驻村日记，不仅记录着我两年来的工作经历，也记载了人生中一段难忘的芳华岁月，一段亲近山水大自然的生命旅程。

文字是有生命的，政研室领导如是对我说。我也曾试图理解过“形、事、情、理、典”文章的“五诀”，也看过名家大师谈怎样写文章，读着感觉朦朦胧胧的似懂非懂，更别说运用到文章中了。说实话，别人都是在象牙塔内练就独门绝技之后，开始衣袂飘飘，仗剑天涯，而我却恰恰相反。对于行伍出身的我来说，舞枪弄棒、标图演习还略通一二，动起笔来是何其艰难，心中纵有千山万壑，笔下却难以酣畅淋漓。有人说写文章事：“无才，则心思不出；无胆，则笔墨畏缩；无识，则不能取舍；无力，则不能自成一家。”与我而言，哪一条都是仰望的一座高峰，如乡野夜空中的星星，看似触手可及，实则遥不可及。

办公桌上的书籍越堆越高，最后只容下一台笔记本电脑和打印机的位置，工作之余，我便沉浸在文字大师构建的精彩世界中。沈从文偶然看见一个小溪边提水的少女，便由此引发联想，创作出轰动中外文坛的《边城》，把湘西迷人的风土人情描写得淋漓尽致；迟子建看见家里香炉边的一只小虫，写出了散文《一只惊天动地的虫子》，把一只米粒大小的虫子爬上爬下的过程演绎得惊心动魄；阿来生病住了几天医院，还写了几篇病中读书随笔，其思想和见解独树一帜。合上书本，在叹服名家锤炼的神来之笔的同时，我便没了写下去的信心。但过段时日，感觉自己置身轰轰烈烈的变革时代，尤其是面对近几年农村发生的翻天覆地的变化，古老的农耕传统与当前土地利用的多元化、沉睡千年的荒山与日益萌动的大规模深度开发、出生于五六十年代连名字都写不上来的农民与飞速发展的信息时代等等。农民、农村、农业，从价值观念到实质内容，无不经受着前所未有的革命性冲击，思来想去，又不甘心留不下一点笔墨。有人说：“伟大的热情能战胜一切。”打仗讲究的是攻城略地，权当把这件事当作一个堡垒来攻克。于是，我硬着头皮把见闻和所感一个字符一个字符地输进电脑。

2年4个月共800余天，让我重新认识了“人民”二字。习近平总书记在党的十九大报告中，200余次提到了“人民”。每天工作在这些面孔黑红、尘土挂满衣衫的百姓中间，我切身感受到什么是大众苍生，他们如山一样厚重、水一样绵长，构成了社会上一个巍峨的群体。历史的车轮总是滚滚向前，在习近平新时代中国特色社会主义思想的引领下，古老的乡村必将日渐振兴。多年之后，当人人山上遍开芳香的花朵，贫困和疾病不再困扰村民，农户饲养的六畜兴旺发达，贫瘠的土地生出茁壮的五谷，现代化的高智能产品走进农家小院，今天的幸与不幸，欢笑和泪水，都将随风远去，消失在历史的长河中。

感谢市委政研室领导的安排，任驻村第一书记是我人生中一次难得的历练，尤其是对我这样一直成长在军营，对社会情况了解不多的人来说，这种经历弥足珍贵。两年多时间，我工作在党的最基层的政权组织，了解村情民意，尽好应尽职责，并最终懂得，只有读懂“人民”这部厚重的大书，才能更好地向人民学习，为人民服务。更重要的是，这段经历培养了自己亲近百姓、热爱基层的家国情怀。

感谢那些默默耕耘在广阔天地一线的村干部，他们本身就是农民，一个月只有千八百元的微薄工资，工作却非常辛苦。有时不被人理解，忍辱负重；有时难免吵吵闹闹，发几句牢骚，但冷静下来该怎么干还得怎么干，因为很多工作耽误不得，如同种庄稼一样，时令不等人。

感谢那些朴实无华如漫山无名小草的农民，他们教会我种瓜得瓜、种豆得豆，地皮连着肚皮，春耕夏耘决定着秋收冬藏，人生其实没有什么捷径可走。

感谢那些有意或无意中给我出了很多难题的村民百姓，他们让我认识到了农村工作的复杂性，教会我坚持原则、坚定信仰，锻炼我遇到难题积极找办法，有矛必有盾，只要勇于面对，世上没有解决不了的问题。

感谢市委政研室李抚沧主任，从我选择驻村任职开始，他就指点我，要用文字给自己的人生履历留下一点“痕迹”，并多次到乡下看望慰问，给予我莫大的鼓舞和鞭策。感谢我的妻子陈宁，是她的鼓励和督促，才使我一次次鼓起勇气写下去。在内蒙古师范大学上大一国画班的女儿张译丹，用她自己的视角为我写下后记，用文字为我的前半生画像。

尼采说，但凡不能杀死你的，最终都会使你更强大。经历过军队、农村的历练，感谢自己在人生十字路口的果断选择，每一次都让我勇气倍增。生命从何而来，又将往何处去，时间都去了哪里？这个问题看似很简单却又搞不清楚。草木皆有轮回，生命周而复始，用老子的话说，“大曰逝，逝曰远，远曰返”，这就是人人置身其中又四处寻觅的“道”。既如此，生命应该越来越精彩。每一次选择，既是一种觉醒，也是新生命的开始，不敢试怎知自己能不能办到。如不然，岂不辜负了短短的几十年光阴。

若干年之后，如果厌倦了波澜不惊的工作和生活，我或许会再一次人随心走，如悠悠白云般，去开辟人生更广阔的天地，看生命旅程中更美的风景。

2017 年 12 月 22 日于新营子村

目　录

感悟篇

村事篇

人物篇

政论篇

故事篇

回忆篇

感悟篇

2015年9月1日 晴 12℃ ~ 23℃

选择的魅力

第一书记承上启下，与基层百姓朝夕相处，能亲身感受小康社会的进程，体会这个时代奋进的铿锵足音。

选择到农村任“第一书记”，并非一时冲动。

如同2013年选择离开部队转业到地方工作一样，虽有依依不舍的军营情怀，但内心坚定。已过不惑之年，没有了年轻时宏济苍生的豪迈抱负，这个年纪经历的不算少，感觉自己不一定能把世界看明白，却在日复一日的思考中看明白了自己，到底想要什么样的生活？

说实话，个人主动申请转业，也经历了一个思想斗争的过程，分析在部队和地方的发展前景，考虑家庭方方面面的情况。军区首长亲自找我谈话，倾向于让我留队继续工作。但我权衡再三，还是决定转业回到地方。20多年的部队生活，人生最宝贵的一段青春年华洒在4000多公里的国境线上，也确实难以割舍这身军装。当年从边防连队一名普通战士干起，又在军、师、团三级机关干了十几年。借用一位作家的话：“这个世界不只有眼前的迷茫和困惑，还有诗与远方。”换个环境工作，选择一个起点重新开始，未必不是一件好事。多一次选择的机会，人生也会增添一份履历和谈资。

在2014年待安置的一年时间里，我选择了出门旅行。我不想等到年高体弱、行动不便、老眼昏花的时候看风景。作家贾平凹曾说，要从祖国的名山大川中找到文章的结构，从《史记》中学习文章的语言。自己虽不是写文章的，但可以从祖国大川大河豪放奔流的气势中，体悟做人做事的道理，读万卷书与行万里路同样重要。这些年在部队工作，一年忙到头基本上休不了正常假期，这回终于有了大把时间自由支配。为把费用压缩到最低，我避开大小长假，有计划地及早订票，淡季出行。比如提前1个月预订，从呼和浩特经停西安飞到西藏贡嘎机场，机票仅1500元，酒店也有很大优惠。就这样一个人背包出门，四处行走，到河南商丘听三商（商人、商品、商业）鼻祖王亥的传奇故事，到洛阳龙门石窟欣赏精妙绝伦的千佛石雕，到嵩山少林寺观看威震天下的独门武功绝技，到西双版纳原始森林参加哈尼族人家至真至纯的婚礼，到陕西富平县了解一代先驱习仲勋的生平事迹，到西藏拉萨大昭寺门前体会藏民“磕十万个长头”的信仰与虔诚，到四川峨眉山金顶茫茫云海中观赏一轮喷薄的红日，到乐山大佛前三江交汇处的滚滚波涛上泛舟等等。一年的时间，我先后走了20多个城市，看了几十个景点，大大地开阔了眼界，对生命的意义也有了更深层次的感悟。我坚信，40岁的人和60岁的人看到的风景是有区别的。

地方的工作节奏不像部队那么快，用妻子的话讲，我转业后家里终于过上了正常人的日子。回想人生几十年的经历，不一定用当多大的官和挣多少金钱来衡量，关键是要活出自己想要的样子。不忙的时候，寄情于山水，流连于街巷，陪同孩子一起成长，是一件很奢侈的事情。

有时间了，静下来读读自己喜欢的书籍，尤其对国学典籍看得多一些。借助互联网的强大功能，尝试对古本《道德经》5400余字逐字进行翻译及重新断句，把《道经》和《德经》按照自己的理解进行了重新排列，发现与通行版本有很多区别，也拓展了个人理解的深度和广度。每天开车接送孩子的路上，就一两句国学经典进行探讨，对孩子也是潜移默化的影响。老子说：“将欲歙之，必固张

王羲之故居前留影

之；将欲弱之，必固强之；将欲废之，必固举之；将欲夺之，必固与之，是谓微明。”韩非子注解“微明”：起事于无形，定大功于天下。我根据自己的所学，理解为“聚精微之势，行有无之法，成无为大道”。女儿认为“采取避常人之耳目之法，达到个人目的”。

《道德经》自问世以来，为探寻其主旨及思想所在，世人各抒己见，争论了2000多年。后来，《道德经》和《圣经》《共产党宣言》被并列为世界上翻印流传最多的典籍。前段时间带女儿去电影院看新上映的美国大片《星球大战——原力觉醒》，我感到编剧应该读过《道德经》这部经典。影片讲“道在万物之中”，就来源于老子的思想，老子曾说过：“道生一，一生二，二生三，三生万物”“万物莫不尊道而贵德”等，早就给出了万物存在的本源。

转业到地方后，更有时间关注孩子成长了。和女儿探讨交流这些，是在提高她的国学素养，把老子的大智慧植入她的心灵，融入她的血液，伴随她一生成长，如滔滔的黄河长江一样奔腾不息，定会让她的人生焕发出别样的光彩和生机。当父母的不一定给女儿留下多少金钱，不一定教她有多聪明，但一定要引导她在生活的磨砺中，积淀总结出属于自己的人生智慧。

老子曰："物壮则老。"任何事物强盛至极，必然走向衰竭，这是自然规律和法则。在一个行业和单位工作久了，难免会心生厌烦、麻木、懈怠的情绪，精神层面的生活质量随之下降。不敢迎接新事物、新环境的挑战，使很多人丧失了最好的机遇，最终在畏首畏尾的等待观望中了此一生。回想一下，人一生在一个个十字路口不断地徘徊选择，谁都想走捷径，实际上人生并没有什么捷径可走，没有谁能随随便便成功，每一条路上都会有荆棘与坎坷，那些成功人士光彩照人的背后都是汗水混杂着苦涩与辛酸，若干年登上"顶峰"之后，可能最值得回味的就是奋斗的过程而不是结果，成功因战胜苦难而辉煌。好马面前无沟壑，懦夫走路全是坑。在年富力强的时候，应该懂得取舍，给自己选择和确立一个新的起点或目标，重燃希望之火，焕发青壮年应有的精气神，体验生命赐予的无尽丰饶。

2015年元旦前，在呼和浩特市委组织部提供的19家计划安置单位中，我选择了市委政策研究室。我觉得这是一个重要部门，政策研究是以文辅政，远离人、钱、物等带来的人际关系的复杂性，强调思想的进攻性，用有生命的文字证明存在的价值。研究无禁区，因此这里比较适合刚接触地方工作的部队转业人员。上班后不久，中组部、中央农办和国务院扶贫办联合下发了《关于做好选派优秀机关干部到村任第一书记工作的通知》，自治区和呼和浩特市先后下发文件，提出具体的落实举措，各级掀起了派驻"第一书记"的热潮。

我感到，向农村选派"第一书记"，是贯彻中央"四个全面"战略布局的重要举措，是向软弱涣散的农村党组织的一次"大输血"，是培养锻炼机关干部的一次"大练兵"。中国6亿多农民，有5000多万农村贫困人口要实现全体脱贫，中央连续十几年下发1号文件部署"三农"问题，实现"两个一百年"奋斗目标，农村是关键，是党的方针政策落实的最末端，是各级党委政府聚焦发力的"最后一公里"。正如习近平总书记强调："没有农村的全面小康和欠发达地区的全面小康，就没有全国的全面小康。"第一书记承上启下，与基层百姓朝夕相处，能亲身感受小康社会的进程，体会这个时代奋进的铿锵足音。

当政研室领导征求我是否愿意参加“第一书记”选派时，我毫不迟疑地答应下来，这并非草率或无心之举，选派“第一书记”的消息在机关已议论多日。从部队到地方，感觉是离开一棵树木，走向一片森林。军队是相对封闭的条块状特殊群体，地方则是全方位开放的大舞台，生活又在面前展开了一幅全新的画卷。像刚入学的小学生一样，我既好奇，又有些手足无措。既然当小学生，就要从最基本的知识学起，我想基层的农村牧区，才是我进入地方开展工作的起点。

20世纪60年代末，在毛主席发出“知识青年到农村去”的伟大号召鼓舞下，全国千百万知青掀起了波澜壮阔的上山下乡运动，姑且不论这次运动的目的和后续存在的问题，仅就上山下乡本身，使广大知识青年真正接了地气，在泥土的芬芳中丰富了阅历，增长了才干，也成长了一大批优秀的领导干部，习近平总书记和李克强总理就是杰出的代表。1969年初，不满16岁的习近平到陕西省延川县文安驿公社梁家河村下乡当知识青年，直至1975年10月离开，人生重要的7年时间，成就了总书记时刻不忘困难群众的家国情怀和亲民作风，曾满怀深情地写下了《我是黄土地的儿子》。而今，向农村牧区选派“第一书记”，与当年知识青年上山下乡性质基本相同。实践出真知，坐在办公室想象远不如切身感受真实。枪好不好用，只有战场上回来的士兵最有发言权。

回想2002年春节前夕，我从地处巴尔虎草原深处的边防团调入呼伦贝尔军分区政治部工作，因为没有基层主官经历，组织任命我到边防巡逻艇大队水兵中队任指导员。上任前，军分区首长找我谈话说，看别人当基层主官和自己任职是两个概念，一定要亲自去干才知道个中滋味。连队主官非常操心，从人车枪马弹到柴米油盐酱醋茶，从执勤巡逻、军事训练、政治教育到后勤装备管理，谋划推动五六十人的连队正常运转。战士们是两眼一睁忙到熄灯，作为中队主官，熄灯后还要筹划明天的工作，夜半检查哨兵执勤，就在这紧张忙碌中丰富了阅历，积累了带兵经验，为日后进入军师级机关工作奠定了基础。我想，第一书记也是这样的角色，农村牧区的情况比令行禁止的部队更为复杂，也更能磨炼人，无论从哪方面想，基层任职这一课必须补上。

1941年3月，毛泽东同志在给《农村调查》写的序中强调，共产党人不仅仅要“昂首望天”，还要“眼睛向下”，要给人民群众“当学生”，同时“必须恭谨勤劳，采取同志态度”，否则一辈子不会真正懂得中国的事情。到农村工作，虽然生活条件差一点，但凡事都要从积极的一面去考虑。不懂农村现状，不知道农民想啥，不清楚农业的未来走向，将来无论在哪个岗位都不会干好工作。两年时间并不长，不能放弃这个千载难逢的“补课”机会。

人生充满了选择。今天的生活境遇，是昨天选择的结果。想想这些年的生活经历，从上学、参军、考军校到毕业下连队、进各级机关乃至成家立业，人生处处充满了选择。所谓种瓜得瓜，种豆得豆，种茄子长不出辣椒，种黍子结不出玉米，说到底是因果关系，但大多数人只看重今天眼前的“果”，很少去想昨天的“因”。每个人都是哲学家，都有选择自己生活方式的权利。正因为选择不同，每个人的人生轨迹也大相径庭，生活也才有了苦辣酸甜，世界因此而多彩斑斓。

奥格·曼狄诺在《羊皮卷》语录《选择的力量》中写道：

> “如果我们选择吃得太多并因此生病的话，该怪谁呢？如果我们选择将车开得太快以至于它最终失去控制的话，该怪谁呢？如果我们选择使自己的性格龌龊，令人讨厌，该怪谁呢？如果我们要把钱带进棺材，成为‘坟墓中最富有的人’，却使自己成了病人的话，该怪谁呢？如果我们没有学会怎样生活，我们该怪谁呢？我们没有正确地运用上帝赋予我们的最大的力量：选择的能力，这样我们便伤害了我们自己。”

人生无悔，是说不因选择而后悔。不惑之年，选择到农村这个广阔天地去经受历练，本身就是挑战，生活有无限魅力，应该别有一番风景。

2015年9月7日 晴 14℃～25℃

报到万亩滩

看看，基层就是不一样，哪一项工作都是实打实的具体行动，没有烦琐的仪式和冗杂程序，没有文山会海，没有那些务虚但又不得不完成的任务，这里才是实实在在的基层工作。

在市委党校历时3天的培训结束后，市、县、乡、镇各级选派的248名第一书记便分头走马上任。

按照市委组织部的安排，我被分配到和林格尔县盛乐镇移民新村任第一书记。2006年调入内蒙古军区机关后，因和林格尔县驻有军区所属部队，我常去检查工作，对此地并不陌生。和林格尔系蒙古语，意为“二十间房子”，因清初新设驿站有20户人家而得名。和林格尔县北靠首府呼和浩特，西南临黄河，东南与山西省右玉县、乌兰察布市凉城县构成“鸡鸣两省三县之地”——杀虎口。雁门北地，黄沙厚土，和林格尔县作为游牧民族北出阴山、纵马南下、问鼎中原的必经之路，自古乃兵家必争之地。其人类活动历史，秦属云中郡、西汉置定襄郡，北魏时曾建都盛乐。史书记载：“周征猃狁、秦汉伐匈奴、隋唐击突厥、宋讨契丹、明平鞑靼、清剿噶尔丹，历朝征伐常出杀虎口。”

移民新村位于和林格尔县东北40公里处，102省道经过村北，一路向东南方向的凉城县蜿蜒而去。这里原是一片荒地，到处黄沙瓦砾，荆棘丛生，百姓俗称

“万亩滩”。2000年县政府开始规划，动员南部山区南倒拉板村、海吾夭村等几个生态脆弱的自然村村民，自愿迁移到此地组建成移民新村。2015年又被和林格尔县列为年度基础设施建设示范村，投入2000余万元进行水、电、道路等人居环境改造。

上午9时，我先到镇里办公室签到，而后驱车赶往移民新村，一路都是爽朗的心情爽朗的天，为即将开始的全新工作和生活兴奋不已。102省道公路两旁，林立着高高的白杨树和绿色丝绦倒挂的垂柳，绿荫遮蔽的后面是大片大片开阔的玉米地，密密麻麻的刀片样的叶子在风中唰唰作响，空气中满是成熟庄稼、野生杂草和潮湿泥土的气息，芬芳馥郁，与市区四处弥漫的汽车尾气形成鲜明对比。进入9月份，村里基础设施工程主体建设已完成，4条6米宽南北主路、39条4米宽巷道的水泥路面，整整齐齐地覆盖在村内土路上，塑料布和土块等垃圾还未清理完，但处处都有了新的气象。街道两侧是成排的十几米高的萧萧白杨，民房的红瓦和新粉刷的粉白色砖墙掩映在树后。风过处，白杨树主干微摇，树梢左右俯首，露出浅灰色背面的树叶哗哗作响，不时有金黄色叶片飞舞着悠然飘落，农民收获的季节已经到来了。

我很快与负责移民新村工作的新营子行政村党支部副书记白永平见了面。他是本地人，同时兼着村医工作，40岁出头，中等身材，面庞黑红，精明但不失厚道。寒暄过后，我问下午做什么？他说去南倒拉板村修路，山上还有二十几户人家，村里的路被夏天的雨水冲坏了，马上开始秋收了，得赶在庄稼进场院前把路修好。

我想，两年的驻村工作就从修路开始吧。“下午我和你一起去！”看看，基层就是不一样，哪一项工作都是实打实的具体行动，没有烦琐的仪式和冗杂程序，没有文山会海，没有那些务虚但又不得不完成的任务，这里才是实实在在的基层工作。

南倒拉板村在移民新村正南方向约5公里处，我和白副支书开车慢慢走在前

为村民修路

面引路，后面两辆巨大的铲车轰鸣着边走边推路。这是一条环村并延伸到田间地头的土路，一个夏天雨水的冲刷，早已是沟壑纵横，村里只有二三十户人家，大部分都是年迈体衰的老人，家庭条件好点的村民有小四轮拖拉机，条件差点的村民仍然是用骡马车拉庄稼，走这样的土路，别说拉庄稼，就是空车通过也比较费劲。铲车在村口放下巨大的铁铲，沿着通往庄稼地的自然路开始作业，粗壮的铲臂带着挂齿铲斗展示出强大的威力，在两个年轻师傅的操作下进退自如，一边把凸起的部分铲平，一边从路边挖土把坑洼处填平，然后用巨大的车轮反复压实。

"雇铲车一天得多少钱？"我问道。

"找他们帮一两天忙，要甚钱？再说，村里也没有这笔开支。"白副支书淡淡地说。铲车是昨天向村南砖厂借的，看来他们久打交道。农村人朴实，一个村落就像一个大家庭，不是什么事都与钱有关联。而城里人离开钱则无法生活，更办不了事，楼道对门一步之遥，居住多年却不知姓甚名谁，老死不相往来。

据说，南倒拉板村从明朝时就有人居住，石姓、马姓和潘姓三户人家开始在此开山拓土，居住繁衍。后来陆续有人加入，到了80年代中期人口达到400多人，目前焦姓、韩姓是村内的大户。听村里老人们讲，那时南倒拉板村周围生态环境非常好，村前屋后漫山遍野都是松树、杏树、桃树和野木瓜树，狐狸、狼、野兔、山鸡等动物在树丛中隐现出入。每年4～5月份，杏花、桃花、野木瓜树花次第开放，后沟湾河、南漕河分别从村东西两侧环绕向北汇流。村南有一泉眼，日夜涌流，水量虽不大，却不受旱涝影响，为村民提供了清凉甘冽的饮用水。村内有学校，四五十名小学生琅琅的读书声，伴着乡野的鸡鸣犬吠不绝于耳。村西北有一座道观，直到中华人民共和国成立后庙被拆除。村庄对面是蛮汉山余脉，巨大的山谷两侧酷似两个大大的“人”字，“人人山”由此得名，山脊呈龙形，东西两面分别伸展开来，两个龙头形成的山谷，恰好与几条雨裂沟分割出的椭圆形村庄遥遥相对。于是，此地便有了点“二龙戏珠”的意境。

时过境迁，随着生态环境的日渐脆弱，政府开始规划移民新村建设，南倒拉板村仅留下二十几户孤寡老人和几户养羊人家，年龄最小的是60岁的羊倌二满奎，最年长的是89岁村民康喜财。村里原有的大庙早已不见踪迹，只留下一个巨大的土墩屹立不倒。学校和原村部仅残存一堵青砖墙，成了当年繁盛光阴的见证，一栋栋土坯危房在风雨中飘摇，村民周小眼和老伴还住在战争年代挖的窑洞内，走进农户家门，好像进了五六十年代家居物品陈列馆，如同沈从文笔下的《边城》一样，国家改革开放几十年发生的巨大变化，似乎与这个山坳里的小村子没有太多的关系。随着年轻人陆续下山进城，这些老人成了人人山下南倒拉板村中最后的守望者。

岁月嬗变，古老的村庄迎来了党富民政策的新机遇。党的十八大提出了到2020年全面建成小康社会的奋斗目标，这是“两个一百年”奋斗目标的第一个奋斗目标，在“四个全面”战略布局中居引领地位。这两年，自治区农村牧区正在进行基础设施改造，根据工程建设规划，和林格尔县和盛乐镇在村内规划建设21户互助幸福院，让南倒拉板村这些孤寡老人搬出危旧的土坯房，住进水电暖等生活设施齐全的砖瓦房，从根本上改善他们的居住环境。

夕阳西下，太阳如熊熊的炉火烧得天边云霞绚丽，一片红彤彤的壮观景象。

暮色苍茫，远处传来羊倌悠长的吆喝声，羊群咩咩地叫着拥挤在一起，如一片点点白色星光铺地，缓缓地翻过山岗向村内移动，村庄上空飘荡着袅袅炊烟，大地披上一层金黄色的外衣，草木乡野金灿灿的，如巨幅油画般恢宏壮丽。

两辆黄色铲车一前一后，搅起的尘土阵阵飞扬，巨大的马达轰鸣声回荡在山谷，一条充满希望的秋收之路在金色的铲车下延伸。

注：移民新村是盛乐镇新营子行政村所属的一个自然村，另外两个自然村是蔡家营子村和南倒拉板村。笔者先是被派驻到移民新村，一个月后，组织部门又对驻村工作进行了调整，改任新营子村第一书记，负责整个行政村的全面工作。

2016年7月1日 多云 13℃ ~ 26℃

路上风景

如果把我们的党看成一棵树的话，广大农村就是这棵枝繁叶茂的参天大树深埋地下的发达根系。向农村选派第一书记，就是在给这棵大树输送养分，在阳光雨露的滋润下，让树干更加强壮，让枝叶向更广阔的空间延伸拓展，让大树在狂风暴雨的侵袭中巍然屹立！

呼和浩特市区距移民新村37公里，40分钟的车程，我每周要往返一两次，其余时间住在村里。这些年，伴随经济的高速发展，以自治区首府为中心，向周边盟市和旗县区辐射的公路网四通八达。市区通往移民新村的道路有三条，南线的高速公路、中线的102省道和北线的乡村公路，三线之中，我独喜欢走人烟稀少的北线。车载收音机里，呼和浩特市广播电台99.8频道，男女主持人用标准的普通话播报市区各路段拥堵和交通事故实况，与人车稀少的乡间公路形成鲜明对比。没有了城市交通拥堵的烦恼，开车便成为一种享受。

看景，感恩大自然赐予的视觉盛宴。车辆行驶在秀美的白杨树装扮成的林荫公路上，远处是朦胧如烟的黛青色山脉，近处是红瓦粉墙的农家村庄，平整宽阔的绿野田畴，路边偶尔有成群的悠然吃草的牛羊，还有火红尾巴的狐狸、探头探脑的松鼠、惊慌失措的野兔、长着漂亮羽毛的山鸡，在路边灌木丛中不时隐现。山还是那座山，树还是那些树，但心境如路边的小草和地里的庄稼，一天一个样子。

行至距移民新村约5公里处有一十字路口，在长满花草的圆形转盘中间，矗立着一根十几米高的灯塔，塔下南侧是一尊用整块深灰色灵壁石雕刻的龙凤雕塑。刚开始走这条路线时，一直很奇怪谁弄了一堆水泥块，也没看出什么造型，所谓熟视无睹大概就是这样吧。

一天清晨，再一次驱车路过，百米之处，万道霞光下，大理石基座上威猛霸气的龙头和清丽高傲的凤凰造型赫然在目，凤舞龙蟠，栩栩如生。我停车细观，感慨良久，是距离让我看清了这尊龙凤雕像。想来，生活也是这样，很多美好的事物，都只能远观，不可细瞧，如欣赏西洋油画，再如天上的太阳，距离太近了，美便没了。距十字路口西南100米处，有一座用大块花岗岩堆砌起来的人工假山，假山正面安放着一尊陶瓷的弥勒佛像，背面是一尊观音菩萨像。假山后面是一个长方形的巨大放生池，不知是哪家公司或个人所为，是谁并不重要，毕竟逢凶化吉、风调雨顺是人人期望的美好生活愿景。拐过来路东200米处，是一家生态农业公司的西墙，暗红色的墙体外安放着一尊高大的铜牛塑像，牛头低垂，脊背隆起，犄角前伸，指向正南面的人人山。铜牛四蹄抓地，身体前倾，呈排山倒海、力挡八方之势，基座正中写着4个稳健的隶书烫金大字：运势如虹！在阳

龙凤雕塑

沿途萧萧白杨

光的照耀下熠熠生辉。

听歌，与乡野的美景相协调。清晨，迎着初升的太阳驾车出城。摇下车窗，乡野清新的空气扑面而来，满是庄稼青草和着泥土的芬芳，天空中被朝霞染红的云朵恣意变换着身姿，薄薄的炊烟在公路上弥散。几头牛列成一队，踱着步子目不斜视地从公路上穿过，偶尔发出不知表达何意的哞哞叫声，穿行于这样的乡间盛景，应该用歌声来迎接新一天的开始。听歌，始终醉心于草原歌曲。出生在内蒙古的人是幸运的，一望无际的茫茫草原，连绵起伏的原始森林，星罗棋布的湖泊河流，浩瀚无垠的戈壁沙漠，赋予内蒙古人高大粗犷的外表，豁达宽广的胸怀，也成就了与之和谐共生的蒙古族歌曲。世界上的草原歌曲很多，但只有诞生于内蒙古草原的歌曲独步天下，这富有独特魅力的天籁源自辽阔草原，更源自逐水草而居的蒙古族人，源自13世纪马背民族三尺弯刀纵横天下的万丈豪情。蒙古族著名作家鲍尔吉·原野写道：

“听出蒙古民歌的悠远，是第一楼台；听出蒙古民歌的苍凉悲抑，乃第二楼台；在第三重境界，会听到蒙古人的心肠像绸子一样柔软。”

于我而言，浩浩荡荡、莽莽苍苍的草原歌曲，总能让我回到金戈铁马的军旅岁月。边陲的金色落日、蜿蜒的巡逻马道、孤独的哨所营院、蒙古包中香气四溢的奶茶、星月下哨兵枪刺闪耀的清冷寒光、边境线一个又一个神圣的界碑、风雪和高原紫外线赐予年轻士兵的黑红脸庞等等，一切的一切，都与荡气回肠的蒙古民歌融为一体，刻骨铭心，挥之不去。

听评书，让浮躁的心绪沉静一会。农村工作不像政府机关上班一样有规律，忙起来不分节假日，村民们有事找你也不分早晚。因此，周末太阳落山后回城是家常便饭。夜晚行车喜欢听评书，给独自行车增添几许人气，尤喜欢著名曲艺评书家单田芳讲述的《白眉大侠》。20世纪70年代，物质生活和文化生活比较单调，每晚放学回家，便早早地守在一台老旧的红灯牌收音机旁，听单田芳绘声绘色地讲述半小时评书，一场场刀光剑影的厮杀，一环紧扣一环跌宕起伏的故事情节，简直是精神的盛宴。年少尚武的心，每每被评书里的侠义行为搅得热血沸腾，以致课堂上常有逃学“弃文从武”的念头。现在听评书，不再关注那些虚构的故事情节，而是在寻找童年的记忆，体会文字经久不衰的生命魅力。评书《白眉大侠》里的正反面人物都有一个大气磅礴、响彻云霄的绰号，如三手大将、多臂人雄、山西大雁徐良，霹雳狂风水上浮舟诸葛元英，肩担日月斜昆仑陈仓，横推八百无对手、轩辕重出五圣人于和等等。寥寥数字，一位纵横江湖、独步武林的侠客便活灵活现地浮现在眼前。听评书，让思绪在一个虚无缥缈的世界里逗留，让身心在忙碌浮躁的现实生活中享受片刻的安宁。

思考问题，让思绪随车飞扬。在农村公路上行车，一路畅通无阻，无须像在市区那样谨慎，时刻得小心红灯、行人、超速、变道、追尾等问题。有时行车途中，脑海中突然闪现出一两个问题，思绪便陷入其中，无暇顾及窗外风景，右脚下意识地在油门、刹车间变换。有一次忽然想到了“无为而治”，这是我国古代著名哲学家老子的重要思想，有的人理解为什么也不做，对这种观点实在不敢苟同。《老子》一书虽只有5400多字，却博大精深，囊括万物，玄奥无极。《老子》通行版本第三章“为无为，则无不治”提出了“无为而治”的观点。但前提是“不尚贤，使民不争；不贵难得之货，使民不为盗；不见可欲，使民心不乱。”意思是说，不崇尚贤德才能之人，使百姓不因此争名逐利；不视难得稀有之物为珍宝，使百姓不因此而做偷盗之事；不炫耀能引发贪欲的财物，使民心不为此受到迷惑。苏辙注解此章：“见可欲则民患于不得，而至于乱。”仔细想来，圣人的主旨是要从根源和苗头上消除问题，使民心欲望不起而达“无为而治”的目的。有一则典记故事，名医扁鹊曾说：“我们三兄弟的医术，大哥最好，二哥差些，我最差。因为我治病于病情十分严重之时，所以名闻天下；我二哥治病于初起之时，名闻乡里；我大哥治病在发作之前，没有名气，但在我们家中被推崇备至。”从这个意义上说，“无为而治”绝不是什么都不做，这个“无”应该是看不见的“有”，是把功夫下在事发之前，是更加高明的“有为”，是防患于未然的高明之举。行车的时间亦是思考的时间，驻村工作中遇到的很多问题，都是这样找到解决办法的。

人生亦如行车。走在人烟稀少、崎岖不平的乡间公路上，车辆时而在平坦路面疾行，时而减速过坎跨沟，时而加速爬坡冲顶，想来与人生一般不二。唐代诗人杜荀鹤在《泾溪》诗中写道：“泾溪石险人兢慎，终岁不闻倾覆人。却是平流无石处，时时闻说有沉沦。”在军区司令部机关工作时，旧办公大楼东侧的一排松树粗壮耸立，枝繁叶茂，至少生长了几十年，看上去与其他树木并无两样。后来办公楼拆除迁址新建，原本依靠大楼东墙遮风挡雨的那几棵松树，不出半月便东倒西歪，无奈只能用木棍支撑着过活。缺少风吹雨打的历练，树尚且不能直立，何况于人。看尘世，没有哪个人能轻松愉悦地成功，光彩照人的背后都是抽筋折骨般的磨砺和难以言说的痛苦。自古成王败寇，成功了讲出来就是一个个充满传奇的奋斗故事，否则便是自吞苦果不可对人言说的凄惨故事。千百年来，孟子“生于忧患，死于安乐”的教导，一直是人生集大成者的座右铭。

向农村派驻第一书记，是党中央助力广大农民脱贫致富奔小康征途中的重大举措。在中国共产党90多年波澜壮阔的斗争发展史上，我们党从无到有，从弱小到强大，农村是摇篮，是沃土，是基石，是蓄水池，是力量源泉。如果把我们的党看成一棵树的话，广大农村就是这棵枝繁叶茂的参天大树深埋地下的发达根系。向农村选派第一书记，就是在给这棵大树输送养分，在阳光雨露的滋润下，让树干更加强壮，让枝叶向更广阔的空间延伸拓展，让大树在狂风暴雨的侵袭中巍然屹立！

又一次驱车出城，行驶在通往广阔天地的道路上。远山含黛，近笼薄烟，田野被成排的树木分割成若干田字格，黑肥墨绿的庄稼和野草散发的清香沁人心脾，成群的羊儿此起彼伏咩咩地叫着拥挤在一起，走在通向山区草场的路上。道路两旁的白杨树挺拔高耸，如士兵持枪林立，阳光毫不犹豫地穿过枝叶，路面的树影斑斑驳驳，如条状山水动漫画，恣意变换。马达轰鸣，车辆飞驰而过，灰尘迅速扬起，又徐徐落下，微风拂过，乡野复归于平静。

2016年8月2日 晴 20℃～32℃

诵读经典

流传几千年的圣贤之书，对人思想的影响是潜移默化的，他让我在农村艰苦的大环境面前，不断升腾起面对和改变的胆气。

在农村住久了，最初的新鲜感过去之后，我开始根据工作特点安排自己的事情。基层以具体事务性工作为主，忙时不分周六日，闲时几天没人找。在二十几年的部队生活中，这种安静更是不可想象的奢侈，毫无疑问，读书便成为闲暇时最优先的选择。

春暖花开的清晨，湿润的空气中略带薄薄的清凉，公鸡在农户院里引颈高歌呼唤黎明，麻雀们聚在杨树梢头吵闹着召开晨会，两只花喜鹊立在铁栅栏上俯仰乱唱，菜园里残存的野草和蔬菜瓜果不服输似的比肩疯长，御风（我收养的一只小流浪狗）在露水丛中跳跃着追逐飞虫蝴蝶。村剧院前宽阔的广场上，三三两两的老人在锻炼身体。感觉应做点与美妙乡野音声相和的事情，于是，我站立窗前大声诵读。

宋朝大文人朱熹认为，读书有三到，谓心到、眼到、口到。70年代出生的人，对校园内琅琅的读书声都不陌生，那时老师总是强调“书读百遍，其意自见”，圣贤名篇和古诗词，不管能理解多少，先背诵下来再说。说来奇怪，现在能记起来的经典名句，基本上都是中小学时背诵下来的。参加工作后，也多少看过一点名家著作，却是看时叫绝，合书即忘，难以静心背记，能说出大概意思就知足了。

诵读经典到底有多大作用？曾看过这样一个故事：每天清晨，爷爷坐在桌边阅读书籍，同时教年幼的孙子也尽自己最大的能力诵读那些书籍。一天，孙子问："爷爷，我一直试图像你一样阅读这些好书，但我不能真正理解它，花费这么多时间读这些书，有什么用呢？"爷爷平静地拿出一个放煤块的竹篮，说："拿着这个竹篮，取一篮子水来。"孙子提着篮子走了。等他再回到家中，竹篮里的水一滴不剩。爷爷笑着说："下次打水时，你必须跑得更快。"孙子再打水时跑得比上次快了许多，但结果依然没变。孙子告诉爷爷："用竹篮打水是不可能完成任务的，一点用也没有。"爷爷说："你真的认为这样做没有一点用处吗？好好看看这个竹篮。"孙子仔细地打量了一下竹篮，竹篮确实和以前不同了，那个脏兮兮、黑乎乎的篮子不见了，眼前却是一个洁净如新的竹篮。"孩子，看到发生的事情了吧，阅读好书也是如此。你可能无法完全理解它，也记不住多少内容，但只要你用心阅读它，它就会在不知不觉间净化了你的心灵。"

诵读经典，尤喜"四书五经"等优秀传统国学精粹，奈何行伍出身，文化底蕴不够。阅读每一篇文章都要花费很多时间，要借助互联网强大的查询功能，查阅词典，注上拼音，标明简义，这样才能诵读。一部古版《道德经》5400余字，大都是繁体字，一个字一个字地查阅，半个多月才标注好，于窗前诵读：大道泛兮，其可左右。万物恃之以生而不辞……"《道德经》为韵文哲理诗体，一遍遍诵读久了，更能感受到这部充盈于天地间的诗歌体文字的莽苍雄浑和磅礴气势。"言不语，众生听令；身不动，天地俯首。"虽仅有5400余言，却包容万物，涵括百家，被后世誉为"万经之王"。想一想，更应该感谢时任函谷关守将尹喜子，没有他对老子的盛情挽留，便不会有这部集各领域知识大成的传世经典之作。

老子之后另一位思想与文采绝美的大家——庄子，对诵读经典也有过精彩论述，如《大宗师》中虚拟的南伯子葵与女偶之间的对话。南伯子葵问女偶从哪学的“道”？女偶说：“闻诸副墨之子，副墨之子闻诸洛诵之孙，洛诵之孙闻之瞻明，瞻明闻之聂许，聂许闻之需役，需役闻之于讴，于讴闻之玄冥，玄冥闻之参寥，参寥闻之疑始。”这一段晦涩难懂的语言，意思是说，我从文字那儿学到的“道”，文字是从诵读那儿得到的，诵读是从目见那儿得到的，目见是从耳闻那儿得到的，耳闻是从修行那儿得到的，修行是从咏叹那儿得到的，咏叹是从静默那儿得到的，静默是从空寂那儿得到的，空寂是从疑似本源那儿得到的。

“洛诵之孙”即为诵读之意。庄子认为要得道，反复诵读经典是必经之路。可以想象，几千年来，琅琅读书声一直伴随着中华民族优秀传统文化的传承发展。《淮南子·本经》中记载：“昔者仓颉作书，而天雨粟，鬼夜哭。”为什么下粟如雨呢？传说因为仓颉造成了文字，可用来传达心意、记载事情，自然值得庆贺。但鬼为什么要哭呢？有人说，因为有了文字，民智日开，民德日离，欺伪狡诈、争夺杀戮由此而生，天下从此永无太平日子，连鬼也不得安宁。可见，文字是有生命的。诵读经典，不仅可以净化思想，增添几许书卷气，更可以使人穿越千年，沐浴圣贤伟大的思想光辉。

诵读经典日久，感受非同寻常。人到中年，记忆力虽不比从前，如坚持不懈，也能自觉不自觉地把大段拗口的古文背诵下来。曾有一段时间，在梦里经常出现白天背记的经典章句，记忆不全时，醒来第一件事就是去翻书。

流传几千年的圣贤之书，对人思想的影响是潜移默化的，他让我在农村艰苦的大环境面前，不断升腾起面对和改变的胆气。更主要的是我的生活悄然发生了变化，对待人生、名利乃至生死更为坦然平静，运用这些至理经典，毫不费力地拨开尘世琐碎生活的迷雾，人生的追求和目标也会更加清晰明确。

读书之乐乐何如，绿满窗前草不除。诵读经典，如吟唱大美之音；体悟经典，如攀一座座高峰。

2016年8月18日 暴雨转中雨 17℃~25℃

大美乡野

灵秀的山川，蜿蜒的河流，盛开的花草，叽喳的鸟雀，成群的牛羊，茁壮的五谷，构成了乡野美妙动人的外在图景。但贫困、疾病、落后等不和谐音符，像一片阴云压在农民们的心头，挥之不去。建设美丽乡村，消除贫穷痼疾，要让农民发自内心的喜悦在眼角眉梢荡漾，第一书记责无旁贷。

最美好的东西是无法用语言形容的，只能用心去感受。在乡间住久了，这种体悟更加深刻。

乡野是修身养性的禅房。老子云："致虚极，守静笃。"释道和修行的各门宗派，莫不以静默冥想来摒弃杂乱的思绪和情感，在虚空极静中内观察事物的本质和规律，实现悟道成佛。简言之，如同学生解一道数学题，如不静下心来深度思考，就无法找到解题的方法。乡间静得自然，毫不做作，由表及里，天地做屋，日月为灯，云霞似幔，星辰为饰，河海静流。日落西山之后，农夫收工，牛羊入圈，星月疾走，风送虫鸣，更加深了静的寂寥与深远。城市则时刻处于喧嚣之中，拥堵的车流，闪烁的霓虹，蜂拥的人群，生存的压力，欲望的膨胀，皆为名来利往的忙碌身影，人们似被魔鬼之鞭驱赶，不想静也静不下来，偷得半日清静成了人生的一种奢侈品。大地不语，在静默中哺育万物生长，人在这种大静中最贴近万物的本真，融入自然，沉淀生活，明智生慧，心归于朴。每一位圣贤智者或成功人士，基本都经历过或长或短苦熬心智的沉默期，或苦思生命的真

大地的颜色

谛，或重新规划未来道路，或潜心修炼独门绝技，最终实现圣贤之路或精彩人生质的飞跃。据《庄子·天运》中记载，孔子向老子问道，孔子听得云里雾里的，后3个月不出门，在家静坐自修，穷究顺天应时之道。再见老子，孔子曰："乌鹊孺，鱼傅沫，细要者化，有弟而兄涕。久矣夫丘不与化为人！不与化为人，安能化人！"意思是说，乌鸦喜鹊在巢里交尾孵化，鱼儿借助水里的泡沫生育，蜜蜂自化而生，弟弟出生哥哥就啼哭。很长时间了，我没能跟万物的自然变化相识为友，不能跟自然的变化相识为友，又怎能教化他人！老子听后说："孔丘得道了。"

乡野是生命轮回的舞台。和冷冰冰的钢筋水泥构筑的城市相比，行走在乡间，远眺青山叠翠，近观走兽飞禽，花鸟虫鱼，草木庄稼，满目都是生命力的绽放与张扬。世间万物皆有生命，从孕育、出生、成长、衰落到走向死亡，周而复始，所不同的是周期各异。如细菌来去匆匆生死只在朝夕之间，蛹化蝶不过数月，鸡鸭鹅狗等寿命不过数十年，一个又一个生物圈，一个又一个生命的轮回，在乡野不断上演。金秋时节，草枯了，树叶落了，庄稼收割了，乡野看似一片荒芜，实则进入了深度低调的休整蛰伏期。冬去春来，春雷激荡，又是满地芬芳绿遍天涯，一场生命绽放的盛宴再次高调展开，大自然的神奇之处莫过于此。庄子《逍遥游》云："楚之南有冥灵者，以五百岁为春，五百岁为秋；上古有大椿者，以八千岁为春，八千岁为秋，此大年也。"如大漠中的胡杨树，生命力亦长达千年之久，庄子之说也未必是虚构。春秋大小季周期无法一概而论，因而万物轮回的时间不等。想来人生不过百年，古人形容如白驹过隙，人对自身的了解尚未透彻，对生存的世界所知不足5%，眼见的未必是真实的，看不到的未必不存在。能遥遥看到漫天的点点星光，却对它一知半解甚至毫不了解，一只蚂蚁即便手持天文望远镜也未必看清一个人的完整模样，人类不知晓宇宙大命亦不足为过。

乡野是绿色生活的福地。置身农村，新鲜的空气，纯净的水源，绿色的环境，满目都是大自然的馈赠之物。农家生活简朴，粮油蔬菜无须购买，随时令种植，吃应季果蔬，挖野菜佐餐。喂几头猪，养几只羊，院内散放几只鸡鸭，逢年过节餐桌便丰盛起来。这些纯绿色无污染的食品越来越被城市人所重视，他们将其视为餐桌上的奢侈品。试想，没有哪一种新鲜的绿色蔬菜是等熟透了再运到城里菜市场，保鲜这一条就无法做到，只能是在蔬菜六七分熟时就摘下来运往城

乡野的早晨

里，商家还要采用一些防腐措施对果蔬进行处理，因此食品安全始终是百姓热议的话题。在农村则不必考虑这些问题，蔬菜肉食基本自给自足。从乡里退休的老吴书记一直住在农村，自己精心侍弄着两亩菜园，瓜果梨桃、时令蔬菜，一应俱全。前几天，他送我一兜自己栽种的水果，告诉我说："果树没打农药，果子上有点土不怕，不洗也能吃，每一颗果子都是手摘的，别看已经熟透了，不放冰箱冷藏也能存放半个月左右。"这种田园牧歌式的生活，可能是厌倦城市生活的人们内心一直向往的神仙福地。看一些先富起来的城里人，他们似乎永远忘不了解放初期的艰苦岁月，在唯恐吃亏过度补偿式的吃喝消费中，出现了大量的富贵病群体，年纪轻轻就大腹便便，疾病缠身，甚至四五十岁便去世，过度的消费和过多的欲望，挥霍的是宝贵生命。在乡村，绝大多数百姓一日三餐吃的都是粗茶淡饭，七八十岁的老人下田劳动是毫不稀奇的事情。所以说，勤劳俭朴不仅是美德，还是一种养生之道。

乡野是天地大美的化身。在农村比在城市更能感受到万物与天地同频共振的脉搏。万物并生，生命轮回，大美无处不在，世人缺少的不过是发现美的眼睛和感悟美的心灵。南宋有诗云："春有百花秋有月，夏有凉风冬有雪，若无闲事挂心头，便是人间好时节。"古人把追求"天人合一"作为安身立命的最高境界，也取得了今人远不能望其项背的辉煌成就。在乡野，草木庄稼和飞鸟鸣虫的生死轮回，会让人看淡生死，更加珍视美好的现实生活。在人类生态环境破坏严重、工业发展严重污染时，人们开始回过头来思考应如何顺应自然，与万物和谐共生这个永恒的课题。

灵秀的山川，蜿蜒的河流，盛开的花草，叽喳的鸟雀，成群的牛羊，茁壮的五谷，构成了乡野美妙动人的外在图景。但贫困、疾病、落后等不和谐音符，像一片阴云压在农民们的心头，挥之不去。建设美丽乡村，消除贫穷痼疾，要让农民发自内心的喜悦在眼角眉梢荡漾，第一书记责无旁贷。

2016年8月29日 多云 12℃～24℃

大地秋歌

群众的眼睛是雪亮的，党建、扶贫、产业、治理，哪一项工作都不是虚的。你做好了，在百姓中自有口碑，反之，你就是讲得天花乱坠，他们也绝不会买你的账。第一书记的工作成绩，就在这些普通老百姓的心里……

雾气洋溢、果实圆熟的秋，

你和成熟的太阳成为友伴；

你们密谋用累累的珠球，

缀满茅屋檐下的葡萄藤蔓；

使屋前的老树背负着苹果。

——英·济慈《秋颂》

秋天来得好快。

北方季节分明，不知道从什么时候开始，让人整日汗津津的闷热暑气渐渐消退，棉花糖一般的云朵飞得更高了，不像原来那样似整日游荡在树梢顶端，远处的山峦峰谷线条分明，阳光下的沟壑和树丛清晰可见。杨树叶不再鲜绿，凉爽的秋风一吹，哗啦啦作响，叶子背面露出一片灰白色。街上再看不到光着膀子喝啤酒的人了，人们夜里睡觉都需要掩上窗户，扯上薄被了。

金色的田野

早上开车来村里时，途经一片庄稼地，几个农民正将刚割下来的绿豆秸秆摊在路面上，让过往车辆将秸秆上成熟的绿豆果实碾压出来，然后把碎秸秆拣出，把绿豆装入麻袋拉回家入仓。五谷庄稼中，豆类率先成熟，标志着农民进入一年中最忙的季节了。

孟子曰："民事不可缓也。"在以传统农业为主的南倒拉板村，都是山地和墚地，没有水浇地，农民广种薄收。"种一坡，拉一车，打一笸箩，煮一锅"的说法虽有点夸张，却也反映了山区农民靠天吃饭的无奈。三春不如一秋忙。因为贫穷和落后，这里的村民还保留着部分原始的耕作和秋收方式，生活条件好些的农户家里购买了四轮拖拉机，用于拉运庄稼，生活条件一般的家庭还依旧使用骡马和驴车。到了秋收时节，每户都是全家上阵，早上5点多钟起床下地干活，晚上忙到天黑才回家，土地多的农户还要找几个亲友或雇人帮忙秋收。南倒拉板村建村较早，那时四周的土地随便开垦，因此这里比邻村的土地都多，268户不足千人的分地人口，拥有耕地1.6万亩，地里种植的都是玉米、谷子、高粱和豆类等杂粮。凭借人少地多的优势，大家只要付出辛苦，一年的收成解决一家人的温饱不成问题。2000年移民新村开始规划建设后，南倒拉板村村民第一批进驻，在开阔的万亩滩上圈地盖房，所以大部分村民的院子面积都比较大，最小的院子也有半亩多地，大的院子占地有两三亩。正房和南房落成后，还可以在院内规划出一片菜地，喂几头猪，养一二十只鸡，既丰富了自家餐桌，还能将其卖给城里人换得一些零用钱。只要家里没人生大病或子女上学等大项开支，村民们的生活还过得去。因为地多，秋收时节自然要紧张忙碌上一两个月。

人糊弄地皮，地皮糊弄肚皮。你付出多少汗水，就会得到多少回报。同样是种地，勤快能干的农户和懒惰的农户，从庄稼的长势上就可见分晓。种瓜得瓜，种豆得豆，因果关系在农民身上体现得最为直观。

今年内蒙古全区降水失衡，东北部地区干旱少雨，往年雨水丰沛的呼伦贝尔草原遭遇了几十年罕见的旱灾。而呼和浩特地区的雨水却出奇的多，几片云集结到一起，就开始轰隆隆地下起雨来，让五谷庄稼和田野山川的草木痛痛快快地喝个够。因此，南倒拉板村的庄稼长势格外好，玉米、谷子、高粱、土豆等均不例外，似乎地里种什么长什么，不需要像每年那样煞费苦心地精心规划，到头来还是算计不过老天。

种了一辈子地的村民王狗狗，喝了二两酒后，更加神采飞扬，他对今年庄稼的收成非常满意。他说在南倒拉板村论种地他谁都不服，什么地该倒什么茬，什么节气点种，什么时候施肥、间苗、除草、收割，讲起来头头是道。他说自己把3个儿子1个女儿抚养成人，并且帮助他们成家立业，都是因为种地种得好，同样相邻的土地，他家的庄稼就比别人家的庄稼长得壮。王狗狗在种地的同时还不耽误上山放羊，经济收入自然比别人多。在农村人的观念里，老人们为子女张罗着盖完房子并娶妻生子，才算完成一生中最重要的事情，付出再多也心甘情愿，王狗狗对自己的辉煌成就感到骄傲。

秋天同样光临了我居住的小院。或许是因为忙，或许是过了不惑之年的缘故，总觉得日子过得飞快。我在农村经历了一个完整的从春播到秋收的过程，竟找不出时间留下的影子和痕迹。似乎秋天一下子到来，让人猝不及防，夏天没有挥一挥手就悄悄地溜掉了，把一个浓墨重彩的秋天突然推到你面前。办公室前面两片小菜地上绿色的庄稼还没来得及去欣赏，就开始枯叶连片了。黄瓜、西红柿在不知不觉间下了架，玉米穗结实的外衣变得干瘪，露出金黄色的排列整齐、颗粒饱满如笑脸般的玉米粒。爬上铁栅栏的南瓜秧硕大的叶片失去了鲜绿，变成一片灰白色，一个个彩色的南瓜在习习秋风中时隐时现。只有胡萝卜的叶子还是绿绿的，表明地下的萝卜仍在不停地生长。时间是最公平的，也是最无情的。无论你愿不愿意，四时变化如常，秋天如期到来！

在农人们收获五谷庄稼的时候，我也在梳理驻村工作一年来的得失。我觉得，天下的村民百姓都一样，他们不问你是从哪里来的，也不管你是什么省长市长县长乡长还是第一书记，他们关心的是你能不能做到公平公正，能给百姓带来什么样的实实在在的利益！群众的眼睛是雪亮的，党建、扶贫、产业、治理，哪一项工作都不是虚的。你做好了，在百姓中自有口碑，反之，你就是讲得天花乱坠，他们也绝不会买你的账。第一书记的工作成绩，就在这些普通老百姓的心里……

老子曰："天物芸芸，各复归其根。归根曰静，是谓复命。"意思是说，天下万物纷繁成长，各自又回归到它们的根本。回归根本就可称为安定，安定是指回归于定数。圣人见微知著，从万事万物的发展变化规律体悟到大道的运行。秋天，于人们意味着收获，于植物则完成了一个生命的轮回。老子言说的"道"，应该是万物成长的规律，自天地化育万物之始就一直存在，如日月轮回，星移斗转，万物生生灭灭，无法更改。古人追求"天人合一"的境界，就是告诉人们应敬畏自然，顺应四时，以求得和谐共生。"人定胜天"只是一种奋斗精神，不应作为目标去追求，求者必败，或早或迟。国人大多忌讳谈论生死，历史上多少帝王曾费尽心机以求长生不死，到头来不过是竹篮打水一场空。庄子云："死生，命也，其有夜旦之常，天也。人之有所不得与，皆物之情也。"这句话阐明了生死是自然规律，人无法干预的道理。我曾写过一首咏秋叶的小诗：春不争宠夏

村民在打场

无求，凋零入土亦无忧。待到春雷荡天宇，一袭青翠满枝头。悟道无须去深山古刹，道化育万物，即在平常所见事物中。真正的武林高手，不一定要手提龙泉巨阙，随手摘花飞叶即可伤人。大师的修行，就在衣食起居、起心动念之间。一片秋叶，可为人师。

天高云淡，风吹大野，大自然的神来之笔开始在大地彩绘。在这个收获的季节，村民们奔忙在南倒拉板硗薄的土地上，累并快乐着，他们用镰刀、汗水和笑脸奏响了一曲动人的丰收之歌。

站在南倒拉板村的人人山上，在凉爽浩荡的秋风下，绿色完成了使命悄然隐退，金黄色渐变成田野和村庄的主色调，大地之母慷慨地为辛勤的劳动者捧出孕育了一个春夏的果实。忆起杜牧一句诗：南山与秋色，气势两相高。

2016年9月1日 多云 12℃~25℃

取舍之道

老子曰："既以为人己愈有，既以与人己愈多。"
第一书记工作的取舍，首先要舍去个人的名利得失，
在虚心向人民学习、躬身为人民服务的具体实践中，
使自己的内心不断丰盈强大。

驻村时间久了，发现村干部们的应酬非常多，似乎总有参加不完的饭局。对村中的各类庆典，当地百姓俗称"吃糕"。

中国是礼仪之邦，礼仪在农村却主要表现在吃喝上，用大吃大喝来表达诸多情感。不用说婚丧嫁娶、孩子满月、子女升学、商店开张、搭台唱戏、庆祝节日等大事，即便是有事相托、事后感谢、好友相聚、调节矛盾、杀猪宰羊等，也要隆重地摆酒席庆贺一番。这个地区的习俗与其他地方的习俗还有不同，比如娶媳妇时酒席要大摆2~3天，亲朋好友在婚礼前一天晚餐开始聚会，直到次日中午婚礼仪式才正式开始。村干部作为土生土长的本地领导，自然是应邀的座上嘉宾，不去参加似乎是不给面子，去参加了还要喝好，主人方满意。偌大一个村庄，总有喝不完的酒。此外，还要接待上级来人，同级来访，亲友串门。一些村干部整日忙于应酬，却还乐在其中。

由此，我想到了时间管理问题。人的精力有限，怎样取舍是关键。一个人在应酬上花费的时间多，在学习和工作方面花费的时间就会少。当然，从某种程度

上说，有些应酬会增进干部与群众之间的感情，但过度交往肯定是弊大于利，形成了耗时费力的无效社交，甚至因此触碰党的作风建设“高压线”。刚任第一书记的几个月，我觉得需要和群众拉近感情，打成一片，也便于了解村情民意，盛情难却之下，也参加了一些应酬。投桃报李，时不时也回请大家吃顿饭，一来二去，便和很多人熟悉了。但已过不惑之年的我，忽然间觉得时间才是一去不复返的真正的“奢侈品”，总想多学点知识做点事情，喝酒浪费时间，耽误工作，影响形象。多年的军旅生活中，大把的时间花在事务性工作上，要想适应社会这个大舞台，需要学习掌握的知识太多了。两年时间不算短，工作之余还是要静下心来多看点书，充实一下自己，于是开始找借口，从各种应酬中退了出来。

人生贵在取舍。沃伦·巴菲特曾对比尔·盖茨讲：“很多人问我如何才能成为一名富翁，我觉得很简单——致富不取决于你的智商和天赋，它取决于你有多理性。人生的进退取舍是对财富管理的最大考验。”股神站在掌控财富的角度，告诉人们选择的重要性。如果一个人心中缺乏明确具体的奋斗目标，就会陷入随波逐流的盲从状态，看似忙忙碌碌，实则一无所获。原因就在于没有抓住主要目标，反而被生活中无关紧要的琐碎事务缠住了手脚。人们常讲“舍得”二字，有舍才有得，且是先舍后得。到底该舍什么，舍多少，才是考验人生的大智慧。于常人而言，小舍容易大舍难，舍给自己容易舍给他人难，舍给亲友容易舍给社会难。功名利禄面前，都是说着容易做着难。

纵观历史，在政治、军事、经济、文化等各领域的集大成者，都是勇于并善于舍弃的大家，有多大的勇气舍弃就有多大的成就！司马迁用一生的精力、艰苦的劳动，忍受着肉体和精神上的巨大痛苦，以其“究天人之际，通古今之变，成一家之言”的史识，创作了中国第一部纪传体通史——《史记》，鲁迅称之为“史家之绝唱，无韵之离骚”。明代大儒王阳明，生平命运多舛，用毕生精力追求圣贤之路，最终成为中国历史上在立德、立言、立功三方面均有显著作为的大家。有评论说，“为天地立心，为生民立命，为往圣继绝学，为万世开太平”的儒家最高道德理想，是其一生的鲜明写照。古今中外，凡试图占尽一切荣华富贵的人，终将被历史淘汰。而把国家、民族和人民利益放到第一位的人，在人民心中历久弥新，世代相传。

写到这里，我想起了两位大人物。一位是开国领袖毛泽东，在他的一生中，心里只有国家和人民，他带领中国人民实现了从半殖民地半封建的旧社会到民族独立、人民当家做主的新社会，其丰功伟绩和伟大的思想光辉时刻影响着后人。伟人一生无一己私求，每当指挥一场惊心动魄的大战胜利之后，只奖励自己一碗红烧肉。试想在古今中外，在立德、立功、立言等领域集大成的帝王和领袖将帅，谁能与毛主席比肩？另一位是法国总统戴高乐，他受命于法兰西第三共和国风雨飘摇的危难时刻，面对兵临巴黎城下的法西斯，他带领法国人民从艰难困苦中崛起，并跻身世界大国之列。功成名就之后，只接受准将的微薄薪金。在遗嘱中拒绝一切厚葬，他的墓地和家乡最普通村民的墓地在一起，墓石上只写“夏尔·戴高乐”。法国人民为表达对将军永恒的怀念和无限的敬意，在墓边建了个亭子，派宪兵24小时为将军守墓，40多年来风雨无阻。圣人有云：“以其不自大，故终能成其大。”

取舍的层次决定人生的质量。美国著名哲学家、教育学家威廉·詹姆斯曾说过：“明智的艺术就是清楚地知道该忽略什么的艺术。”一只鼬鼠向狮子挑战，要一决雌雄，狮子果断地拒绝了。“怎么，你害怕了吗？”鼬鼠说。“非常害怕。”狮子说，“如果答应你，你就可以得到曾与狮子比武的殊荣；而我赢了，对手不过是一只老鼠，以后所有的动物都会耻笑狮子竟和鼬鼠打架。”狮子是明智的，如果选错了对手，胜负都不值得。生活中处处都有选择，选择什么样的职业，读什么样的书籍，交什么样的朋友，遵循什么样的处世之道等，都会对人生产生重大影响。有句话说，一个人不改变所读书籍和交往的朋友，5年之后还是老样子。人生处处都是选择，选择改变生活。今天的生活境遇，都是昨天选择的结果。人活着总要追求点什么，不被不重要的人和事情打扰，学会拒绝生活中无关紧要的交际和应酬，专心于自己心中的奋斗目标，才能活出有质量的人生。

取舍之道大有学问。老子强调“微明”理论，圣人参透了宇宙法则，做到起事于无形，运用“物极必反”规律，常人无从得知，无处下手。细思老子的“无为”思想，并非消极等待，什么都不做，而是重视从根源和苗头入手，把问题解决在萌芽状态，是常人看不见的“有为”，是更加高深高明的大道。心中有明确的目标，从常人不易察觉的点滴小事做起，反其道而行之，从无到有，推波助澜，助其快速消亡，达到“物壮则老”的目的。

人的身心状况同样是自己取舍的结果。如果把人体比作一座宫殿，那么选择用什么样的材料来建造，使其内部结构坚固舒适，外部富丽堂皇，则是一个人毕生追求的目标。人体本身就是一个高度精密复杂的系统，包含身体与心智两大部分，内外和谐和阴阳平衡是保持健康的秘诀。身体需要食物供养，心智需要精神滋润，二者相互依存，和谐共生。能不能保持科学合理的饮食习惯，坚持适度的肌体锻炼，直接影响着身体健康状况的好坏。保持什么样的心态对待名利，读什么书籍、思考什么问题，则决定着心智的健康程度。审视自己的身心状况，看看周边人的人生境遇，更感觉到取舍对于有限人生的重大意义。

老子曰：“既以为人己愈有，既以与人己愈多。”第一书记工作的取舍，首先要舍去个人的名利得失，在虚心向人民学习、躬身为人民服务的具体实践中，使自己的内心不断丰盈强大。

有什么样的取舍，就有什么样的人生。取舍之道，决定着人生的高度。

2016年9月7日 晴转阵雨 11℃～23℃

在乡间修行

修行就是怀着感恩的心态工作。“第一书记”这个职务没有具体的事务性工作，如果不想干则什么事情都没有，因为村组织是个完整的体系，大家分工明确，各司其职；但如果想干，则每天都有干不完的活。

记下这篇日记时，任第一书记整一年。这一年，寒来暑往，春播、夏耘、秋收、冬藏，经历了五谷庄稼的一个完整的轮回。自参军入伍后，20多年紧张忙碌的部队生活，头脑中紧绷的一根弦始终松不下来，感觉换了工作环境，就相当于换了一种心情。这一年，虽工作辛苦但富有激情，生活清苦却内心充实，远离城市的喧嚣，人就真正静了下来。西方有句谚语：神造乡野，人造城市。大地本是沉静的，乡村鸡鸣犬吠，雀鸟歌唱，庄稼拔节，反更衬托出静的彻底、纯净。我觉得，在农村工作和生活，是一种修行。

修行就是修养德行。道教、佛教、伊斯兰教等宗教，是一种单纯的超脱和出世的神学修炼。自古以来，儒家思想以追求内圣外王为最高境界，达到修身、齐家、治国、平天下之宏伟目标。修身，在第一位。2014年3月9日，习近平总书记在关于推进作风建设的讲话中，提到“既严以修身、严以用权、严以律己，又谋事要实、创业要实、做人要实”的重要论述。去年在县处级以上干部中开展了专题教育，领导干部要做到“三严三实”，修身居核心地位。在廉政建设上，要建立让党员干部不敢腐、不能腐、不想腐的反腐败机制。不敢是畏惧法纪，不能是制度健全，不想才是最高境界，也是最难办到的，需要党员干部具有很高的思想觉悟和道德修养。

修行就是享受清苦。能不能吃得下苦，真正安下心来做事，对手其实就是自己。去年自治区实施农村牧区基础设施改造工程时，为移民新村新建了3间卫生室、2间文化活动室和2间办公室。房屋涂料刚刷完我就来村里报到了，住在最西边的一间屋子里。不到20平方米的房间内，靠西侧顶住窗户处放置一张简易单人床，床上放着被褥、毛毯加一迷彩棉大衣。床后正中靠西墙位置安放一张办公桌，坐在桌前，正好可以透过窗户看见广场上迎风飘动的国旗。桌上安放着电脑、打印机，还有一盆墨绿舒展的君子兰和一盆青翠莽苍的文竹，余下的空地全是一摞摞的各类书籍。屋内左后侧靠北墙有一个取暖小锅炉，冬天包括卫生室在内的4间屋子全靠这个锅炉取暖。夏天，屋子小，空气不流通，下午的太阳透过门窗和西墙把热量源源不断地输送进来，风扇摇头晃脑使劲吹也赶不走满屋的热浪；冬天，猛烈的西北风和窗外的白杨林尽情拥抱，风声不停地拍打着我薄薄的门窗，呼啸声一浪高过一浪，西侧和北侧墙体被吹出一层细密晶莹的冰粒，在斗室形成半壁霜华。最冷的时候，头戴高寒区部队装备的厚厚棉帽，用防寒大衣把头裹住也难以入睡，凌晨2～3点钟，炉火已尽，寒潮开始在屋内弥漫，只得披衣生火读书。孔子曰："君子食无求饱，居无求安，敏于事而慎于言。"想想政府机关温暖如春的办公环境，是圣贤之书给了我莫大的慰藉，于是安下心来学习君子之风，接受这种艰苦生活的考验。

最困难的还是吃饭问题，去镇政府食堂来回得开车跑10多公里，去村内小饭店吃饭觉得卫生不太好，去农户家里怕给人家添麻烦，因为现在的农村，已经没有了六七十年代干部下乡派饭的大环境。于是，每周从市区超市买回方便面、火腿肠、罐头、咸菜等干粮解决吃饭问题。一个人的伙食好对付，有时只用电热壶煮两个鸡蛋就能解决一餐，清水煮面条也能吃饱，可以找一找《瓦尔登湖》作

美丽田野

者亨利·戴维·梭罗独居山林的感觉。时间久了，就会觉得简单的生活没什么不好，人本来应该没有那么多需求。老子说：“圣人为腹不为目。”吃饭是为了活着，但活着绝不仅仅是为了吃饭。华宇丽服，山珍海味，乃世俗之乐，非圣贤人所求。想想这条件，与习总书记六七十年代在陕西梁家河下乡时相比，不知要好上多少倍。人就是这样，心态调整好了，看事物的角度变了，有些问题根本就不是问题。

修行就是修心。办公室前面的路两侧有半亩多荒地，我们用丁香树丛将其围成2小块菜地，与7间房屋呈倒“品”字形。开春冰雪消融后，先捡出里面的碎石块，然后拉来一车羊粪撒在上面做肥料，再用锹把地翻一遍，就做好栽种前的准备工作了。白副支书的夫人靠墙边栽了几株果树，又将地里面打成一个个菜畦，种了玉米、青椒、茄子、香菜、萝卜、南瓜、西红柿、黄瓜、大葱等10余种蔬菜。几遍水浇过，小苗争先恐后地往出窜，竟长得错落有致，满园郁郁葱葱，青翠欲滴，一个夏天，都给你满眼的绿色。蔬菜的生长速度是惊人的，一茬菜下来自己吃不完，便摘下来送给来卫生室看病的乡亲们。老子曰：“万物并作，吾以观复。”圣人高明，善于见微知著，看草木生而知时令变，观一叶落而知天下秋。菜园虽小，从春到夏，同样演绎着众生轮回的精彩大戏。一个人住在这里，夜晚合上书本站立在院中，看满园菜畦禾韭竞荣，虫飞蝶舞，看月亮在高天行走，洒一地银辉，看天枢、天璇、天玑、天权、玉衡、开阳、摇光“北斗七星”在浩瀚无穷的天宇中明灭闪烁，听四周高大的白杨树在风中哗哗作响，美好的心境无以言表。早上在朦朦胧胧中，第一缕阳光已穿过树梢，公鸡骄傲的鸣唱声此起彼伏，牛羊在农户院中躁动不安，御风（收养的小流浪狗）在菜畦中跳跃着追逐叽叽喳喳觅食的花喜鹊，成群的麻雀“哄”的一声飞起落到另一个园子里，乡村在各类吵闹声中醒来。想来陶渊明“采菊东篱下，悠然见南山”的意境也不过如此。站立窗前，面对满园葱茏，我大声朗诵一段国学经典或一首诗歌，让读书声融入乡间晨景，为偏僻的乡野增添一点文化气息。

修行就是怀着感恩的心态工作。“第一书记”这个职务没有具体的事务性工作，如果不想干则什么事情都没有，因为村组织是个完整的体系，大家分工明确，各司其职；但如果想干，则每天都有干不完的活。想想百姓是我们的衣食父母，看看这个传统落后的刚解决温饱问题的农村，怎忍心辜负了这个岗位？第一书记是场外教练员，主要做指导、把关工作，但要把工作干好，很多时候需要亲自下场踢球。苦点累点没什么，我担心的是百姓不认可自己的工作，工作没成效，虚度了两年时光。

天道酬勤，汗水换来的果实是沉甸甸的！当全身心投入农村基础设施改造的时候，当带领党支部“一班人”集中几天时间学理论搞活动整理资料，并受到上级领导好评的时候，当精心准备且集中起40多名党员成功上完一堂党课的时候，当耐心召集齐村民代表在劣烟熏呛和近似吵架般的会议上最终达成一项重大决议的时候，当多方查阅资料11次修改承租合同并最终和开发商签订开发万亩荒山的时候，当四处筹集把价值几万元的米面油送到全村贫困户家中的时候，当带领村干部把年画和对联送到孤寡老人家中并贴到门上的时候，当为贫困学生和孤儿筹集到善款并逐月打到各家银行卡的时候，当把一起村民因土地纠纷剑拔弩张准备大打出手的事件平息的时候，当费尽周折组建一支广场舞队伍并看到越来越多村民自觉离开麻将桌开展健身活动的时候，当越来越多村民找我聊天并愿意向我敞开心扉不拿我当外人的时候，当从田间地头回来误了饭点隔壁大娘亲自把一碗热腾腾的面条端到我面前的时候，顿感心生温暖，深深地体会到了作为第一书记帮助和服务群众百姓带给自己的快乐，内心也有一点小小的欣慰和幸福感。

诗人鲁藜在《泥土》中写道："老是把自己当作珍珠，就时时有被埋没的痛苦。把自己当作泥土吧，让众人把你踩成一条道路。"在万米高空的飞机上俯瞰大地，人是何其渺小，如低头看脚下的蚂蚁。夜晚仰望星斗满天的苍穹，未知世界又有多少，百年人生何其短暂。本就是平凡人，把自己当成大地上的一粒尘土，用一颗平常心去面对工作、生活，方可拥有宠辱不惊的强大内心。

仓廪实，衣食足，天下安，这是亘古不变的社会规律。中国自古以农耕文化为核心，农业文明悠久的历史，孕育了中民民族灿烂的文化。现在农业一枝独秀的时代虽然过去，但工业文明过度开发资源、污染环境的负面效应越来越明显，人们越来越重视生态文明建设，农村不再单纯地为人们提供衣食之源，旅游、休闲、养生等相关产业异军突起，农村成为人们回归自然、体悟生命的重要场所。

农村是充满蓬勃向上的生命力的广阔天地，是每个人的精神家园和安身立命的根本。一生中有农村工作的经历，是幸运的，是值得自豪的。

2016年9月19日 晴 8℃~22℃

清晨之约

每日清晨，在与村民看似漫无边际的聊天唠嗑中，我不仅体会到了村民内心的苦辣酸甜，知晓他们心里想什么，期盼什么，困扰什么，更从中找到了第一书记的工作重点和努力方向。

每一个驻村的早晨，我会在7点之前打开村部大门，迎接提早来卫生室就诊或买药的村民，他们都是我聊天访谈的对象。同为医生的白副支书夫妇住在距卫生室几百米远的家里，一般在8点钟以后来上班。过惯了自由散漫生活的村民，往往时间观念不强，因而每天都有提前在门口徘徊等待就诊的人，把他们邀请进屋，来个清晨一席谈，成为我了解村情民意的重要途径。

谈话是一门艺术。谈话要抓住重点人员，把握住时机火候，能把很多矛盾和问题化解于无形。2002年，我在边防巡逻艇大队水兵中队任指导员时，给自己制定了“日谈一兵”制度，就是每天至少找1名战士谈心谈话，了解其工作、生活乃至家庭情况，掌握士兵的思想动态，并给予及时的帮助、教育和引导，这种谈话既是教育，也是管理。时间久了，全中队每个战士的所想所需，我基本上了如指掌，从门口的脚步声就能判断是谁，来找我什么事。于是谈话变得单刀直入，没等战士开口我先讲。有的战士带着问题和情绪进屋，站了半天，最后一句话没说，敬个军礼转身走了，问题就这样解决了。

与村民谈话有别于同等级森严、令行禁止的部队战士谈话，不能让他们觉得你高高在上，双方平等才能敞开心扉对话。沏一杯热茶，拉把椅子坐在村民对面，寻找村民熟悉的话题，山川草木、风物人情、家庭琐事、田间禾韭，天南地北什么都可以谈。遇到不愿意讲话的村民，我就先介绍自己，消除初见的陌生感，然后再向他们请教村情农事，由浅入深慢慢地引导，总能找到共同语言。村民的话匣子一打开，很容易捕捉到我想要的东西，收获的信息超乎预料。

于是，在一个又一个或温暖或清冷的早晨，聊天谈话在随机而遇的村民中展开。一辈子放羊的王狗狗绘声绘色地描述人人山的传说，讲述至今仍汩汩流淌的山泉水的故事，以及自己总结的“种地放羊经”；曾在南倒拉板村任会计和村支书20多年的焦团员回忆村庄发展变迁史，讲述1946年除夕之夜，国共军队在人人山上的一场激烈战斗；与乡派出所退休的老吴书记一起探讨“四书五经”等国学知识，听他结合自身阅历谈经论道；听本村开商店、承包工程的康明经理83岁高龄的老母亲谈几个儿女的成长趣事，及老年人的养生之道；倾听贫困户张老万述说清贫家境，帮他出主意想办法，一起研究脱贫之策；记录村会计韩过兵、村民代表王二狗讲述1998年二轮土地承包过程，分析一些村民之间土地纠纷的来龙去脉；听幼年失去双亲，至今孤身一人的五保户郭根元提到童年时代心酸落泪，讲到现在的生活破涕为笑等等。

屋内有欢声笑语，有平静的诉说，有无奈的叹息，也有理性的思考。讲者动情，听者动容，一个个不同的人生境遇活生生地展现在我面前。谁都想有尊严地生活，谁都想过富裕的日子，但现实中没有几个人的生活能称心如愿，由此更深切地感悟到人生百态，世事沧桑。走在熙熙攘攘的大街上，我们看到的只是人的表象，不走入内心世界，永远无法真正地了解一个人。

农民是大地的主人，百姓中蕴藏着大智慧。他们生于斯长于斯，对这片土地上的故事了如指掌，如数家珍。每日清晨，在与村民看似漫无边际的聊天唠嗑中，我不仅体会到了村民内心的苦辣酸甜，知晓他们心里想什么，期盼什么，困扰什么，更从中找到了第一书记的工作重点和努力方向。与他们的谈心聊天，有助于妥善处理驻村工作中遇到的一些“老大难”问题。比如处理村民之间的土地纠纷问题，推进南倒拉板村万亩荒山合理开发问题，解决村里各项工程施工矛盾问题等，这些文化程度不高的村民知晓内情，看问题不绕弯子，直奔主题，非常乐意为我提供信息和个人建议，帮助我找到解决问题的最佳方案。

1941年3月，毛泽东同志在《农村调查》中指出：“没有满腔的热忱，没有眼睛向下的决心，没有求知的渴望，没有放下臭架子、甘当小学生的精神，是一定不能做，也一定做不好的。必须明白：群众是真正的英雄，而我们自己则往往是幼稚可笑的，不了解这一点，就不可能得到起码的知识。”实行群众路线的领导方法和工作方法，是我们党成长壮大的一个基本经验。希腊神话中，安泰俄斯是大地女神盖亚和海神波塞冬的儿子，力大无穷，只要他保持与大地的接触，他就是不可战胜的。虚心向群众问政，心甘情愿给人民群众当学生，是第一书记“接地气”的一种工作姿态，是对群众参与新农村建设话语权的尊重，更是第一书记干好本职工作的思想源泉和不竭动力！

老子曰：“圣人无常心，以百姓心为心。”民心即是天道。圣人无一己私心，时刻关注众生的喜怒哀乐，合理地满足百姓的意愿和想法，以变应变，有的放矢，从根源上解决问题。《论语·季氏》云：“不患寡而患不均，不患贫而患不安，盖均无贫，和无寡，安无倾。”2000多年前孔子的思想，在今天看来仍有其进步意义。在社会主义革命和建设时期，广大农村和农民做出了巨大的贡献和牺牲，为共和国的建立和发展提供了强大动力。改革开放以后，国家重点发展城市建设和市场经济，农村建设没有跟上发展步伐，政策和投入上欠账较多，城乡差距不断拉大。消除城乡间的差别，尤其在扶贫、医疗、教育、养老和文化生活等方面，让广大农民享受与城市同等的公共资源，本身就是全面建成小康社会的重要组成部分。习近平总书记在十八届中央政治局常委同中外记者见面时说：“人民对美好生活的向往，就是我们的奋斗目标。”党的十八届五中全会首次提出以人民为中心的发展思想，旗帜鲜明地突出人民的主体地位，并成为时代发展进步的主旋律。新形势下，党中央高度重视“三农”工作，提出了2020年全面建成小康社会的奋斗目标。党员干部要有所作为，就要跟得上党中央的节拍，大处着眼，小处着手，充分了解掌握村情民意，不断增进与人民群众之间的感情，这是做好农村工作的前提和基础。

又是一个清爽的早晨，炊烟薄雾轻笼，一轮红日初上，打开村部大门，热情相邀或熟悉或陌生的村民进屋谈心聊天，继续谈论着“农民、农村、农业”这个古老而又常讲常新的话题……

村事篇

2015年9月28日 多云 12℃～23℃

一堵墙的风波

这件看似简单的村民纠纷，因为牵扯到宅基地问题，处理不好，不但会使事态升级，甚至还会出现上访告状事件。协调村民之间的纠纷，维护村内治安的良好局面，是村干部的重要职责。

进入9月下旬，接连下了几场雨，一场秋雨一场寒，草木归根，落叶飘零，昼夜温差逐日增大，人们开始换上了长袖衣衫。立秋已过，农谚有“立秋雨淋淋，遍地是黄金”之说，五谷庄稼陆续成熟，农民开始进入繁忙的秋收时节。这时，村部后院两户农家因修墙起了风波。

村民老庞家正房面西，紧邻的小李家正房面北，两家处在街道拐角位置的接合部。原本和睦相处的两家，因老庞要在后院建一堵院墙，正好挡住了小李家的南房窗户，争执由此开始。老庞的理由是小李家建的南房是违规建筑，自己修住宅的后院墙是合法依规的。小李则认为，老庞的院墙侵占了村部的土地，挡住他家南房窗户更不可容忍。两家互不相让，并动员各自亲戚帮忙助阵，很小的一件事演变成了一场纠纷。最后，双方气势汹汹地到村部找村干部来评理。

说心里话，这是我驻村以来遇到的第一起村民纠纷事件，虽有心前去劝说调节，但他们极快的语速夹杂着愤怒的情绪，使得浓重的和林格尔方言更加晦涩难懂，真是心有余而力不足，只得站在一边看别人处理。恰好在移民新村包村入户协助搞基础建设工程的人是县土地局和镇土地所的干部，这些人原本就是在管土地的部门工作，大家一起上前劝阻，有讲土地政策的，有讲邻里感情的，可谓动之以情，晓之以理。可老庞根本不把这些大小官员的话放在心里，劝解的人越多，老庞反而越听不进去，似乎这堵墙成了关系他一生荣辱贵贱的门槛，不为众人所动，坚持修墙到底。

最后，包村的盛乐镇陈连续主任来了，他和老庞是从小一起长大的。陈主任把老庞悄悄地拉到一边，从两个人小时候的友谊，谈到这堵墙带来的负面影响，帮他分析了利害关系，说明了修墙不符合补贴政策，这个场面无论如何也得给自己个面子。老庞这回听进去了，磕磕绊绊口齿不清地还想坚持自己的立场，被陈主任半开玩笑地踢了两脚。老庞说："你为什么踢我？"陈主任说："我和你关系好才踢你，在家只能踢自己的儿子，踢别人岂不是找事！你一个大老爷们这么大岁数却不明事理，还为这点小事和邻居吵架，不踢你踢谁？"这两脚反倒把老庞踢笑了，墙不修了，一堵墙的风波就此了结。事后，老庞还请陈主任到村内小饭店喝了几杯酒，以示赔礼道歉，两个人高高兴兴地聊到半夜。

这件看似简单的村民纠纷，因为牵扯到宅基地问题，处理不好，不但会使事态升级，甚至还会出现上访告状事件。协调村民之间的纠纷，维护村内治安的良好局面，是村干部的重要职责。

"三尺巷"的故事广为流传，堪称是中华民族传统礼让美德的典范。清代开国状元傅以渐，在京城为秘书院大学士，家中因为宅基纠纷，修书一封，希望他能为家中撑腰。收到家人来书后，遂修一纸家书："千里修书只为墙，让他三尺又何妨？万里长城今犹在，不见当年秦始皇。"家人看后，自感惭愧，主动让出三尺，邻居知道后，深感惭愧，也让出三尺来，于是就形成了今天的"六尺巷"。类似这样的纠纷在农村并不少见，但这一代年龄大、文化程度低、考虑自家利益过多的农民，却很少有"让他三尺又何妨"的雅量。

目前，在以家庭为基本生产单元的农村，人与人、户与户之间似乎越来越缺少凝聚力。除了宗族本家及盘根错节的亲戚之外，很多人是“鸡犬之声相闻，民至老死，不相往来”。偶尔谁家有婚丧嫁娶，还能聚在一起喝点酒说说话，人与人之间的联系似乎缺少了平台和载体，邻里互助互让的优良传统和道德体系出现不同程度的衰败。因此，调节村民之间的纠纷矛盾，只讲大道理是不行的，必须想方设法打感情牌。就庞李两家的纠纷而言，论理两家谁都不占理，强行执法又行不通。农村地广人稀，在宅基地上乱搭乱建、侵占公共土地的情况并不少见，大家互相攀比，蚕食公共土地资源，如果依法严格查起来，农户之间的问题纠缠不清，哪家都有问题。所以，村干部只能保持足够的耐心进行劝解，实在不行，找上级政府、土地部门或村里德高望重的老人出面，平衡各方的利益关系，反复做工作才能解决问题。

习近平总书记在中共中央政治局第十三次集体学习时指出：“一种价值观要真正发挥作用，必须融入社会生活，让人们在实践中感知它、领悟它。要注意把我们所提倡的与人们的日常生活紧密联系起来，在落细、落小、落实上下功夫。要按照社会主义核心价值观的基本要求，健全各行各业规章制度，完善市民公约、乡规民约、学生守则等行为准则，使社会主义核心价值观成为人们日常工作生活的基本遵循。”

弘扬社会主义核心价值观，宣传真善美，抵制假恶丑，需要长期韧性的坚持。在农村，落实一件事很难，不只是执行过程中遇到的阻力多，让百姓从思想上接受也需要一个过程，尽管你办的是有利于农村发展的好事，核心和关键是要把人心凝聚起来。宣传真善美，抵制假恶丑，改变一些村民头脑中处处谋求个人利益最大化等根深蒂固的思想观念，需要下深功夫、细功夫、长功夫，不可能一朝一夕一蹴而就。将板报、墙报、画廊、标语、宣传册等有形的工作好做，集中突击几天就能办到，而观念转变、美德传承等无形的工作却需要经年累月的坚持，需要有良好的大环境营造氛围。要大力加强社会主义核心价值观阵地建设，就要发挥好广播、电视、报纸等媒体的宣传引导作用，制定好村规民约，建设好村民文体活动中心，把村民从“麻将桌”上拉下来，把漫长的农闲时光利用起来，经常组织红色影片展播、跳广场舞、各类球类比赛等，引导群众积极参加健康向上、丰富多彩的文体娱乐活动，让私下里嘀嘀咕咕搞小圈子开小会占公家便宜算计村干部的不良行为没有市场。各级政府应拿出一定的专项经费，表彰奖励“五好家庭”“道德模范”等先进典型，为全体村民树好榜样，从根源上杜绝不和谐因素的产生。

孔子在《论语·颜渊》中说：“君子之德风，小人之德草。草上之风，必偃。”党员干部就是风，群众百姓就是草，党员干部刮什么样的风，群众就会下什么样的雨。移风易俗，倡导良好的道德风尚，基层党员干部首先要带好头做好样子，村民百姓才能紧随其后积极跟进。

2016年2月5日 晴 -6℃～-16℃

年 画

送一次对联和年画，让我找到了基层工作的思路和方法，百姓的生存和生活所需，就是基层干部工作落实的重点。送年画事情虽小，却暖了一片人心。

今天是腊月二十七，天气出奇的冷，太阳耀眼地把光芒洒向山川大地，但没有了夏日火辣辣的热情。凛冽的寒风越过大青山脉，在平坦开阔的土默川上肆意地游荡，银条般的杨树枝干被吹得东摇西摆，有风助威，寒冷便更让人有些招架不住。距离除夕还有2天，村里人家家户户张灯结彩，心急的人家早已把大红对联贴上大门，主妇们忙里忙外地打扫卫生，大块的羊肉和猪骨头在锅内翻滚，香飘街巷。不怕冷的孩子们三三两两聚在一起，燃放着花样繁多的小烟花爆竹。在外求学务工的人顶风冒雪不远千里陆续赶回家和家人围炉团聚，煮酒助兴。辛苦劳作了一年的村民们，隆重地迎接一年中最重要的传统节日——春节。

开展驻村工作已经5个多月了，这是我在农村工作经历的第一个春节。早在半个月前，就和村干部们开始组织扶贫助困活动了，大家把需要救助的贫困户筛选出来，登记发放救助款并张榜公示。在政府救济的基础上，我又联系一家公司给全村44户贫困居民发放了2万多元的米面油，确保每个贫困人口都有过年必需的生活物资。在第一书记的驻村职责中，还有重要的一项，那就是抓好农村党建工作。我想，党建工作不能只限于组织村干部和党员开会、学文件和做笔记，还要着眼于建设服务型党组织，用党员干部的实际行动取信于民，拉近和村民百姓之间的感情。在农村，百姓对村干部的工作无非看重三点：首先是能给大家带来什么利益；其次是做事能不能公平公正地一碗水端平；再次是为群众服务的态度好不好。我知道，在新营子行政村所属4个自然村中，最偏远、最贫困的村就是南倒拉板村，2000年移民新村规划组建后，年轻人进城务工，家里条件稍好一些的村民都陆续下山安了家，如今只剩下24户49人留守村庄，且年龄都是60岁以上的孤寡老人。毕竟是几十年居住生活的一方热土，有老守田园不愿下山的，有因为养羊下不了山的，更多的都是年老体衰的老人，他们没有体力也没有能力开始新的生活。

党和政府没有忘记这个偏僻的角落。这几年，国家惠农政策的力度不断加大，为贫困户建档立卡精准扶贫，符合条件的享受低保、五保和养老医疗等补贴救助，以及退耕还林、粮食补贴、冬季发放取暖用煤款等，生活上吃穿不愁，同时政府还规划为他们就地新建幸福互助院，让他们搬出破房旧屋，住进水电暖齐全的新房子。希望在这些老人们的心中不断被放大，微笑开始在他们饱经沧桑的脸上荡漾。

北方农村的百姓一直保持着贴年画的传统习俗，尽管房屋陈旧，现代化的家具和家用电器也不多，但几张年画贴上去，整个屋子也就显得光鲜亮丽起来，人的心里也就觉得亮堂，年也过得有滋有味。为此，几天前我就做好了相关准备，在市里买了几十副对联和几十张年画，通知了新营子村在家的“三委”成员，组织为孤寡老人送年画、贴春联和入户巡诊活动。勿以善小而不为。我相信，党员干部和百姓的心都是在相处中一点点贴近的。

从移民新村到南倒拉板村只有5公里的路程，一大早，白副支书就开车把大家召集到一起，车辆吱吱嘎嘎地行驶在覆盖着积雪的沙石路上。几场清雪落下，到处是白茫茫的一片，远处山坡上稀稀落落的一簇簇杨树枝条肃立，如银灰色剪

为孤寡老人贴春联

影一般，乡野犹如一幅大片留白的水墨画。人人山北坡舒缓开阔，地处山坳深处的小村庄愈发显得清冷孤寂，只有偶尔传出的一两声鞭炮声才有一点过大年的氛围。

白副支书昨天就打电话通知了村里，因此车一进村，我们就被在寒风中等候多时的村民们围住了，村干部们按照分工开始发春联和年画，还帮助行动不便的老人张贴春联和年画。行医出身的白副支书，带着药箱逐户为老人们量血压，发放药物。大家开始分头行动后，我带了两副对联和两张年画，往康喜财老汉家走去。

康喜财是南倒拉板村年纪最大的老人，近90岁的高龄，他亲眼见证了村庄的发展变迁史，只是近两年腿脚有些不太灵便。康喜财的老伴焦白女也已经83岁了，老太太身体硬朗，略显偏瘦，老人的儿女都在外地成家立业，只有他们不愿意离开生活了一辈子的小村庄。老太太快人快语，手脚麻利，住人的两间屋子虽不大，却收拾得干干净净。康喜财老汉家正对着进村路口，我每次进村入户，基本都是先到他家。第一次来时，老太太听说我是上级派来的驻村干部，一个劲地称赞共产党好，现在的政策好，干部也好，旧社会时谁来管山沟里人的死活！来的次数多了也就比较熟悉了，有时赶上吃饭点了，还能喝上一碗老人家熬的红豆粥，或吃一个油炸糕什么的。这还上升不到侵占群众利益的高度，如果不吃老人会很生气，认为你是在嫌弃什么。驻村久了更加清楚，必须虔诚地拜人民为师，向人民学习，你是不是真心和群众打成一片，逃不过这些饱经世事沧桑的老人的眼睛！

刚进门就听到门外好像有人在争吵，于是我放下东西又转身跑了出来。原来是几个村民在争抢一张印有习近平总书记和夫人彭丽媛的年画。村民吴连生说是他先看到的理应归他，放羊的二满奎说谁先拿到手就归谁，周小眼说在场的他年纪最大别人都不要争了，这种争吵虽不至伤了和气，但众人都很认真。春节是中国人一年中最重要的节日，家中贴年画无非是寓意财源、平安、富贵、健康，因此买画时也没在意，任由卖画人挑选推荐，没想到这张印有国家领导人的年画成了焦点。

村民的举动让我意外。我问大家为什么都抢着要这张画，73岁的村民周小眼用含混不清的语言一字一句地说："共产党好哇！道大，天大，地大，赶不上党的恩情大。"我吃了一惊，这些久居深山，看似目不识丁的孤寡老人，竟有人熟知《老子》中的经典名句，并毫不迟疑地延伸拓展，让人刮目相看。后来了解到，周老汉年轻时也曾为了生计走南闯北，在农村算是见过世面的人，是流沙般的岁月和残疾的身体打磨掉了他的雄心，世事艰辛和在外颠沛流离的生活使其更向往安定的生活。其他村民也七嘴八舌地说，现在国家的政策好，国家还能想着这些没能力啥也干不了的老骨头，我们真是不知道哪辈子修来的福，赶上好时候了！

得民心者得天下。自古以来，看历朝历代定国安邦、兴衰成败，无外乎是对"道"的运用把握成功与否。而今，自习近平总书记主持党中央工作以来，一系列扶贫惠农政策和2020年全民奔小康的奋斗目标，让这个身居小山村的孤寡老人发出了心底的感慨。抢画事情虽小，反映的却是民心。

据史书记载，昔日周文王于渭水北岸围猎，遇姜太公垂钓。周文王问：“如何使天下归心呢？”姜太公说：“天下是天下人共同的天下，不是某一个人的天下。只有与天下人同享天下利益，广施仁爱，才能得到天下。”周文王遂拜姜太公为师，在姜太公的辅佐下，国力日渐昌盛，国泰民安，天下归服。

曾在一本权威杂志上看一篇文章这样写道：“当今中国社会已经分化为‘十大阶层’：国家与社会管理者、经理人员、私营企业主、专业技术人员、办事人员、个体工商户、商业服务业员工、产业工人、农业劳动者、城乡无业失业半失业者。”无疑，农民处于社会阶层的底端。到农村工作以来，我一直处于感动之中。越是艰苦偏远的农村，越是生活贫困的农民，言谈举止越是充满着朴素、感恩的心态。他们虽然年龄偏大，文化程度不高，生活贫困，但始终对党和国家充满希望，对生活没有过多的奢求，尽管很多人刚刚解决温饱问题。

送一次对联和年画，让我找到了基层工作的思路和方法，百姓的生存和生活所需，就是基层干部工作落实的重点。送年画事情虽小，却暖了一片人心。

2016年7月10日 中雨转大雨 19℃～25℃

毁林事件

古人云："仓廪实而知礼节，衣食足而知荣辱。"但愿在慢慢富起来的农村，精神文明建设能够持续跟进，不再发生类似"毁林事件"这样的事情。

早上天气一直阴沉沉的，黑灰色的云层越积越厚，完全遮住了太阳的光亮，城市似乎还没有完全从暗夜里醒来，天空酝酿着又一场大雨。今天是星期天，又逢大雨天气，本想舒舒服服地睡个懒觉，可6点钟不到，就被手机铃声吵醒了。

从2015年开始，来自江南鱼米之乡的王思平董事长，就对南倒拉板村的万亩荒山产生了浓厚的兴趣，因为山上生长着一种被当地百姓称为"野木瓜"的珍贵树种。这种树学名文冠果，抗寒耐旱，叶子可做茶，果实可榨油，枝干可入药，每年开花期长达1个月左右，有着较高的经济效益和生态效益。这几年国家高度重视生态建设，他想抓住有利时机，在生态农业上有所作为，经过半年多时间的考察调研之后，成立了内蒙古祥龙生态农业科技发展有限责任公司（以下简称"祥龙公司"），计划种植国家大力推广的文冠果树。同时，该公司计划利用南倒拉板村山环水绕、毗邻首府、交通便捷的优势，打造特色旅游项目。我去年9月份任驻村第一书记后，直接参与了这个项目的开发，并于11月份组织村民与该公司签订了30年的土地租赁合同。该公司随即展开前期筹备工作，去山东购买机

向技术人员了解
果树栽种技术

械设备、跑甘肃白银地区选种子、来移民新村租房育苗，直到春暖花开，野草覆盖山梁，500亩文冠果苗种子下地，王思平董事长才稍稍松了口气。

今年南方的防汛形势十分严峻，一些地区不亚于1998大抗洪，干旱的呼和浩特市也开启了“看海”模式，每场雨落下来，都会听到城市大堵车和汽车被水淹的新闻。凡事皆有利弊，丰沛的雨水给干旱贫瘠的南倒拉板村万亩荒山带来了希望，几场透雨过后，祥龙公司的500亩文冠果苗开始生长，小苗齐刷刷拔节似的疯长，成活率超出王思平董事长的预期，漫山遍野的翠绿，让这位65岁的老人心花怒放。像往常一样，昨天王思平董事长开车上山看地，才发现约有半亩的苗圃地被铲车挖出了大坑，700多株文冠果树苗被毁。

在农村无论发生点什么事情，都有上千只眼睛在看着，不用到派出所报案，很快就找到了作案者。原来，被毁的半亩苗圃地是南倒拉板村村民二满奎租给祥龙公司的，后来有城里人找到二满奎想买块墓地，二满奎一想也用不了多大地方，就私下里将半亩地卖给了他人。于是，几百株无辜的文冠果小苗被无情的铲车结束了生命。

真是无知者无畏，不到农村不知道，有相当一部分村民“法”的观念非常淡薄，像二满奎这样连自己名字都写不上来的村民不在少数。他毫不知晓中央“四个全面”战略布局、十八届五中全会“五大发展理念”是什么意思，更不关心英国脱欧和围绕南海仲裁案中美两国的剑拔弩张，也不理会南方持续不断的强降雨和到处肆虐的洪水，支撑他生活的全部就是放羊和卖羊。每日太阳升起，背上水和干粮，赶着羊群走过人人山的一道道荒坡墚地，夕阳西下，再把羊群赶回来饮水入圈添草料。日复一日，年复一年，在这个浮躁复杂的快节奏社会中，二满奎享受着一个羊倌简单纯朴的快乐日子。

如果按程序，这件事得报林业公安部门依法办事，二满奎私卖土地、非法毁林，不仅要赔偿损失，还可能被拘留个十天半月。我们把曾在南倒拉板村委会任职20多年的老支书焦团员找来，老支书对二满奎进行了严肃的批评教育。然后大家带着二满奎一起找王思平董事长商议，二满奎也是无知所致，无心之举，还是协商处理为好。面对老实、无知、木讷的二满奎，王思平董事长感到又生气又好笑，一肚子火都不知道往哪发。最后，让二满奎口头承诺不再犯类似错误，并在保证书（别人代写）上按了手印，象征性地赔偿祥龙公司1000元钱。二满奎表示家里没钱，可以给一只羊抵债。王思平董事长无奈，他也不想真的吃二满奎一只羊，只是想让他吸取点教训，就说从二满奎的土地承包费中扣除吧。临出门时，二满奎讪笑着小声对王思平董事长说，最近手头没钱，这次下山要买点东西，想借200元钱用用。王思平董事长无语，转身回屋取了300元钱给了他。

这一代农民是不幸的，在改革开放30多年的历程中，发生变化最大的是城市，无论是政府精力还是资源投向，都集中在城市，国家几十年大兴土木搞建设，基础设施足以与发达国家几百年建设成果相媲美，相比之下农村就受到了冷落。这一代农民又是幸运的，国家从2006年开始取消了农业税，连续十几年中央一号文件都是部署“三农”工作，党的十八大又提出了到2020年实现小康社会的奋斗目标，国家、自治区和市县一系列扶贫政策相继出台，精准扶贫入户到人，大量扶贫专项资金开始涌入农村，农民过上了好日子。

中华人民共和国成立之初，毛泽东同志就指出：“现在我们实行这么一种制度，这么一种计划，是可以一年一年走向更富更强的，一年一年可以看到更富更强些。而这个富，是共同的富，这个强，是共同的强，大家都有份。”曾下过乡当过村支书的习近平总书记指出：“没有全民小康，就没有全面小康。”在2015减贫与发展高层论坛上，总书记满怀深情地说：“40多年来，我先后在中国县、市、省、中央工作，扶贫始终是我工作中的一个重要内容，我在扶贫方面花的精力最多。”孔子曰：“不患寡而患不均，不患贫而患不安。”我们每一个人的命运，是始终与国家和民族的命运紧密相连的。生活在一个和平安定、经济持续发展的国家里，本身就是幸运的。社会没有抛弃任何人，即便你无知无识甚至身体有病残疾什么事都做不成，小康社会也不会落下你，2020年就在眼前，社会的优越性莫过于此。

古人云：“仓廪实而知礼节，衣食足而知荣辱。”但愿在慢慢富起来的农村，精神文明建设能够持续跟进，不再发生类似“毁林事件”这样的事情。

2016年7月25日 大雨转小雨 17℃～26℃

环保风暴

生态破坏在先，史笔千秋在后。古往今来，丹书青史何曾放过哪一个自毁家园的人物！基层干部虽权力微小，但在唤起民众生态和环保意识等方面，也有着各级政府机关不可比拟的优势。

7月20日，中央电视台发布了一条快讯：2016年第一批中央环境保护督察组已进驻内蒙古、黑龙江、江苏等8个省、自治区，督察组将在1个月的时间里，重点督查地方环保不作为、乱作为等问题。

一石激起千层浪。早在7月14日，进驻内蒙古自治区的国家环保督察组就已经到位，微信群已传出首批举报受理转办清单，仅7月15日12时至16日12时，呼和浩特市市区及部分旗县就有12项群众举报的环保事件待查，涉及水污染、生活垃圾、采石场污染等事项，各区（旗）县政府立即开始清理整治工作。

一场环保整顿风暴来临。移民新村毗邻首府，交通便利。前些年，各级搞招商引资，村里先后引进了6个砖厂、2个砂石厂和1个木器加工厂，那些年经济发展就是硬道理，人们的环保意识普遍不强，各级监管机制也不是很健全很严格，在利益的驱动下，各家厂矿急速展开扩张。尤其是砖厂，十几个烧砖窑洞在村南呈东西方向一字排开，每个砖厂前面都推出成千上万平方米的平整场地，垒起了一排排长城似的盖着黑塑料布的待烧砖坯，蔚为壮观。每年5到10月份是生产砖块的黄金季节，砖厂内人声鼎沸，热闹非凡。巨大的铲车在漫天尘土中轰鸣着把土方铲下装入翻斗车，高耸粗壮的烟囱日夜不停地吐着浓黑的烟雾，挥汗如雨的工人们推着小车往返于砖窑和坯场之间，将制成的砖坯送进去，把烧好的砖块拉出来，门口拉砖的车辆长龙般地进进出出，带动着村内十几家饭店商铺的火爆生意。

近两年，农村牧区基础设施建设力度不断加大，大量的用砖需求，让砖厂变得生机勃勃。每家砖厂都有百十多号来自四川、云南、贵州吃苦耐劳的男女工人，这些人大多没有多少文化却有一身力气，他们把幼小的孩子锁在简易的工棚内，从天蒙蒙亮起床一直干到天黑看不清道路方才停工，砖厂就这样开足马力生产仍供不应求。今年4月份每块小砖价格还是0.25元，到7月份已涨到每块0.4元，还是先付款后付砖。一炉砖没出窑，门口的拉砖车早已排起了长队等候。在砖厂负责人赚得盆满钵溢时，土地付出了巨大代价。

中央环保督察组的到来，以雷霆之势结束了这场吞噬土地和污染环境的盛宴。盛乐镇政府正式发文，除进行过环保改造的砖厂外，其余的砖厂无条件关闭并立即遣散工人。同时，责成无证生产的砂石厂自行取缔并拆除设备，木器加工厂进行停业整顿。

我们的先人们早就认识到了生态环境的重要性。孔子曾说："子钓而不纲，戈不射宿。"意思是不用大网捕鱼，不射夜宿之鸟。荀子说："草木荣华滋硕之时，则斧斤不入山林，不夭其生，不绝其长也；鼋鼍鱼鳖鳅鳝孕别之时，罔罟毒药不入泽，不夭其生，不绝其长也。"《吕氏春秋》中说："竭泽而渔，岂不获得，而明年无鱼；焚薮而田，岂不获得，而明年无兽。"几千年来，古人总结倡导的敬畏自然、取之有度的良性循环的生活方式，振聋发聩，值得我们深思和借鉴。当年南倒拉板村也曾是一个山环水绕、绿树成荫、书声琅琅的美丽乡村，而今却成了生态脆弱不适宜居住的穷山沟，是短暂的眼前利益使漫山遍野的桃树、杏树、野木瓜树毁于一旦。山村不仅失去了花草树木四时交替的原生态美丽，还失去了潺潺流水，失去了狐狸、野兔、山鸡和其他动物，先人们流传延续下来的对大自然的敬畏之心也逐渐消失，这片日渐贫瘠干旱的土地，同样让人看到了一些村民基本道德的缺失。

恩格斯曾深刻指出："我们不要过分陶醉于我们人类对自然界的胜利。对于每一次这样的胜利，自然界都对我们进行报复。每一次胜利，起初确实取得了我们预期的效果，但是往后和再往后却发生完全不同的、出乎预料的影响，常常把最初的结果又消除了。"人类农业文明已经有了1万年以上的历史，工业文明自18世纪中期英国的工业革命开始，至今只有300多年的时间，却创造了巨大的社会财富。物极必反，工业革命这只"怪兽"在高额利润的诱导下，看似创造了空前的文明，却在短时间内以超乎想象的速度吞噬着地球上的各类资源，使我们美好家园的环境问题变得日益尖锐。据统计，全世界每天约有75个物种灭绝，每小时约有3个物种灭绝，不能说这和生态环境恶化没有关系。人定胜天只是一种精神，从有人类历史以来，实践一再证明，与天地斗如蚂蚁撼树，人类只能靠智慧和本能选择与大自然和谐相处。

人因自然而生，人与自然是一种共生关系，对自然的伤害最终会伤及人类本身。老子曰："道法自然。"核心是讲，人类要生存，就必须按自然法则和规律行事。寒来暑往，日月轮换，天体运行，各有轨道，互不相扰，违反了规律就必然要付出代价。荀子曰："万物各得其和以生，各得其养以成，不见其事而见其功。"猫喜欢吃鱼却不会水，狗会游泳却不喜欢吃鱼，羚羊力不敌狮子却善奔跑，蚯蚓预测下雨比天气预报还要准。万物各有优劣才能平衡，大自然不会让一方独霸天下，而是要大家和谐共生。在草原上生活过的人都知道，狼攻击猎取羊和马，是人和家畜的敌人。当狼成灾时，牧民会使用各种方式来打狼，但又不能过分捕杀，因为还要依靠狼来控制黄羊、野兔、旱獭子等破坏草场的动物的数量，处理各种腐肉，打扫清理草原，让病菌无以扩散，水源得以保护。就这样，一个精妙的生态平衡链条产生于人、草原与野生动物之间，哪一个环节出现问题，后果都不堪设想。

人类也不例外，违背了自然规律必然要遭到惩罚，这是教训，也是规律。因此，在对待破坏生态环境的问题上，不可只图眼前利益，否则就是自酿苦果，贻害子孙。习近平总书记说："绿水青山就是金山银山。"一个看不到蓝天，呼吸不到新鲜空气，喝不上干净水，吃不上安全食品的社会，只发展经济又有什么意义？对于我们来说，生态文明建设任重而道远。

生态破坏在先，史笔千秋在后。古往今来，丹书青史何曾放过哪一个自毁家园的人物！基层组织虽权力微小，但在唤起民众生态和环保意识等方面，也有着各级政府机关不可比拟的优势。

2016年7月28日 多云转晴 17℃～30℃

承诺之重

基层干部的工作性质不同于县以上政府机关，可以用文件指导和推动工作。基层干部必须要与群众面对面，实打实，来不得半点虚假，靠实际行动取信于民。

写下这篇日记的时候，新营子村38岁的高建平离开这个世界已经3个半月了，他留下了智障的妻子、2岁的儿子、72岁的老父亲和身体残疾的母亲，以及多年治病欠下的巨额债务。

日升月落，这个世界上每天都在上演着悲欢离合。在新营子行政村2000多常住人口中，一个人的去世引不起多大的波澜，除了留给年迈父母无尽的悲伤外，村民们茶余饭后议论几天就过去了，所谓事不关己大抵就是这样。高建平病逝于肾功能衰竭，据说他的病源于小时候玩水受凉得的肾炎，20多年来一直没间断过治疗。有个村民对我说，医生明确告诉他不能结婚成家，但他不听，这不刚结婚3年多，命就没了。我不想从医生的角度看待高建平的选择，人生没有标准模式，各有各的活法，别人说得再多也只是建议，只要你自己认为正确，那它就是正确的。娶妻生子毕竟是人生中一件重要的大事，我想高建平比谁都清楚他的身体状况，他就是在拿生命做赌注，体验家庭生活带给一个男人的温暖，给自己留个后代。

第一次见到高建平是今年1月份的一天，那天天空阴沉沉的，从早上开始就一直飘着雪花。上午10点多钟，村党支部副书记白永平把他领到我的办公室。白永平是医生世家，多年的看病治疗，让他们俩成了非常熟悉的好朋友。高建平消瘦的脸上泛着青色，缺少正常人的红润，进屋只坐了不到5分钟就靠着椅子蹲在地上，病痛使他无法像正常人一样端坐在椅子上。高建平虽身体有病，但思维清楚，他平静地向我介绍自己的病情和家里的现状，看能不能再争取点困难补贴。其实，镇政府已按政策给他落实了低保和相关补助，但与他治病花掉的巨额医药费相比还是杯水车薪，农村像他这样因病致贫的困难户不在少数。两天后，在盛乐镇各行政村年终考核大会上，我把他的情况作为工作汇报的一个问题，向考核组做了汇报，镇党委领导当即表态，在原来救济金的基础上再给他增加3000元补助金。

再次得知他的情况是4月15日傍晚，这一天正逢周末，我收拾好东西准备驱车回市里，走之前照例与隔壁的白副支书打个招呼。一进门，就见白副支书的妻子在一旁落泪。白副支书无奈地说："高建平已放弃治疗，从医院回到家里好几天了，咽不下这口气是因为放不下年幼的儿子。"我知道，高建平不怕死，20多年病魔缠身，他对这个结果早已思考过千万遍了，或许死亡对他是一种解脱，唯一放心不下的是年迈体衰的父母，妻子智障，幼子无人抚养，这是一个人临终前在世间最后的牵挂。高建平一生在黄连树下吟唱，当死神逼上家门，冷锋从僵硬的指尖上潮起时，或许他觉得最可怜的还是亲人们漫长的尘世生活。我想了想，对白副支书说："你现在就打电话告诉他，孩子的事我来想办法，一定会把他抚养成人。"第二天早上接到白副支书打来的电话，高建平得到承诺后不到1个小时，安详辞世。

伯兰特·罗素说："三种简单却极其强烈的情感主宰着我的生活：对爱的渴望、对知识的追求、对人类痛苦的难以承受的怜悯之心。"任驻村第一书记以来，每每为这些生活困难的百姓深感同情，他们生活在社会底层，一生受贫穷、

张瑞军董事长看望贫困群众

疾病和孤独的困扰，生如草芥，死归尘土。新营子行政村所属的4个自然村，均以传统农业种植为主，农民挥汗如雨劳作一年，所得之物基本满足温饱，全村吃低保的村民就有44户，还有近百户不够建档立卡扶贫条件但实际生活非常贫困的农户。目前国家规定的贫困人口生活标准，是人均年收入低于2952元。怎样算脱贫？按照呼和浩特市规定的标准，也就是人均年稳定收入达到4000元。

今年5月11日中午，新营子村一位在内蒙古第三医院（院址在村内）打工的60多岁的妇女，自感心脏不适，步行到村卫生室看病。一进门，就一头栽倒在病床上，白副支书夫妇认识且了解她有心脏病史，而且测量血压数值已经很高了，情急之下，先后2次给她服下10粒速效救心丸。半晌，老人苍白的面色才逐渐红润，满脸都是豆大的汗珠。她缓过来后眼神茫然地看着我们，第一句话竟然是：“你们救我干什么，就这样走了也很好。”贫穷，使她看淡了生死。

内蒙古新大陆沥青燃料运销有限公司张瑞军董事长再一次伸出援助之手，承诺每月资助700元给高建平的儿子高炜翔作抚养费，直至其长大成人，资助款由公司财务按月汇到高建平父亲的银行卡上。此前，他已经资助了新营子村的小学生郭宇和移民新村的中学生高明亮，以每年5000元的标准供至高中毕业，考入大

笔者与孤儿高炜翔在一起

学后继续赠予助学金。我和张瑞军董事长是多年的老朋友了，他当年白手起家，自己摆摊修摩托车，妻子在街头卖馒头，夫妻俩历经了一次次创业的艰难困苦之后，凭着良好的信誉和真诚的为人，才把公司慢慢做大。他说公司的发展离不开社会，自己条件好了理应回馈社会。在朋友圈内，大家都知道他是个非常节俭的人，曾因为一名员工扔了一个馒头直接将其开除，所以公司上百号人吃饭，谁都不会浪费一点粮食。如果没有重要客户来访，他自己也是粗茶淡饭，但热衷于做慈善事业。去年我任第一书记后，春节前他拿出2万余元到超市买最好的米面油，并派部门经理顶风冒雪送到南倒拉板村44户贫困农户家中，令一些孤寡老人热泪盈眶。贫困不可怕，可怕的是面对贫困人群的冷漠。

老子云："轻诺必寡信。"孔子也曾说："今吾于人也，听其言而观其行。"千百年来，"信"始终是生身立命的核心思想之一。基层干部的工作性质不同于县以上政府机关，可以用文件指导和推动工作。基层干部必须与群众面对面，实打实，来不得半点虚假，靠实际行动取信于民。我曾亲见个别机关干部下乡时，对群众关心的切身问题随口许诺，最后不了了之，甚至在群众追问到办公室时又矢口否认，百般搪塞，把问题当皮球踢来踢去。这种糊弄人的做法，损害了党员干部的形象，拉大了干群之间的距离，为自己开展群众工作设置了障碍。同时，也为农村一些告状“专业户”创造了上访理由，使政府工作陷入被动局面。

我曾在杂志中看到这样一篇报道，1991年，已经退下来的老一辈革命家耿飚，重返曾经战斗过的陕甘宁陇东某县，感慨于干群关系的恶化，他问当地干部：“如果再遇到危难考验，今天的人民群众还会不会像革命战争年代那样，舍生忘死来保护党员干部？”据说，当时在场的干部们面对此问，都陷入了长时间的沉默。而60多年前鼎定乾坤的三大战役，则是另一番场景：“最后一把米，用来做军粮，最后一尺布，用来做军装，最后的老棉被，盖在担架上，最后的亲骨肉，含泪送战场。”543万老百姓们正是唱着这样的歌谣，推着小推车勇往直前冲向战场。淮海战役胜利后，华东野战军司令员陈毅曾深情地说：“淮海战役的胜利，是人民群众用小车推出来的。”

干群关系是双向的，我认为干群间出了问题主要责任在干部。干部从群众中来，应该有更高的觉悟、更宽阔的胸襟、更强的处事水平和更好的服务态度。习近平总书记曾一针见血地指出：“领导干部的一言一行、一举一动，群众都看在眼里、记在心上。干部心系群众、埋头苦干，群众就会赞许你、拥护你、追随你；干部不务正事、骄奢淫逸，群众就会痛恨你、反对你、疏远你。”农村工作不好做，村里不乏蛮不讲理只想占便宜的“钉子户”，也有不思进取好吃懒做只靠政府救济生活的懒汉，甚至有靠上访过日子的告状“专业户”，但这毕竟是极少数人，只要工作方法得当，不是没有办法解决。基层很多问题看似不好处理，根源在于一些干部自身素质不过硬，工作没有思路，没有方法，处理涉及村民百姓切身利益的问题没有做到公平公正，解决棘手或“老大难”问题缺乏足够的耐心等。因此，对待基层出现的种种问题，党员干部应首先向自己发问，对事关群众切身利益的事我们承诺了多少，又落实了多少？

承诺是勇气，是担当，更是沉甸甸的责任。

2016年8月24日 小雨 17℃～28℃

物资文化交流大会

无论城市还是乡村，精神生活与物质生活如同车之两轮，鸟之双翼，缺一不可，必须同步发展，同时推进，共同提高。

举办物资文化交流大会，是村民百姓期盼的一件盛事，欣赏剧团演出和购物是物资文化交流会的两大主题。

移民新村西距盛乐镇5公里，西南距和林格尔县45公里，西北距呼和浩特市40公里，公路网四通八达。我一直以为，在物流高度发达、网购快速便捷的今天，举办这种物资文化交流大会没有多大意义。然而事实并非如此，百姓对交流大会表现出来的热情远超乎我的想象。和林格尔县几乎每个行政村都建有剧场，移民新村剧场前面有4000多平方米活动场地，去年村里基础设施改造时对活动场地进行了硬化，安装了8盏路灯。今年春天把广场舞队伍组建起来后，麻将桌上的人少了，这里便成了人声鼎沸的文体娱乐场地。从年初开始，就有人张罗着要利用剧场搞物资文化交流，我和村干部商量，担心基础设施工程尚未验收，人员、车辆、商铺一进来，折腾几天，肯定会对建设好的工程设施有损坏。如果要组织，须上报镇里批准，还得另选场地，并与活动主办方签好协议，与当地派出所和交警队沟通，绝不能出现安全方面的问题。经过研究讨论后，我们把物资文化交流大会的举办时间定在8月20日至27日。

村北有一片400亩荒地，四周都是高高的白杨树，将荒地围成平整宽阔的正方形，此处与村子仅隔着一条102省道，是理想的物资文化交流场所。村里与承办方负责人签订协议：村委会只提供场地，一切费用、摊位管理及卫生维护均由承办方负责。举办物资文化交流会，是文化搭台，经济唱戏，这中间有一个不小的经济链，承办方协调场地，收取商家摊位管理费，剧团赚演出费，附近十里八乡的几千户村民就是主要消费群体。

大篷车舞台搭建在荒地的东北角，每天下午和晚上各有演出剧目，剧团来自集宁，主要以当地民间流传的“二人台”为主。下午场演出时间是3点，晚场演出时间是8点，每场2个多小时。近200家商铺在空阔的荒地上一字排开，从服装、家电、土特产品、农具、儿童玩具到各类小吃，应有尽有。经营者开着货车或面包车，拉着帐篷与货物，以每延长米100元价格租摊位经营。演出的锣鼓一响，寂静的乡村开始热闹起来，商家的叫卖声，买家的讨价还价声，摊前招揽生意的流行音乐声，剧团演员卖力的唱腔声，小孩的哭闹声，汽车的喇叭声，汇聚成农村现实版的“清明上河图”。这些商家一般随交流会四处流动，吃住在帐篷内，自带炉灶做饭，以减少开支。开展交流会以来，村内大大小小10余家饭店的生意也红火起来，几天时间赚个2～3万元不成问题。村内聪明勤快的年轻人，利用晚场演出时间，支个烧烤摊，批发几十箱啤酒，每天烟熏火燎、汗流浃背地忙到半夜，也有万余元的收入。

有需求就有市场，在刚刚解决温饱问题尚不富裕的农村，交流的物资商品价格低廉，都是村民生产生活必需的日用品，非常受村民欢迎。剧团演出的“二人台”曲目，更是老年人的最爱。我一路参观走到正在演出的剧场时，65岁的村民韩拉虎正看得津津有味，他知道我听不太懂本地方言，就把这个有关“孝道”的二人台剧情从头到尾给我讲述了一遍，看得出他不止一次观看过此剧。村里的老人们喜欢看旧戏，听上句知道下句，百看不厌。他们不敢奢望去城里的大剧院看

村民在看戏

剧，这些带着泥土气息的节目伴着他们从小到老，更适合他们的口味，或许他们能听出岁月流逝带来的苦辣酸甜。

老子曰："不贵难得之货，使民不为盗；不见可欲，使民心不乱。"意思是说，不视难得稀有之物为珍宝，使百姓不因此而做偷盗之事；不炫耀能引发欲望的财物，使民心不为此受到迷乱。上有所好，下必甚焉。楚王好细腰，宫中多饿死。在城市人为车子、房子和生活忙碌奔波的时候，绝大多数农村人偏安一隅，过着非常淳朴简单的生活。他们安心耕种，勤俭持家，不敢有一点儿奢侈和浪费。这地方的百姓最爱吃大烩菜，豆腐、粉条、土豆等炖在一起，每人一大碗，吃完了倒点开水把菜汤喝掉。他们认为最好吃的主食是大饺饺，和东北的蒸饺差不多，不过是用土豆、粉条和猪肉做馅，放到锅里蒸熟了吃，算是吃了一顿稀罕饭，民风淳朴至极。这种乡间物资文化交流，也仅仅是提供了村民基本生产生活的必需品，少则三五元，多则百十元，没有一件有钱人看得上眼的奢侈品，村民消费得起。大道至简，《人民日报》曾发文倡导简约生活，避免因过度消费造成的资源浪费。人是有思想的高级动物，人在满足基本的衣食住行后，应更好地追求精神生活，追求自身内在的丰盈，提升精神境界。尤其在信息化和网络化时代，生活节奏不断加快，更不能随波逐流浮躁跟风，用锦衣玉食来掩饰内心的空虚。老子不愧为圣人，仅寥寥数字，就戳穿了人性的弱点，总结出彪炳千古的警世恒言。农村大环境相对封闭，因没有奢华而民心不乱。

无论城市还是乡村，精神生活与物质生活如同车之两轮，鸟之双翼，缺一不可，必须同步发展，同时推进，共同提高。在城市物质生活与精神生活日益丰富的今天，各级政府应多关注农村的全面发展，不仅要重视物质上的扶贫，更要重视精神上的扶贫，使二者有机结合，相得益彰。与解决群众温饱生活相比，解决群众道德精神上的问题难度更大，更需要各级政府集中发力，持续发力，长久发力，多方面发力，把过惯了散漫日子的村民百姓的思想，团结和凝聚到社会主义核心价值观上，让正能量占领乡村精神文化生活的主流阵地。对活跃于农村的物资文化交流大会，政府应顺应民意，积极扶持，保护和弘扬具有地域特色的民间文化，不断提高品位，使这种物资交流和文化演艺活动走上规范化轨道，成为社会主义新农村建设的重要组成部分。

2016年8月25日 多云 16℃~21℃

快乐的“御风”

天下有至乐无有哉？有可以活身者无有哉？今奚为奚据？奚就奚去？奚避奚处？奚乐奚恶？

御风是我在村马路上捡回的一只小狗，现在已经5个月大了，回城进村，常把它带在车上相伴同行。百度资料上说，犬类5个月相当于人类八九岁的孩子。

驻村工作生活比较清苦，一个人吃饭总是对付，饥一顿饱一顿。3月中旬的一天中午，白副支书的老母亲包了水饺邀我去家里吃饭。在去他家的路上，我看见一只小狗像个小绒球似的在马路中央转圈，眼睛可能还看不见多远，也就是刚出生几天的样子。当时路边站着几个村民，我以为主人就在旁边，没在意就走了。约半个小时后吃完饭回来，看它还在马路中央蠕动着，似乎在等待什么，周围一个人都没有，在车来车往的马路上，危险会随时发生。看到它，我感到冥冥中似有天意，天生万物，天养万物，每一个生命的个体都值得尊重。认定这是只流浪狗后，我便把这只比手掌心大不了多少的小东西带回住处。这几日正读《庄子》，读到“夫列子御风而行，泠然善也”，小狗正用小嘴巴拱开房门进屋，遂为这只天赐小狗取名“御风”，御风虽出身卑微，但我希望它今后的生活如风一样来去自如，轻松快乐。

狗在农村特别普遍，几乎家家都有。自古以来，人们把狗与马、牛、羊、猪、鸡并称为“六畜”。资料介绍，有科学家认为狗是从灰狼驯化而来，驯养时间在4万年前至1.5万年前。作为人类最早驯化的家畜，狗的存在和进化都与人类的文明发展有着千丝万缕的联系。对于它，人们不仅用精美的艺术作品加以歌颂，而且还视其为最忠实的守护者，狗更是十二生肖中重要的一员。狗在中国人的心目中始终有着很高的地位，与人类的关系相当亲密。春秋《周礼秋官》设有犬人掌犬性，相犬，牵犬者，属于犬人所管。“祭祠共犬牲”，而必用六畜中的犬作牺牲祭祀品。

天气转暖，日子渐长，御风亦如风一样成长。从进村部院子开始，它就把这里当成自己的家。灰褐色的细毛，圆圆的脑袋，短短的小腿，走起来像一个小绒球在滚动。起初我以为是只黑狗，3个多月过去，竟长成了一只小黄狗。嘴巴、脖颈、肚皮和四肢是白毛，两只大招风耳直直地竖着，女儿说御风像迪士尼动画片《小姐与流氓》里的那只狗长云，妻子说御风长着一副笑面，天热张着嘴巴的样子，看上去总是笑呵呵的。

早上起来打开房门，只要喊一声“御风——”，就见草丛深处或丁香树荫下的某处一阵晃动，旋即草浪翻滚，枝叶摇动，御风双耳后抿，一路奔腾跳跃，旋风般迅猛地冲到你面前，张着嘴巴，瞪着乌黑的小眼睛，天真地仰面看着你，似乎在问：有什么事吗？每到此刻，我都会忍不住伸手拍拍它的小脑袋以示问候。

御风非常聪明，简单的动作教两遍就学会了，口渴了跑到浇菜地的水管口接干净水喝，回城里只走一次就知道跟着乘电梯上下楼，散步时不离左右地跟在你身后，夜里静悄悄地睡觉从不大吵大叫，也不在楼内大小便。但相比之下，还是农村的环境更适合它自由快乐地成长。天气晴好时，御风在村部小院的菜畦中为所欲为地跳跃玩耍捉飞虫，时而悄悄地靠近在地上觅食的花喜鹊，时而兴冲冲地跟在一群大狗后面到野地里疯跑。天热时，御风四脚朝天躺在丁香树丛下美美地乘凉，下雨天悄无声息地躲到我的床底下睡大觉……

大师沈从文在著名的中篇小说《边城》里，以一个老人、一个女孩子、一只黄狗为主线，以独特的笔法描绘了湘西边地特有的风土人情，奠定了其在文学史上的重要地位。《边城》里那只不起眼的小黄狗，在碧溪岨河面上帮助老船夫和翠翠衔绳拖船拢岸，端午节伴着翠翠去茶峒山城看热闹的赛龙舟活动，对曾打了它一石头的秃头陈四四充满敌意等，虽着墨不多，使文章顿时增色添彩，和谐灵动起来。

狗素来以对人类忠诚而著称，华尔街流传着一句著名的话："若你需要朋友，就养条狗吧。外面的世界是场近身战。"曾在一篇文章里看到，一个跨省作案团伙，杀人抢钱的对象都是养着狼狗的黄金小户。案犯交代说："如果这家养着本地笨狗，他家再有钱都不去，因为笨狗只忠实于自己的主人，你要尽手段它也不认，只是不住声地咬。而狼狗就不一样，只要拿一个竿竿，在狼狗开始扑咬的时候，把拴着它的铁链子拨拉一下，它就以为这家主人把它转卖给我了，我就成了它的新主人，随便你做什么它都不出声。"读到此处，我深感震惊，看看脚下的御风，顿时对这个其貌不扬的小土狗心生敬意。"忠"是儒家思想的重要组成部分。乡野土狗虽不是出身名门，却把千百年来世人崇尚的"忠"字演绎得淋漓尽致。狗永远是狗，而人有时候却不一定是人。

看到御风，我不禁想到了自己二十几年的军旅生活，那是一段与军犬共同执勤巡逻守卫边疆的难忘岁月。在边防部队人员装备的正式编制中，军犬赫然在列，不仅有档案，有标准的伙食费，还有专门的军犬引导员管理。一线连队哨所方圆百公里无人烟，一群十八九岁二十出头的年轻人，日复一日年复一年地执勤巡逻在漫长的国境线上，军犬是战士们的忠实伙伴和亲密战友，它们执勤跑在前面出操跟在后边，连队开饭前列队唱歌时，军犬也蹲在一旁怪声怪气地高歌几声。犬忠诚、勇敢、聪明，善嗅觉，灵敏警惕性高，服从意识强，对战士们来说，犬是重要的工作伙伴，更是孤独寂寞时情感的依赖。军犬无声地陪伴着战士们，一次次走过或开满鲜花或沙石遍地的巡逻路。在枪刺闪动、冷月寒星的漆黑

快乐的御风

夜晚，犬跟随哨兵游动在兵营和弹药库的高墙内外，分享年轻士兵对家乡亲人的思念和对喧闹繁华城市生活的向往。危急时刻，追歹徒斗恶狼，在界碑前虎视眈眈让邻国军人望而生畏，每条军犬都有述说不完的动人故事。当大雪封山，草原上白毛风肆虐哨所变“孤岛”给养送不上去时，战士们宁可自己忍饥挨饿也要先让军犬吃饱。在边防连队，战士们不阻拦你把任何东西装上汽车，但带走军犬绝对不行。

御风的快乐似乎与生俱来，不忧不惧，不怨不哀，除了生病不愿意活动外，从不以各种理由不配合你的指令，快乐得像一只精灵，在农村的广阔天地里尽情地奔跑玩耍，享受着生命中的每一刻时光。那些生活在城市里各色名贵的宠物犬，看似被宠，衣食无忧，实则可怜。动物的天性被泯灭，自由被限制，本能在丧失，又哪里来的快乐？经常在周末带御风回城，这个来自乡下的小土狗便成了小区里的一道风景，很多牵绳遛狗的人停下来品头论足讨论御风的出身，猜不出什么品种，我不由得心中暗笑。一位胡须花白的老人拄着拐杖，看着御风飞快地奔跑，迅捷地跳跃，勇敢地按住一只大金毛的头，稚嫩的吼叫声响彻楼宇，长叹一声道：“这才是真正的狗啊！”

庄子在《外篇·至乐》中提出："天下有至乐无有哉？有可以活身者无有哉？今奚为奚据？奚就奚去？奚避奚处？奚乐奚恶？"意思是说，天下到底有没有至极的快乐？有没有可以保全生命的方法？现在应当做什么，以什么为依据？回避什么，安于什么？怎样趋就，怎样舍弃？喜欢什么，厌恶什么？这为世人提出了一个"为什么活着？应该怎样活着？"的大课题。庄子接着说："夫天下之所尊者，富贵寿善也；所乐者，身安厚味美服好色音声也；所下者，贫贱夭恶也；所苦者，身不得安逸，口不得厚味，形不得美服，目不得好色，耳不得音声。"生活中，大多数人一生都被物欲和名利所困扰，生活变成了不断满足欲望的循环过程，永不知止，烦恼不断，因而快乐总是短暂的。老子曰："知足不辱。"我理解的这个"辱"不仅仅有"侮辱"的含义，其实也包含了人过度的欲望和所遇的一切不如意之事。人常讲知足常乐，但很多人说归说做归做，就是不知道拥有多少才满足，把握不好这个度，因而难以一直保持快乐的心境。庄子得出的结论是："至乐无乐，至誉无誉。"在圣人的眼里，无乐的生活里也无忧，无誉的背后是无毁，这是看破世俗后的大境界。

御风的快乐，源于活在当下，自由奔跑在天地之间。

2016年8月30日 多云 13℃~25℃

“舞”动村庄

广场舞活动唤醒了村民之间疏远了的感情，拉近了彼此的距离，多少积怨和误解在一曲曲舞蹈中悄然冰释，对美好生活的向往和追求，在每个人的心中升腾。

跳广场舞在城市里不是什么新鲜事，经常听到跳舞大妈为争地盘相互打架的新闻，由此可见广场舞的大众化程度和普及程度。但在农村相对闭塞的环境里，开展广场舞活动，也费了些周折。

2015年村里实施基础设施工程改造时，移民新村剧场前面硬化了4000多平方米的正方形活动广场，在广场西北角新建了凉亭，西侧和北侧安放了14套健身器材，四周安装了8盏太阳能路灯，场地宽阔，设施齐备，可谓跳广场舞的理想场地。实际上，除了早上住在周围的几个村民围着广场跑几圈步外，空荡荡的广场一直没有很好地利用起来。在当地农村，村民们在秋收结束至来年冰融雪化开犁种地时的近大半年时间里，每天只吃两顿饭，无论男女大部分时间都在稀里哗啦的麻将桌上度过，基本上没有其他集体性文体活动，男人打麻将，女人也不落后。因此，这段时间村里发生的家长里短的故事，相当一部分都与打麻将有关。先进的文化不去占领，落后的文化就会乘虚而入。从驻村任第一书记那天开始，我一直想组建广场舞队伍，用健康向上的文体活动，把村民们从麻将桌旁拉出来。

经过调查了解到，村里大多数妇女也喜欢跳广场舞，只是苦于没人组织，没有教员。今年3月份，我把任务交给村妇女主任金鲜桃和村卫生室医生王美云，一个村干部一个医生且都是党员，这两个40出头的女同志虽在农村，却没有种地的拖累，最有条件练习广场舞。如同大多数农村人不爱抛头露面一样，她们起初没信心，没胆量，总怕人笑话，我就想方设法地鼓励她们。村里经费紧张，条件简陋，没办法从市里聘请专业教员，好在网络信息较为发达，她们下载广场舞教学视频在家自学。每次见面，我都询问练习的进展情况，鼓励她们勇敢地站在外面跳出第一步。1个月后，她们终于学会了一曲《小苹果》，约了村里2个妇女在狭窄的卫生室里对着网络视频比画动作，我就鼓励她们把音箱拿到院子里，到室外开跳。万事开头难，其实，这才是关键的一步，在室内永远也学不会，如同很多人考下驾照，却未必敢独自驾车上路一样。第一天她们4个人跳了2个多小时，引来了村里好几个围观的妇女。不到3天工夫，队伍就增加到7 ~ 8个人，小院已经跳不开了，广场舞活动在宽阔的广场正式展开。

舞蹈与文学、美术、音乐、戏剧、电影、曲艺、杂技并列为八大艺术，起源于远古人类在求生存、求发展中劳动生产（狩猎、农耕）、性爱、健身和战斗操练等活动的模拟再现，也是图腾崇拜、巫术宗教祭祀活动和表现自身情感思想内在冲动的需要，是人类历史上最早产生的艺术形式之一，在仪式、礼仪、庆典和娱乐方面都十分重要。它和诗歌、音乐结合在一起，用肢体语言展示不可言说的美妙。从古至今，人类从茹毛饮血的原始生活到文明社会，从帝王宫廷到民间街巷，歌舞是人类精神生活的重要组成部分，尤其是少数民族地区，什么都可以没有，但不能没有酒和歌舞。我想，在每一个人的潜在基因里，应该有先祖围着篝火狂欢起舞的记忆。人们对舞蹈的热爱，是与生俱来的。

村内妇女们对广场舞的热情超乎我的想象，不到半个月的时间，队伍迅速增加到40多人，场外还有几十个男人、老人和小孩围观拍照，广场舞俨然成了村里每日早晚必须上演的节目。围观的人愈多，跳舞的人愈发有精神，她们非常珍惜上场表演的机会，一个个打扮得光彩照人，跳起舞来专心投入，因为观众就是舞者的最大动力。一天晚上，在连续跳了3个多小时之后，手提音箱的电量耗完了，但大家还意犹未尽。于是一位妇女跑回家拿了几十米长的电源插座，接通村办公室的电源接着跳，真是精神可嘉。

再好的东西也耐不住长时间的操磨，饺子好吃，一日三餐连吃1个月，估计也没人能受得了。这群广场舞刚刚入门的妇女，竟乐此不疲地把一曲《小苹果》一口气跳了2个月，每天早晚各2～3个小时的音乐重复播放，让我难以安静地读书，以至于广场上的音乐一响起，我就得关闭门窗，同时一再要求她们学练新的曲目。热爱是最好的老师，现在她们不但学会了十几种不同曲目的广场舞，而且动作也越来越标准，跳广场舞成了村里妇女们每日的必修课。

广场舞使沉寂的村庄动了起来，音乐与舞蹈的魅力，点燃了乡村文化生活的火把。城市人在业余时间可以通过看电影、跳广场舞、逛商场、公园散步、书店读书等打发空闲时间。于农村而言，则有天壤之别，除了春节村民自发组织的秧歌队外，就盼着夏秋之交的物资文化交流大会能够热闹几天。虽然每个村子都建有剧场，但随便请个剧团唱两三天戏，少说也得三五万元，经费无从筹措。于是，茶余饭后和农闲时节，百姓们便选择了打麻将，打得时间久了又觉得没意思，于是让人心跳刺激的赌博便盛行开来。带来的后果便是因钱反目成仇，赔钱卖地、吵架纠纷等问题屡见不鲜。村规民约禁赌，派出所查赌，基本上起不到多大作用，村民之间彼此熟悉，很容易形成攻守同盟。想不到看似无法解决的难题，在轻柔舒缓的广场舞面前冰释瓦解，有的麻将馆关了门，家里也难凑齐牌友，村庄因广场舞的音乐旋律而沸腾。

老子云："弱之胜强，柔之胜刚。"广场舞与麻将桌的对决，让人想到工作方法的问题。寒风和暖风比赛看谁能把行人厚重的外衣吹掉，结果寒风吹得越猛烈，行人把衣服裹得越紧；而当暖风徐徐吹来时，人们不由自主地脱掉厚重的衣服。农村治理最多最大的问题就是土地纠纷，问题错综复杂，牵一发动全身，而一味地强硬绝不是最好的解决办法，大禹治水尚疏而不堵。用心倾听、耐心说服、用情感化、因势利导，往往能化干戈为玉帛。一个问题的出现，至少有3种以上解决办法，只要出以公心，用心去做，没有解决不了的问题，犹如有矛就有盾一样。一条涓涓细流怎样穿越沙漠奔向遥远的大海？最好的行进方案就是，在陆地汇聚溪流前进，在沙漠变成水蒸气聚集成云借风势游动，到了大海上空变成雨滴，投入大海的怀抱。柔软的舌头与坚硬的牙齿哪个强大？看似无坚不摧的牙齿，身体衰老时最先掉光，柔软的舌头却与生命同在。天下的柔弱莫过于水，而水汇聚成洪流时，则无坚不摧。在许多和自然灾害相关的史料记载中，都与洪水有关。农村群众精神文化生活看起来是软实力，真正落实起来却需要下持久的硬功夫。

1942年5月，毛泽东同志在《在延安文艺座谈会上的讲话》中指出："一切共产党员，一切革命家，一切革命的文艺工作者，都应该学鲁迅的榜样，做无产阶级和人民大众的'牛'，鞠躬尽瘁，死而后已。知识分子要和群众结合，要为群众服务，需要一个互相认识的过程。"习近平总书记也指出："只有站在时代前沿，引领风气之先，精神文明建设才能发挥更大的威力。"农村面积辽阔，人口众多，群众的精神文化生活不能放任自流，更不能使农村成为社会主义精神文明建设的盲区。

开展广场舞活动只是一个起点，活跃农村文化生活，最根本的还是要靠各级政府集中发力，在硬件设施上要继续加大投入力度，设立专项文体活动经费，要把乡镇一级工作人员的作用发挥出来，用健康向上的文化生活把百姓的精神凝聚起来。政府在推进城乡融合式发展时，应优先考虑文化资源共享，解决村民精神上的空虚与解决温饱问题同样重要。

广场舞活动唤醒了村民之间疏远了的感情，拉近了彼此的距离，多少积怨和误解在一曲曲舞蹈中悄然冰释，对美好生活的向往和追求，在每个人的心中升腾。

2016年11月15日 晴 -6℃～7℃

玉米补贴

在农村，无论村民之间发生什么样的事情，都要认真对待，耐心解释，妥善处理，绝对不能等事情闹大了再去处理，村干部要有把问题和矛盾清除在萌芽状态的意识和本领。

《大学》有言："仁者以财发身，不仁者以身发财。"意思是说，有仁德的国君会通过散财使国家和自身兴起，没有仁德的国君会用尽心机专门聚敛财富。民富才能国强，是古今中外几千年历史发展所证明的一条铁律。

这几天，村里人们议论和关注的焦点话题，就是政府开始统计发放种植玉米补贴。自从一个星期前镇里通知各村开始统计种植面积，村民们就对这件关乎切身利益的事情投入了极大的热情，甚至很多人不满意村干部对国家玉米补贴政策的解释，直接去镇里找到相关部门问个明白。新营子村村民郝老汉，今年承包了150亩地种植青储玉米秸秆饲料，种植饲料能不能享受补贴，上级文件没有明确的说法，为此他最着急，为了补贴的事村里镇里来回跑，村里还有几户种植饲料的人，不过没有他种得多。

一天晚上，他们集合起一队人马（还有人喝了酒），跑到村支部书记王巧兰家里，非要支书现场给予答复，甚至有人言辞激烈，不听任何解释，气得王支书的爱人把他们赶了出去，告诉他们谈公事去村委会，家里不是办公的地方。

昨天下午组织召开了村支部党员大会，主要是传达党的十八届六中全会精神，开展“两学一做”学习教育第三专题研讨发言，按照和林格尔县委组织部要求，评选5名挂牌“共产党员先锋户”。农村组织召开一次会议，最难办的事情是集中人员，参加会议的不仅有党员，还有部分村民代表。因此只要能在会议上讲的内容，都要一并讲完，于是把县农业局玉米补贴的通知又学习了一遍，实际上就是一个“大杂烩”。通知下午2：30开会，到了3点钟才陆陆续续地集中了二十几个人。我整理了十八届六中全会主要精神要点，村民党员对冗长的文件不感兴趣，只能把关键点和必须掌握的常识，简明扼要地传达给大家。最后包村的镇纪委李银彪书记把县里关于玉米补贴的7条通知宣读了一遍，并逐条进行了解释。于是，会场开始热闹起来，刚才还有些怯生生的一张张面庞，开始放松下来，声音中掺杂着劣质香烟的味道，此起彼伏地在会场中弥漫开来。

“这个政策好，国家真是为咱农民着想，种地歉收了也不怕。”这是大多数玉米种植户的心声。

“不是说承包户和租地户共同分钱吗，怎么政策又变了，和前两天说的不一样？”出租土地的承包户也想分点补贴钱。

“我们家今年种的玉米都用作饲料收割了，能和大家一起享受补贴吗？种玉米青饲料的农户不无担心地问。

“干吗非得给计税土地玉米补贴，只要是种玉米都应该给补贴。”计税土地以外的自垦荒地玉米种植户争取自身利益的最大化。

“干脆各户把补贴款平均分配算了，反正是国家给的钱。”没种玉米的农户也想占点便宜。

“最好把计税土地全都上报国家玉米补贴，谁能查得那么认真？还不是你们村干部一句话的事。”玉米种植较少的农户怀有侥幸心理。

尽管台上几个人耐心地解释，还是有人听不明白，会场已经开始乱了，有人大声询问，有人进进出出，有人低头吸烟，有人交头接耳相互议论。于是会议解散，镇领导、下乡干部、村干部开始分头与村民对话，三个一群五个一组，重点解释国家今年的玉米补贴政策。

村民提到的所谓计税土地，是指1998年二轮土地承包后，应该依法纳税的土地。按照县农业部门通知，补贴对象为玉米的实际生产者，村民在开垦的荒地等未计税土地种植玉米，不在补贴之列。南倒拉板村共有计税土地1960亩，今年种植玉米的土地约有1200亩，因为没有水浇地，相比新营子村种植玉米成本要少一些。新营子村有3700亩计税水浇地，70%以上的土地种植玉米，今年雨水多，收成较往年要好很多，与叶圣陶的小说《多收了三五斗》截然相反的是，农户种植玉米的损失由国家出钱直接补贴。去年秋收后玉米的市场价格每市斤在1元钱以上，今年受市场波动影响，目前每市斤跌至0.5～0.6元左右，价格相差悬殊。对比往年国家的专项补贴款看，自家耕地种植玉米的农户或略有盈余，但对于租地种植玉米者而言，因为成本较高，算下来还是有亏损。

资料显示，自2008年起，东北三省、内蒙古地区实施玉米政府托市收购政策，今年则由“生产者随行就市出售玉米”加“政府直接补贴”的新机制取而代之，意在探索突破农业供给侧结构改革。对玉米生产者补贴多少、怎么补，是玉米流通体制改革的关键。按照财政部官网6月披露，中央财政将玉米生产者补贴资金拨付至省级财政后，由各省区制定具体的补贴实施方案，确定各自的补贴范围、补贴对象、补贴依据和补贴标准等，并鼓励地方将补贴资金向优势产区集中，保障优势产区的玉米种植收益基本稳定。

这本来是一件非常好的利民政策，事情本身也不复杂，按照实际种植亩数统计上报，等待补贴款下发就行了。尽管事先都做了政策宣传，但在利益面前，很多村民不管条件是否符合，还是相互串通想钻空子，有的人甚至找到了书记、镇长，目的不外乎都想沾政策的光。也可能是以前有过类似的事例，使得一部分村民认为，能不能上报、报多少亩数这都是村组织说了算的事。加之个别村干部对政策把握得不够准确，概念解释得模糊，给村民们带来了更大的利益想象空间，认为国家补贴政策是可以变通的，也因此产生了一些不必要的纠缠。

在农村工作，会经常遇到一些看似非常荒诞的事情。在CCTV－8曾热播的反映农村生活的电视连续剧《乡村爱情》里，赵四、刘能、谢广坤等人物之间发生了一系列让人捧腹的故事，当时以为是编剧演绎出来的。到农村工作后发现，这些故事不但是真实的，而且每天都在发生。昨天与南倒拉板村原支书焦团员闲谈时，来了位年近70岁的户籍在新营子村的老汉，说他岳母曾是南倒拉板村的村民，听说现在南倒拉板村万亩荒山正在开发，开发商租地款即将发放，自己是不是也应分一份钱。起初我没听明白，后经焦书记解释我才清楚，真是让人哭笑不得，殊不知他岳母已经去世30多年，期间人口和土地早已多次变更。但这个老汉认为，只要和南倒拉板村有关系的人，荒山开发大家都有权参与。

子曰："声色之于以化民，末也。"意思是说，用厉声厉色去感化老百姓，这是没有抓住根本。而应如《诗经》所言："上天之载，无声无臭。"大意是说，上天化育万物的道理，没有声音和气味，世上没有什么东西可以形容它的高妙。在农村，无论村民之间发生什么样的事情，都要认真对待，耐心解释，妥善处理，绝对不能等事情闹大了再去处理，村干部要有把问题和矛盾消除在萌芽状态的意识和本领。很正常的玉米补贴发放尚可引发一系列的矛盾和问题，类似土地纠纷等问题的复杂程度可想而知。

对待农村工作，方式方法很重要，上级的惠民政策下达后，必须第一时间组织人员开会传达，及时在村里人员集中处张榜公示，微信圈里发摘要通知，对重点人群进行耐心解释。落实政策，要坚持原则不动摇，严格标准不越线，不给贪图私利者以可乘之机，不让广大村民的利益受损失。同时，村干部的工作态度也非常关键，"三委"成员必须首先吃透政策精神，做到内部团结，思想统一，对外维护权威，不搞优亲厚友，老老实实按政策和规定办事。村干部的权力虽微小，却牵动着千家万户的切身利益，关乎党和政府在百姓心中的形象。现在农民的维权意识普遍都很强，在这些敏感问题上，处理得稍有不慎，就可能引发越级上访事件。

2016年12月22日 多云转晴 -11℃～ -3℃

南倒拉板申拾遗

当北方红的粉的白的黄的，鲜艳的淡雅的素丽的，桃花杏花李子花纷纷飘落随水流走之后，无意争春邀宠的文冠果花才开始激情绽放，枝干婀娜多姿，繁星点点的花朵色泽鲜艳，芳香诱人，花期长达1个月之久，极具观赏价值，是打造生态旅游观光景点的理想树种。

南倒拉板村位于土默川平原南面、蛮汉山北麓，是新营子行政村所属的一个自然村，人口虽少，面积居4个自然村之首。村南两里即是山，正对村庄的是一个大山谷，两个山头分别向东西方向波浪般延伸开来，酷似两个大大的“人”字，人人山便由此得名。夜幕降临时，沿着天际线远望，人人山两个最高的山头完全对称，由高到低向东西方向蜿蜒伸展，宛如两条苍龙，山谷与椭圆状村庄遥遥相对，堪称“二龙戏珠”。山顶各有一块白色巨石，露出地面的部分光滑圆润，在阳光的照耀下熠熠闪光，我将这两块石头戏称为“龙珠”。

村里老人们口口相传，自明代起，就有石姓、马姓、潘姓三户人家开始在此地聚集成村。《明清大事记》记载：嘉靖三十年（1551年），山西白莲教教徒丘富等60余人降阿勒坦汗，丘富等人教蒙古人在丰州川筑房造屋，“板升经济”在此之后逐渐形成。史料记载，嘉靖三年和嘉靖十二年，大同2次兵变，叛卒成百上千来到草地，贫困失业、生活无着落的“走西口”农民，以及阿勒坦汗对内地“丁壮有艺能者亦掠”的做法，使得强制移民成为土默川汉人的主要来源。“升板筑墙”是汉人建造房屋的方法，以板夹土，以杵筑实，是谓“板筑”。因其逐渐升高，并被蒙古语言吸收，称为“板升”，意为房屋、村落。“倒拉”蒙语意为“七”“板”或“板申”“板升”，指房屋，南倒拉板可以直译为“南面七间房子”。《和林格尔县志》记载村名为“南倒拉板申”，时间久了，人们习惯称为南倒拉板村。老子曰：“有无相生，难易相成，长短相较，高下相顷，音声相和，前后相随，恒也。”村北6公里102省道北侧，果真有一北倒拉板村。

人人山是土山，除了两个山头顶部的两块巨石外，余脉都是直立性很强的黄土，村里现在还有很多村民住过的窑洞遗迹。山北坡向东、西、北三面呈扇面舒缓而下，连接着南倒拉板村上万亩的贫瘠土地。因为没有水浇地，村民们靠天吃饭，广种薄收。旱地种植的谷子、黍子和豆类量少质高，因此非常受城里人的欢迎，年景好时勤劳人家还能略有结余，但是干旱的年头就有吃不上饭的村民。因此，村里日子过得比较宽裕的就是几户养羊的人家，耕种土地的同时，还得起早摸黑地喂料、饮水、剪毛、接羔、打药、驱虫，赶着羊群漫山遍野找草场，收入多自然汗水比别人流得多。大自然对人类是公平公正的，如果你感觉不够平衡，那可能是因为你还没有领悟。就在这贫瘠的土地上，却稀稀疏疏、百折不挠地生长着一种珍贵树种——文冠果树，当地人称之为“木瓜树”。藏蒙佛教界都把文冠果树视为“神树”，把文冠果油称作“神油”，据说营养价值极高，只有活佛和少数高级僧侣、喇嘛才有机会和资格享用。这种树根系发达，能充分吸收土壤深层的水分和养分，特别耐干旱，耐瘠薄，耐严寒，生长期可达数百年以上，目前在山西晋北地区发现的一株文冠果树，树径达188厘米，树龄高达1200年以上。南倒拉板村西北角断崖处，就有一棵树径达几十厘米的文冠果树，此树枝繁叶茂，树冠如云，据专家考证至少有130余年的树龄，如饱经沧桑的百岁老人，默默地注视着南倒拉板村的生息繁衍和历史变迁，被村民们奉为“树神”。

人间四月芳菲尽，山寺桃花始盛开。当北方红的粉的白的黄的，鲜艳的淡雅的素丽的，桃花杏花李子花纷纷飘落随水流走之后，无意争春邀宠的文冠果花才开始激情绽放，枝干婀娜多姿，繁星点点的花朵色泽鲜艳，芳香诱人，花期长达1个月之久，极具观赏价值，是打造生态旅游观光景点的理想树种。文冠果树浑身是宝，叶子可做茶，枝干可入药，树干是高级的木材，果实可加工成高级保健食用油，与市场上价格昂贵的橄榄油不相上下。家有梧桐树，何愁金凤凰。2015年年底，内蒙古祥龙生态农业科技发展有限公司经过多地考察之后，看中了这块风水宝地，与村民签订了30年的万亩荒山开发合同。国家政策扶持，南倒拉板地区土壤适宜，荒山梁地成千上万亩集中连片，具备生态旅游观光、高级食用油、饮用茶、保健饮料等系列产品开发价值，公司前期500亩苗圃长势喜人，后续开发紧锣密鼓地跟进。否极泰来，在许多人眼中破败凋零的古老村庄，正孕育着蓬勃向上的新生沃土。

有山就有水，山水紧相连。南漕儿河、后沟湾河环绕南倒拉板村在西北角汇合后一路向北汇入金河。中华人民共和国成立一直到20世纪六七十年代，人人山上漫山遍野都是杏树、桃树和文冠果树，狐狸、狼、野兔、山鸡不时跳跃隐现，人与自然和谐共生。春天冰雪消融，草长莺飞，清澈的河面满是红的粉的各色花朵，如银河般流动。村子正南有一神泉日夜流淌，涝天不涨，旱天不枯，泉水甘洌爽口，成了哺育世代南倒拉板人的母亲泉，村里八九十岁耳不聋眼不花的老人比比皆是。近年，有人把泉水送到北京某科研所化验，据说水质达到优质矿泉水的标准，于是又有人开始筹划建厂卖水了。好山水必有高僧大德在此修行，不知从何年何月开始，村里建成一座“大庙”，老人们依稀记得有位名为韩庆娃的童身老道，一直坚守到“文革”时“大庙”被拆除，庙里那口大钟曾被生产队用来召集开会、学校上课放学，敲了好多年，现在不知去向。一次，我游览呼和浩特市太清宫，与宫内最年长的范子义道长闲聊本地道教历史。太清宫是内蒙古自治区目前仅存的道观和道教活动场所之一，道脉秉承丘祖龙门派正宗之嫡传而来，也为全真祖庭之一——北京白云观分支，被称之为“漠南第一道场”。明清时期，在归化和绥远两城建起的道教庙宇有30多处，鼎盛时期绥远城共有道士100

邀请专家来村规划
乡村旅游

多人，全都享受官府的俸禄，出入于道教庙宇的信众大多是贵族和军政显要。中华人民共和国成立后，大部分道教庙观都被拆除。目前的太清宫是由北京白云观嫡传道士范明证于1931年在姑子板一带（今新华广场南）兴建起来的。抗日战争时期，太清宫曾是地下党和抗日组织的联络点和集会处，范明证率弟子们多次掩护抗日游击队队长高凤英等人和“绥远抗日救国会”的人员脱险，有数名道教弟子被害，还有十几名道士参加了抗日游击队。后因扩建新华广场，太清宫迁到新城区艺术厅南街，如今太清宫的监院杨理青道长，是太清宫全真道龙门派的第22代传人。由此推断，南倒拉板村村民传说中的“大庙”，很可能是一座道观，与村民朝夕相处的韩庆娃道士，就是全真教龙门派的一个弟子。

南倒拉板村东南距山西省右玉县“杀虎口”50公里。自明代以来，阿勒坦汗的三娘子钟金哈屯兴敕勒川建归化城巡茶马市，康熙帝3次御驾西征蒙古噶尔丹，晋陕万千先民背井离乡，一步三回头凄凄惨惨走西口，大盛魁240年商号驼队遍及蒙疆写传奇，这片土地承载了太多中原农耕文明与草原游牧文化交融的历史，南倒拉板村经历过这些但如流云在天，黄沙过境，没有留下多少印记。村里的老人印象最深刻的，就是国共两党在人人山上的一场战斗。据老支书焦团员回忆，大约是1946年除夕，共产党游击队20多人在村东梁、西梁和后梁3个高地设防，成功阻击了国民党军队40多人的进攻，爆豆子般的枪声代替了除夕夜的爆竹声，战斗持续了一天一夜。当新年第一天金灿灿的太阳升起来的时候，国民党军队全线撤退了，受了惊吓的农户小心翼翼地打开家门，开始张灯结彩过大年。

山灵水秀自然孕育奇人异士。据老人们回忆，解放战争时期，活跃在大青山和蛮汉山一代的游击队大队长王尚荣率领游击队员出生入死与敌周旋，并与村民百姓结下深厚的情谊。中华人民共和国成立后，已任自治区领导的大队长又把儿子送到村里下乡接受锻炼。民兵队长张万牛，小名万牛子，16岁参加革命，是土生土长的南倒拉板村人，在烽火硝烟的岁月里茁长成长，后来当上了和林格尔县县长。长着大眼睛的村民宋山小参加游击队后又混入山下国民党队伍扛回五六条大枪，此举在“文革”时期被人翻腾出来定为反革命罪行。有“天才木匠”之称的王虎庄打牛车做家具经久耐用，远近驰名，70年代凭一手绝活成功闯荡包头并带去亲友后人，目前已聚集不下千人。拄拐神医白俊杰靠祖传医术自配中药，方圆百里悬壶济世，虽去世多年，其良好的行医口碑仍被人传颂。现今在外地求学、从军、经商创业或奔仕途的人士更是数不胜数，南倒拉板村从不缺少故事和传说。

岁月变迁，山河故人。南倒拉板这个传统落后的小山村，没有史诗般的传奇故事，但与国家的命运紧密相连，随着国力的强盛及惠民政策的出台，南倒拉板村也在慢慢地步入小康社会。这些出生在土炕上，刨食在田地里，死后埋在地底下的农民，是中国社会庞大群体中的重要组成部分，如同比不上昆仑雄伟、峨眉俊秀、华山挺拔的毫不起眼的蛮汉山一样，虽朴实无华，却自成巍峨。

时代在前进，南倒拉板村的故事也在延续。

2017年4月28日 晴 4℃～23℃

再访黑浪壕

驻村干部的到来，犹如春风送暖，无疑使他们的思想观念和工作方式发生了根本性的变化。

这次去黑浪壕是专程看望单位同事曹智勇，他刚刚参加了全市脱贫攻坚驻村干部现场会，到武川县二份子乡黑浪壕村担任驻村扶贫工作队队长。

春到塞北，冰雪消融，万物复苏。大自然的四时更替美妙而神奇，清明节一过，市区道路两侧绿化带内各类花朵竞相绽放，草木拔节疯长，大街小巷弥漫着丁香花氤氲浓郁的香气。尤其到了夜晚，妩媚的月色和明朗的星光，伴着四处游走的花香，使得大青山脚下的这座城市不再清冷孤寂，连闪烁的霓虹和沉默的路灯，都变得柔和灵动起来。《诗经》有云："桃之夭夭，灼灼其华。"四季虽各有其美，但人们总会把春天和美好的事情联系在一起，凤凰涅槃，破茧成蝶，一年大计，似乎都和春天有关。和煦的春风不仅给人们带来了温暖，草木竞荣展现的勃勃生机，更能唤起人们内心对美好生活的向往，并以激情和汗水为梦想而努力奋斗。

第一次去黑浪壕是在2015年元旦之后，那时我刚刚转业到市委政研室上班，单位定点帮扶的贫困村就是黑浪壕村。室领导考虑我刚到地方工作，有意让我多接触群众，多了解基层，因此利用春节前看望困难群众之机带我一同前往。武川县位于大青山北麓，是明清时旅俄蒙商必经的“丝茶驼道”，百姓俗称山南、山北两麓为前山、后山。武川从建镇起，迄今已近1600年，这里历来为北方游牧民族牧地，匈奴、鲜卑、回戈、女真等民族都曾在此生息繁衍。明清特别是清乾隆以后移民垦殖，逐渐形成了大小近千个村落。扶贫点二份子乡黑浪壕村就在武川县的最西部，距呼和浩特市180余公里，这里平均海拔约2000米，以山地丘陵为主，西伯利亚寒流越过蒙古肯特山脉，长驱直入，直扑大青山。一场从春刮到冬的风沙，吹得土地日渐贫瘠，山石裸露。海拔高、风速大、日照长、雨热同季、气候冷凉和传毒媒介少的气候特点，使这片土地成了马铃薯、莜麦和油菜籽生长的乐园，也孕育了后山百姓视为果腹御寒的“三件宝”——山药（土豆）、莜面、羊皮袄，但这“三宝”并没有改变他们人均年收入不足3000元的贫困生活，武川县一直没有摘掉国家级贫困县的帽子。

通往黑浪壕的水泥路面，被过往的大型货车碾压得斑斑驳驳。路面年久失修，很多路段两侧光秃秃的，一棵树都没有，坑洼处残留的积雪和裸露的土地构成了一幅辽阔的风景。越往西走村庄越稀少，村里大多是土坯房，有的村只有二三十口人居住，用二份子乡郭副乡长的话形容：“远看一堆泥，近看有玻璃。”生态环境恶化造成的贫穷状况可见一斑。走进贫困群众家里，真切地感受到什么是“一贫如洗”，年迈体弱致贫、因残因病致贫、土地广种薄收致贫等，都成了后山人致富路上挥之不去的阴影。

一晃两年时间过去了，借这次看望曹智勇的机会，我也想看看黑浪壕的发展变化。车辆驶出繁华的市区，一进大青山，随着海拔的升高，基本看不到绿色了，后山的春天至少比市区晚一二十天到来，小草还在地表下积聚破土的力量，地面终年不变的永远是猎猎风沙。经过基础设施改造之后，沿途的庄户人家墙面粉刷一新，硬化过的街道干净整洁，但贫困百姓的收入状况并没有多大改变。缺项目、缺资金、缺技术、缺劳动力等因素，使困难群众的生活始终在温饱线上徘徊。

可喜的是，当下脱贫攻坚战正成为全国总动员、全民齐上阵的一场“大战役”，几十万驻村干部就是在贫困一线冲锋陷阵的战士。古今中外，对贫困百姓如此高度重视，并誓言全面建成小康社会的，可能只有中国共产党做到了。人们经常说“治大国如烹小鲜”，这是通行版本《老子》中的一句经典语句。古本帛书《道德经》中记载的是“治大国如亨小鲜”，这里的“亨”在金文字形中，象形盛祭品的器物，本义是“献”，引申为亨通、通达。亨小鲜，意为疏通小鱼小虾的生活渠道。相比之下，我更认同这一说法。5000万贫困群众生活在社会的最底层，是一个庞大的弱势群体，帮助他们脱贫是不可回避的重要社会问题，也是各级政府工作的重中之重。荀子曾说：“自古及今，未有穷其下而无危者也。”这些人的生存问题解决好了，社会自然就会和谐。

曹智勇在一家小餐馆盛情地为我接风，这个村是原红山子乡政府所在地，撤乡并镇后留下了宽敞的院子和办公场所归村部使用，街面上零散地开着几家小餐馆和小商店，不时有村民进进出出，这使得主街道比其他地方热闹很多。店主人陆续端上了煮羊排、炖猪大骨和几碟小炒，这是黑浪壕最高规格的接待了。这里地处偏僻，远离城镇，蔬菜一路颠簸运过来容易坏掉，价格也贵，村民买的很少，只有到了六七月份农家院里自产果蔬成熟，庄户人家的餐桌才开始有绿色。村党支部白书记和村委会徐主任都是五十岁出头，寡言少语，憨厚朴实，但基层工作经验非常丰富，村里大事小情须臾不可或缺，他们就是这一方民众心中的“主心骨”。

近两年的驻村工作使我深深地体会到，正是这些本地生长、朴实如遍地生长的山药般的村干部，在支撑着我们党的农村组织政权。但他们大多数都年龄偏大，文化程度较低，思想意识相对保守封闭，对党的建设和扶贫工作有想法没办法。他们生于斯长于斯，对这片土地和百姓太熟悉了，熟悉到对贫穷疾病乃至他们的生老病死都麻木了，该来的来，该走的走，如同红日西坠、玉兔东升一样自然而然，见怪不怪。驻村干部的到来，犹如春风送暖，无疑使他们的思想观念和工作方式发生了根本性的变化。

和曹智勇的聊天始终围绕驻村扶贫工作，他约我来黑浪壕的目的，就是要交流一下驻村工作的感受和体会。曹智勇刚刚35岁，从武警部队转业回来，有热情，有干劲，不怕吃苦，有完成扶贫工作任务的信心和勇气。其实，我不担心他吃住等生活上遇到的问题，在当兵人眼里，这些并不算困难。我担心的是他能否融入农村的环境，内心能否真正接纳这些百姓，能否打发掉身居乡野的漫漫长夜。但他报到没多长时间，就和村“三委”成员打成一片，这些通过饭桌上的言谈就能看出来。在村里工作，亲和力非常重要，端着市派干部的架子，和百姓始终保持一定距离，是不可能做好工作的，也难以听到群众的真心话。

我觉得，驻村干部要沉下心来为百姓做点事，首先要解决好个人精神层面的问题。从繁华的都市到偏僻的乡村，从有条不紊的机关工作到复杂棘手的农村事务，从舒适的家庭生活到极其简单而又毫无规律的乡村生活，驻村干部遇到的第一个挑战就是平衡个人心态！融入农村乡野艰苦的大环境，投身于脱贫攻坚的时代洪流，说起来容易，做起来却需要实实在在的具体行动，这里面包含着服从全局、申明大义和牺牲奉献精神。同时，驻村干部还要有一种真心爱民、为百姓服务、不计个人得失的思想，只问耕耘，不求回报。如果缺少这种胸怀和境界，就会把很多事情做得很庸俗，工作难求高质量，更谈不上高境界。因为人的功利思想一多，良知和善行就会减少。

子曰：“君子固穷，小人穷斯滥矣。”一个行政村就是一个小社会，村民之间的各种关系较为复杂。文化信仰的缺失，贫穷的困扰，使一些村民在利益面前很难坚守高尚的道德情操。每个村都有几个所谓的“钉子户”，这些人为了个人利益，钻政策的空子，暗地里串联村民聚众闹事，四处上访告状，给村干部出难题，在法律和道德之间兴风作浪。摆不平这些“钉子户”，很多正常的工作都开展不起来，这是考验驻村干部政策水平和处事艺术的一道坎。对这些人的所作所为决不能妥协，既要讲原则性，同时要考虑到农民的处事特点，灵活处理问题。但无论怎样，不能使村党组织失去威信，更不能让绝大多数村民的利益受损，这应该是驻村干部的工作底线。

智勇的扶贫工作已经开始，这是一场啃硬骨头的攻坚战。各级已立下军令状，破釜沉舟攻城掠地势在必得，扶贫路上不让一个群众掉队！相信黑浪壕定会有一个美好的明天！

2017年5月8日 多云转晴 8℃～26℃

指尖上的大爱

农村工作不能务虚，不能用希望、提倡、呼吁、要求等词句来对待，需要脚踏实地把事关群众利益的问题，一件一件地解决好，落实到一户一户的百姓家里。

在农村工作，时时被百姓率真之性感动着。

4月4日，62岁的村民吕老汉突发脑溢血被送进了医院，这个六口之家瞬间陷入痛苦中。吕老汉的老伴体弱多病，30岁的大儿子和儿媳有先天性智障，27岁的女儿2005年患精神分裂症至今未愈，家中早已债台高筑。祸不单行，4月11日，儿媳用大锅煮面时，一时照料不周，15个月大的儿子毛毛掉到滚烫的开水锅里，造成后背和手臂严重烫伤，一直在医院重症监护室接受治疗，出院后还需2年的治疗周期，天价的医疗费用如浓重的阴云笼罩在全家人的心头。吕老汉一辈子忠厚要强，靠一己之力种田务农，操持家务，农闲时外出打点零工，苦苦支撑着这个多难家庭的运转。这次吕老汉病倒在床，无疑是雪上加霜，虽经抢救后神志清醒，但左侧身体活动困难，无法下地劳动。在农户早出晚归忙着春耕播种的季节，吕家人却在市区医院为病人发愁，生活的小舟进入风雨飘摇之境。

村党支部没有袖手旁观。我和王巧兰书记商量，马上向盛乐镇政府申请为吕老汉办理低保和大病治疗救助等事宜，村“三委”成员带头捐款，先买几袋米面和几桶食用油送到吕老汉家里，确保满足近期日常生活所需。利用微信传递信息便捷的优势，在“新营子村共产党员学习群”里，率先发起为吕老汉一家捐款捐物活动，并要求全体党员在自己朋友圈里，积极扩散消息，争取社会各界爱心力量的支持，帮助吕老汉一家渡过难关，重燃生活的希望之火。

为吕老汉一家捐款一事首先得到了市委政研室的大力支持，室领导和同事们都以微信红包的形式捐款，为这个多难之家献出自己的一份爱心。全村党员干部和村民也纷纷捐款并扩散消息，此时网络显示出了强大的功能，指尖在手机键盘上跳跃，捐款数额在不断攀升。短短两三天时间，就有1000余人参与，捐款累计达到了2万余元。

我深深知道，这2万元钱于这个家庭的实际困难来说，是微不足道的，救助需要持续进行，多渠道发力。令我感动的是村民们参与捐款的热情，在这个以传统农业为主，贫困人口居多，生活并不富裕的农村，一两元或者十元二十元钱，在百姓心里非常重要。某种程度上讲，这几元钱并不比富豪捐出的百万千万巨款少。他们不会经商做买卖，不懂得研究政策，也不会寻求投资赚大钱，只知道面朝黄土背朝天地辛苦劳作，每一分钱都包含着春种、夏耕、秋收、冬藏所付出的汗水，每一分钱都是诚实的劳动所得，每花一分钱都思前想后，慎之又慎。他们捐出去的不仅仅是金钱，更是良知和爱心，是一家有难邻里相助的浓浓亲情。

很多人一提到农村，就联想到破旧的房屋，四处尘土，文化素质不高的农民，甚至是鸡鸭猪狗牛马羊共处一院所造成的脏乱差。于我而言，驻村愈久，愈能感受到农村四时有序的自然大美，草木生命轮回的天性之道，农民不加掩饰的质朴纯真。即便是那些偶尔表露出来的小自私、小狡猾、小霸道，亦如田间地头毫不起眼的狗尾巴草一样不可或缺，同样装扮着山川大地。善良，存在于每个人的心底，有时只是需要呼唤。

“仁”是儒家思想的核心内容，孔子提出的“仁政、仁人”学说，影响了中国2000多年，成为中华民族优秀传统文化的重要组成部分。《大学》讲道：“身修而后家齐，家齐而后国治，国治而后天下平。”修身是每个人终身不辍的永恒课题，最高境界是“止于至善”。佛教能在中国流传2000多年，其核心主旨是“大智大慧，大慈大悲”，尤其是这种利他思想和慈悲之心，广为信众所接受。想当年，我们成千上万的中国共产党人，以民族大义为重，不惜牺牲宝贵生命，前赴后继，赴汤蹈火，建立了中华人民共和国。而今，在全民参与脱贫致富奔小康的伟大征程上，社会上众多有良知的公民，都在力所能及地扶贫济困，帮扶社会上的弱势群体，不惜牺牲个人利益。如果一个人内心冷漠到对身边人的苦难都视而不见，很难想象，当国家和民族到了生死存亡的紧急关头，他能挺身而出，舍身担当吗？

解决吕老汉一家的生活困难，仅是基层干部日常工作的一个缩影。在这个以传统农业为主的农村，村民生活还谈不上富裕，很多家庭刚刚达到脱贫标准，经济基础非常薄弱，任何一点意外和变故的打击，都可能使其瞬间再度跌入贫困的深渊。农村工作不能务虚，不能用希望、提倡、呼吁、要求等词句来对待，需要脚踏实地把事关群众利益的问题，一件一件地解决好，落实到一户一户的百姓家里。习总书记说，小康不小康，关键看老乡。党员干部行不行，群众不听你讲的多么好，关键是看你做得怎么样，这也是一块辨别真伪的“试金石”。党员干部身在群众中间，境界必须要高于群众，如立云端看世界，以广阔的胸襟，装得下百姓的喜怒哀乐，才能把工作做到群众心里。

2017年7月13日 多云转阵雨 20℃～33℃

瓜香瓜亦愁

有什么问题解决什么问题固然重要，但能够把问题和隐患解决在初始或萌芽状态，才是最高明的做法，也是各级政府服务群众的最高境界。

进入7月以后，阳光日渐火辣，公正无私地将热量倾泻给大地上的生灵和一切。几场透雨落下来，花草树木各自伸枝展绿，竞显妖娆。朗月星空下，蛙叫虫鸣中，似乎同时还能听到禾蔬苗韭拔节的声音，阳光雨露，道力升腾，生命的绽放进入一年中最壮美的巅峰时刻。在庄稼和果蔬紧锣密鼓地忙着抽穗开花挂果的时候，其貌不扬的香瓜率先摘取头功，用行动诠释“瓜熟蒂落”的至理箴言。

当然，瓜与瓜是有区别的。如同云南的普洱茶、西藏的藏红花、青海的青稞酒、新疆的葡萄和哈密瓜一样，并非外地没有，只是口感、营养和质地没有人家的纯正而已。比如移民新村的农户，大家也在田间地头种点蔬菜瓜果，终是自家消暑解渴，因为口感不好长相不佳，难于在市场上找到买主。相比之下，土左旗口肯板的香瓜，吃起来脆、甜、香，甘洌爽口，回味悠长，在盛产瓜果的内蒙古河套地区，在物流高度发达、人们对入口之物愈加挑剔的今天，土左旗口肯板的香瓜能够脱颖而出，独树一帜，可见其品质与众不同。说到底，口碑终究还是人们多年品尝后给出的评价。

能品尝到口肯板的香瓜，得感谢驻村白副支书，他的岳父家在移民新村西北方向70余公里的土默特左旗口肯板村，与著名的老一辈无产阶级革命家乌兰夫同志的故居塔布赛村阡陌相连。白副支书夫人的三哥家每年都种植几亩香瓜，这是一家人最主要的经济来源。择一休息日，我们驱车去品尝驰名已久的口肯板香瓜。

几年的基础设施改造之后，通往口肯板村的路基本都硬化过了，沿途村庄乡镇比较密集，货车、农用车、摩托车和家用轿车穿梭不停，个别路段被过往的大货车碾压得坑洼不平。这里是当年敕勒川的腹地，北靠阴山，南临黄河，中间是几百公里的沃野平畴。“敕勒川，阴山下，天似穹庐，笼盖四野。天苍苍，野茫茫，风吹草低见牛羊”是当年自然风光的真实写照，也是16世纪中叶成吉思汗第十七世孙阿拉坦汗部发展壮大的龙兴之地。晚年的阿拉坦汗厌倦刀兵，一心向佛，大规模发展汉民族板升农业和手工业，千顷荒地变良田，大黑河、小黑河、什拉乌素河等水系纵横交错，丰富的水资源为农业的发展推波助澜，极短时间内，土默川地区就成了当时较先进发达的地区。

车辆一路穿村过镇，蓝天白云下，公路两边都是无边的绿色。榆树、杨树、柳树浓荫蔽日，成片的玉米扬花吐穗，黑绿的叶子拥挤在一起，微风拂过沙沙作响。大黑河故道穿过口肯板村一路蜿蜒起伏，这里依靠两侧土地肥沃、昼夜温差大这一得天独厚的自然条件，孕育了皮薄清脆、口感香甜的香瓜，并以其独特的品质成为土左旗特色农产品一张鲜亮的名片。辽阔的玉米地里，间或有一两条规整的瓜地出现，香瓜个头小，隐藏在浓密的瓜叶下面，只有靠近路边的西瓜时隐时现，在阳光照耀下，像是偶尔露出的一张张笑脸。瓜农们在地头用茅草和塑料布搭建了临时的看瓜窝棚，旁边的水桶里放着洗瓜的清水，篮子里新采摘下的香瓜散发着泥土的气息，路边停放着瓜农运送香瓜的四轮车。小轿车或越野车的主人都是从附近乡镇或市里过来品瓜的。宾主围绕着香瓜边吃边赞叹，走时装上三五箱甚至十几箱香瓜，回去后在亲友各家分送了。

三哥三嫂是极憨厚之人，50出头的年纪，常年下地辛苦地劳作，阳光和汗水赋予庄户人标准的肤色和健壮的身体。头茬香瓜一熟，他们比以前更忙了，白天顶着30℃的高温在地里摘瓜，回来后装箱打包，晚上还要忍着蚊虫叮咬到瓜地里下夜，在地头拢起火堆防止獾子进地啃瓜，忙起来一天连一顿像样的饭菜都吃不上。两口子话语不多，来了客人只憨厚又略带腼腆地一笑，热情好客、真诚欢迎的心情俱表达在眼神里，没什么多余的客套话，安顿你进屋吃瓜喝茶后，便出去忙自己的活计。他们把卖瓜的事情全权委托给白副支书夫妇，出多少瓜、怎么定价、卖多少钱，一律不过问。两口子一身洒脱专心致志地在瓜地里精耕细作，似乎只有种瓜才是自己的分内之事。卖出去的钱也不急着要，不管多少都寄存在白副支书那，说是家里孩子小，等用钱了再给也不迟。他们对人的真诚和信任是发自内心的，他们不声不响地把社会上缺乏的“诚信”二字演绎得淋漓尽致，对金钱的淡泊态度更非常人能及。前两年他们手头宽裕了，新建了三间正房，室内外装修一新，家具齐全，屋里收拾得窗明几净。两口子却依然住在南房小屋里，几间正房成了家里来人居住的客房，修建新房似乎只是为了看着舒服，如同欣赏满地芬芳馥郁的瓜果，却舍不得吃上一口。今年8亩地的香瓜又丰收了，但卖瓜难的愁云却袭上心头。

担忧卖瓜难的不只是他们一家，口肯板近5000亩地的种植面积，香瓜的产量是惊人的，因为其成熟速度非常快，从头茬到末茬也就20天左右的时间，香瓜每亩产量都在2000斤以上，且香瓜保质期比较短，一般在一星期左右，不适合大规模长途运输，因此瓜农最大的烦恼就是卖瓜。下地干活再苦再累自己能使上劲，卖瓜则需要头脑和人脉，头茬瓜每箱100元（20斤），到最后每箱只能卖到30～40元，有的卖不出去甚至烂在地里。为破解卖瓜难的困局，当地政府也想了不少办法，村里成立了合作社和香瓜协会，完成了品牌注册商标，连续2年举办香瓜文化节，并积极在网上宣传促销，这些举措取得了积极有效的成果，但要在短时间内完全消化掉全村上千万斤香瓜也绝非易事。

真是瓜香瓜亦愁。控制种植规模？香瓜毕竟生产周期短，比种植玉米和谷物等收入多，因此较为吸引农户，谁都不甘落后，每户多则10余亩，少则3～5亩，都希望丰收后可以等来几个大买家，赚足一年中第一笔也是最重要的一项收入。到呼和浩特市大规模地推销？首府物流四通八达，香瓜来源渠道多，同时河套地区香瓜大批量上市，且价格便宜，口肯板香瓜价格上不占优势。农民本身就文化水平不高，做生意更是门外汉。在田间地头等人来买？零零散散的游客少则十斤八斤，多则几箱，解决不了多大问题。进行产品深加工？将卖不掉的香瓜制成瓜干、瓜脯、瓜汁、香瓜罐头、瓜酱及腌渍品等，村民既没技术也没资金，村内也没有相应的企业，深加工方面一片空白。因此，大多数瓜农都是自己联系买家或找亲朋好友帮忙推销，实在不行就卖给瓜贩子，当然价格上就大打折扣了。

任何事物都有两面性，好与坏、善与恶、高与下、左与右等如影随形，口肯板的香瓜也不例外。市场本身有其强大的调节功能，瓜农脆弱的经济基础经不起市场波浪的冲击，一两个回合下来，就会产生新的贫困人口。有什么问题解决什么问题固然重要，但能够把问题和隐患解决在初始或萌芽状态，才是最高明的做法，也是各级政府服务群众的最高境界。如何趋利避害，解决好香瓜种植与瓜农收入的问题，政府应有更大的运作空间。

2017年10月10日 中雨转阴 -3℃～9℃

脱贫攻坚再入户

村干部这一级看似是无职无权的岗位，实则太重要了，党和国家无论实施什么样的政策，到基层都得靠这些人来落实。虽然各级现在也派工作组和驻村干部，但这都是临时性的加强举措，很难保持工作的连续性，就是驻村三两年，对村内的事情也未必全部了解，在处理土地纠纷等棘手问题上，还是离不开土生土长的村干部。

入秋以后，雨水倒多了起来，一场接着一场下，暑气彻底消退了，寒意悄然四起。在阳光的照耀下，天空深蓝似海，大块大块山峰般的云朵变换着身姿接连飘过，落叶伴着阵阵秋风起舞，农民们在田地里紧张地进行秋收。

10月3日，和林格尔县委县政府召开了“全县脱贫攻坚推进会”，要求马上对建档立卡之外的贫困人口重新进行逐户识别，做到不漏一户、不漏一人。脱贫攻坚进入关键阶段，全县从政府机关到村镇，基本都在加班工作。10月4日（中秋节）休息1天，10月5日开始，村“三委”班子成员和驻村扶贫工作队成员一道开始入户普查，对贫困户识别工作进行“回头看”。

一年一度的中秋节，百姓们都比较重视，家家户户都把地里的秋收暂时停了下来，享受节日带来的欢聚时刻。村内的小车明显增多，在外地工作的亲友都趁着假日回乡团聚。我们抓住这个人员比较集中的有利时机，从早上9点一直到下午5点，连续8个多小时挨家挨户进门登记，普查完毕还必须有农户认可签字，现场拍照留存影像资料。我们几个人分工明确，有的填写表格，有的散发宣传单，有的负责拍照，有的打电话联系人，大家午饭也没顾上吃，实在走累了，就在比较熟悉的，屋子宽大的农户家喝口水，歇一会，仅用一天时间就走访了77户常住居民，有的工作队员脚上都磨起了水泡。事后翻看这些照片，感觉非常有意思，土炕上，饭桌旁，场院内，摩托车座，马路边，甚至墙头上，都留下了工作队和农户填表签字的身影。"农户签字"一栏更有特点，有点文化的人签字龙飞凤舞，识字不多的一笔一画，没读过书的找儿孙代签，找不到代签的自己按手印。照片不加修饰，签字五花八门，却见证了普查工作的深入扎实和数据的真实可靠。

入户普查是了解村情民意的重要方式。蔡家营子村87岁的贾金虎老汉，略显清瘦但精神矍铄，留着一捋山羊胡，耳不聋眼不花，思维敏捷，走起路来两脚生风。贾金虎老汉是低保户，每月有三四百元钱，但非常勤快，近90岁的高龄，仍下地劳动，干些力所能及的活计。如今仓里有五谷，院里有禾韭，圈里有猪鸡，小日子自给自足，儿子还在村里开了个小商店，贾金虎对现在的生活非常知足。我们说明来意后，贾金虎张口就说："我活了这么大岁数，还是共产党好哇，旧社会谁管你死活，现在每月还给我几百元钱，够用，我不用扶贫，你们帮别人吧。"我想，正是这种感恩的心态，开朗的性格，简单的生活，终生的劳作，才是老人家长寿的秘诀。

74岁的王二女老太太，干净利索在全村是出了名的。院里农具按大小排列，摆放得整整齐齐，屋内窗明几净，收拾得一尘不染，让我们都不好意思抬脚进屋了。老伴贾六娃70岁的人了，仍帮人盖房子垒石头墙，3个儿女在呼和浩特市开大药房，多次想接老人到市里住楼房享福度晚年，都被拒绝了。王二女老太太告诉我们说："现在我们老两口手脚还能动，还能下地干活，自己能养活自己，儿女在外面闯荡也不容易，不想给他们添麻烦，再说一辈子劳动习惯了，一天不干点活身子骨不舒坦。"说起村里个别贫困户，王二女老太太非常生气，她看不惯那些游手好闲靠政府救济的村民。"都是一样种地，人家勤俭持家过得好好的，

深入困难群众家中了解情况

他们不务正业，就知道吃喝打麻将，这样的人政府不要管他们，越惯越不行。”老人对人生的态度旗帜鲜明，那就是不等不靠，勤俭持家，勤劳致富。

当然，如果村民都有贾六娃和王二女老太太的心态和性格，扶贫工作就好做多了。有的村民房屋一新，圈里养着牛羊猪鸡，院里停着小车，对自己的收入情况却支支吾吾，不讲实情，张口就是各种困难，抱怨政府，唯恐自己吃亏，恨不得一头扎进贫困户行列，不放过任何一次获取利益的机会。

按照现行的国家农村扶贫标准，即2016年农民人均纯收入低于2952元（相当于2010年2300元不变价），就列为贫困户。不足3000元钱，在城市生活是不可想象的，柴米油盐酱醋茶不说，水电暖、物业费、液化气费、电话费等等，吃喝拉撒无一处不花钱。但在农村则不然，种地不交农业税，粮食有保障，勤快点的人再放几只羊，喂几头猪，养几只鸡，院里种几畦菜，绿色健康自不必说，生活不至于没有着落。这个地方农户家的院落一般都比较宽敞，大多都有一两亩地，除去正房、南房、停放农机车辆和放杂物的地方外，还有很大的空间可以利用。那些日子过得比较差的人家，院子基本上都在荒着，“懒”是日子过不起来的重要因素。

曾国藩在家书中，多次提及其祖父星岗公留下的八字家训：书、蔬、鱼、猪、早、扫、考、宝。即读书、种菜、养鱼、养猪、早起、扫屋、祭祖、敬邻。这“八字诀”成为晚清一代中兴名臣一生恪守的治家之道。

今天又是个阴雨天，乌云低低地压在城市和村庄上空，雨虽不大但一直没有停止。这样一个深秋的早晨，行驶在乡间的林荫道上，高大的白杨树伫立不动，熟透了的金黄色叶片在雨滴的助力下，纷纷飘落，跟随疾驶的车辆飞舞一阵后，聚集在路旁，金灿灿地伸向远方，似给马路镶上一道金边。英国人打造过黄金马车，却不知道谁有能力打造过黄金大道，大自然的美丽在于展示着毫不雕饰的原生态。

一场秋雨一场寒。村部办公室内愈加阴冷，墙角一个电暖气发出暗红的光亮，那点可怜的热流根本抵挡不了这场秋雨带来的寒冷。大家把几天来入户普查的表格集中在一起，进行数据完善。老会计王九毛在使用多年、键盘数字都看不清的计算器上认真核算，村委会主任许峰在一张大红纸上认认真真书写参加人大代表换届选举人的名单，村党支部书记王巧兰伏在厚厚的一摞《精准识别入户普查表》上填写审核意见，支部副书记白永平在隔壁房间把照片摆满了桌子，逐户进行挑选比对，还有临时请来的老党员焦团员、贾九九、王占奎等人，也在帮忙填表。有把握不准的问题，大家就一起讨论后再决定。午饭时，我们每人吃了盒方便面后，便继续工作。这些年习惯了使用电脑，很少用笔写字，326户常住居民，光签署意见就得几个小时，手都累得不听使唤了。热情，也可以弥补能力的不足。

这几天，我一直被村干部的敬业精神所感动。他们都是从本村村民中选拔出来的，待遇并不高，每人家里都种着地，现在正是秋收大忙时节，但扶贫更是事关全局的大事，大家都知道这项工作的分量，于是把地里该抢收的庄稼撇下，专心做这项工作，这种牺牲精神实在令人感动。要知道，对一个农民来讲，没有比秋收更重要的事了，地里的一粒米，远比城市的一栋大楼金贵，因为除了庄稼，他们再无其他收入。从内心来讲，我希望他们的待遇能再高一些，这样才能使他们安心地做好本职工作。村干部这一级看似是无职无权的岗位，实则太重要了，党和国家无论实施什么样的政策，到基层都得靠这些人来落实。虽然各级现在也派工作组和驻村干部，但这都是临时性的加强举措，很难保持工作的连续性，就是驻村三两年，对村内的事情也未必全部了解，在处理土地纠纷等棘手问题上，还是离不开土生土长的村干部。

农村就像个巨大的蓄水池，曾几何时，数以亿计的农民工背着行李，带着满身的力气去城市拼搏闯荡，最后留下林立的高楼大厦、宽阔的马路和骄人的成绩之后，悄无声息地退守田园。如同徐志摩在诗中写道："悄悄的我走了，正如我悄悄的来。我挥一挥衣袖，不带走一片云彩。"能在城市安家落脚的都是年轻的有文化的新一代农民，如同漫山遍野的狗尾巴草难以登堂入室一样，绝大部分人都如退潮的海水般从哪来回哪去。长安米贵，适者生存，城市生活的巨大压力，就是一张无形的识别率最高的过滤网。国家要稳定，首先是农村要稳定，做好扶贫工作，让这个庞大的群体安居乐业，具有非常重要的政治意义。

南怀瑾先生说过："三千年读史，不外功名利禄；九万里悟道，终归诗酒田园。"行走在农村的广阔天地里，时刻感受到一种苍生之美，晨曦中草木上晶莹剔透的露珠，咩咩叫着、拥挤着走向山坡草场的羊群，田野里挥汗如雨、辛苦劳作的民众，夕阳下家家户户升腾起的袅袅炊烟，以及鸡鸣犬吠和雀鸟的鸣唱，构成了一幅真实的乡村图景。

偌大的村落，2000余村民，几家欢笑几家愁。他们没有那么多"诗与远方"，月亮虽好，但他们更关心兜里的"六便士"，春播、夏耕、秋收、冬藏是人生的主旋律，年复一年，周而复始。这些普通人的贫富贵贱、喜怒哀乐和悲欢离合，就是最现实的尘世生活，也是基层干部常议常新的永恒话题。

2017年10月19日 多云转晴 2℃～14℃

百姓热议“十九大”

党的十九大胜利召开，为新时代中国描绘了更加辉煌壮丽的发展前景。在各级党政机关和党员干部中掀起学习贯彻十九大的热潮不足为奇，但这些终生务农又不识字的老人，如此关注这个重大政治事件，实在超出我的意料。

秋天是最美的季节。

没有了夏天湿热的雾气，天空变得深蓝而高远，蛮汉山脱下了笼罩在身上朦胧的黛青色外衣，起伏的山峦和纵横的沟谷清晰可见。大地不再是绿色一统天下，五彩斑斓开始在庄稼草叶和树木上悄然显现，北方十月的轻微霜华，使得颜色越来越浓重艳丽，在人欢马叫、风送谷香中，秋天盛装出场。

打场是秋收最后一道工序。农民们把庄稼从地里拉回场院，机器将玉米脱粒后装袋入仓，谷子、高粱、豆类等在平坦的场院摊开，用四轮车或驴马拖着石碾子轰隆隆地一顿碾压，然后捡出秸秆堆在一起，待树梢摇动秋风起舞时，用木锨一下下铲起来用力迎风上扬，草屑、糠麸和尘土便随风而去，哗啦啦地落下一片或金黄或莹白如玉般的果实。

早上驱车来村部时，大门还上着锁，卫生室的白副支书夫妇外出还没有回来，64岁的王狗狗、81岁的康老太太、77岁的梁老太太、59岁的李月仙等几位来卫生室看病的村民，便到我办公室内等医生。我给老人们倒了杯水，大家彼此寒喧，狭小的办公室顿时热闹起来。乡村老人的谈话话题总是从最熟悉的家长里短开始，谁家的收成好了，谁家的儿子打工回来了，谁家的婆媳闹矛盾了等等。最后，话题竟出人意料地扯到了昨天刚刚召开的党的十九大上。

77岁的梁老太太原是人人山南面的南窑子村人，移民新村规划建设时，她举家搬迁到此地居住，如今5个子女4个都在呼和浩特打工，1个儿子患有精神障碍。梁老太太一生坎坷，岁月把她的脸庞雕刻成了黄皮核桃一般，但身体硬朗，快人快语，于是率先打开了话匣子：

“昨儿一天都在看电视，十九大开得真好，习近平讲得好，我看台下好几千人，都坐得好好的，那是说到他们肺腑里去了！”

“我记得习主席好像说了一句话，就是‘把老百姓的事当成大事来办’，讲得好哇，我就是不识字，识字的话我都背下来。昨天我想了一晚上，现在的社会好，政策也好，种地不交钱，国家还给补贴，老了还有人管，这样的好事去哪找！”

64岁的王狗狗是来给孙子买药的。王狗狗是土生土长的南倒拉板村人，性情耿直，做事执着，一辈子靠种地、放羊为生，凛冽的山风和火辣的阳光，赐予他一副黢黑沧桑的面庞，3个儿子都盖房成家娶了媳妇，这在并不富裕的南倒拉板村都是了不起的辉煌成就，也一直让王狗狗在村人面前感到骄傲和自豪。王狗狗显然对这个话题很感兴趣，他一脸庄重地说：“我昨天也看电视了，羊也没顾上往山上赶。人家习近平讲得好，你看会场一个白头发的老娘娘哭的，那是激动的。”

81岁的康老太太微微发胖，满面慈祥，耳不聋眼不花，这些日子每天拄着拐杖来卫生室打针。大儿子在镇政府上班，二儿子每年承包点基建工程，还在村里开了家超市。康老太太的日子过得比较宽裕，平时很注重保养身体，有一次还专门来我办公室探讨养生之道。听到那两位说到十九大，她慢声慢语地接上了话茬：“昨天我也是在家看新闻，人老了，时间一长就坐不住了，后来我是趴在炕上看完的，我觉得习主席讲的都是老百姓的心里话。”

王狗狗紧接着说：“都是大实话，咱们没文化的农民也能听得懂，和农村、农民有关系的话特别多，什么‘把群众的小事当成大事办’‘把饭碗端在自己手里’，还有好多，就是记不住，咱又不识字，真没法！”他似乎为自己的没文化感到非常遗憾。

我不禁感到汗颜，十九大报告我也看了现场直播，也通过微信看了有关新时代中国特色社会主义思想的解读，准备今天到村里后再把重点摘抄到笔记本上。但没想到几位没有文化、连名字都写不上来的老人，会对党的十九大如此关注。

面对村民，在我们党召开的举世瞩目的最高规格的盛会问题上，身为党员干部，我不能随便发表议论，必须给他们传达准确无误的信息。于是打开电脑，搜索出十九大报告中关于“三农”问题的重要论述，给几位老人读了一遍：

“（三）实施乡村振兴战略。农业农村农民问题是关系国计民生的根本性问题，必须始终把解决好‘三农’问题作为全党工作重中之重。要坚持农业农村优先发展，按照产业兴旺、生态宜居、乡风文明、治理有效、生活富裕的总要求，建立健全城乡融合发展体制机制和政策体系，加快推进农业农村现代化。巩固和完善农村基本经营制度，深化农村土地制度改革，完善承包地‘三权’分置制度。保持土地承包关系稳定并长久不变，第二轮土地承包到期后再延长三十年。深化农村集体产权制度改革，保障农民财产权益，壮大集体经济。确保国家粮食安全，把中国人的饭碗牢牢端在自己手中。构建现代农业产业体系、生产体系、经营体系，完善农业支持保护制度，发展多种形式适度规模经营，培育新型农业经营主体，健全农业社会化服务体系，实现小农户和现代农业发展有机衔接。促进农村一、二、三产业融合发展，支持和鼓励农民就业创业，拓宽增收渠道。加强农村基层基础工作，健全自治、法治、德治相结合的乡村治理体系。培养造就一支懂农业、爱农村、爱农民的‘三农’工作队伍。”

组织召开十九大报告学习讨论会

他们聚精会神地听我一句一句读着报告原文，神情庄重，一脸虔诚，屋内静悄悄的，没有其他声音。有些名词术语我感觉他们难懂，就用家常话给他们解释一下，他们只是点头。

读完后，屋里一阵沉默。梁老太太忽然想起一件事来，站起来走到我办公桌前说：“张书记，我问你为啥现在扶贫轮不上我？我虽然从南窑子村搬出来了，可我还没出西沟门乡（撤乡并镇前的称呼）啊，我一问村支书，他说你搬走了就不管了，你说该咋办？”

康老太太有点不太满意她的跑题，扭头向梁老太太说：“你那点事得回南窑子村问去，习近平是好人，政策也好，要是什么事也没轮到你，那都是下面办事的人不行。”

我认真地给梁老太太解释答复：“不管人在哪里，是贫困户都有人管。现在正是精准扶贫的关键时期，因为你的户口和土地都在南窑子村，有疑问，可以回去找当地村党支部书记、村委会主任，或者上级派驻的扶贫工作队，他们会对您家里的所有收入情况，进行认真的核实计算，按照目前国家规定的贫困户识别标准，凡人均年纯收入低于2952元的，都可以列入建档立卡贫困户行列。如果您没有被列入贫困户，有可能是收入超出了这个标准。”

梁老太太听明白了，默默地回到椅子上坐下。

康老太太拄着拐杖敲了敲地面，意在提醒大家回到谈话的正题上来，她有种意犹未尽的感觉，继续讲刚才的话题：“人家习近平他爹当年也是大官，听说他还是孩子的时候就下过乡，当过大队书记，知道咱老百姓心里想啥。”

“现在真是好日子啊，就是我们老了，活不了几年了，总觉着没活够！”康老太太对现在的生活相当满意，但又为来日不多而忧心伤感，竟落下了几滴眼泪。

我赶紧安慰道：“大娘，十九大报告中说，要‘为人民提供全方位、全周期的健康服务’，您身体这么硬朗，现在医疗条件这么好，肯定会长命百岁的。”老人又破涕为笑了。

一说到年龄，王狗狗显得既兴奋又骄傲，从椅子上坐直了身子，伸出一根手指头比画着：“我和习近平同岁，64周岁，都是属蛇的，李克强总理比我小2岁，是属羊的。”他对自己掌握的信息深信不疑。

“我没事也喜欢看新闻，十九大报告说，这些年国家平稳，就是这个理，老百姓过上安稳日子了。”

“前些年放羊，家里家外养了三四条狗，也没把羊看住，小偷太多了。现在多好，小偷没有了，晚上睡觉也踏实。”王狗狗对十九大报告中“社会大局保持稳定”深有感触。

“不看新闻就不行，得懂法，国家都走法治道路了，谁敢违法？习主席说发现一起处理一起，懂政策咱就不犯错误了。”

“村干部也懂法了，知道按规矩办事，上级还派来驻村干部帮咱百姓，嘁，这世道，没的说。”王狗狗对村干部的变化也比较满意。

“一个农民，种地不要钱，还有粮补，养老、看病、住房都有人管，还想咋地？”王狗狗质疑的话语中带着十二分的满足。

王狗狗的话勾起了梁老太太对往昔的回忆："唉，活了70多岁，还是共产党好哇。年轻时一见到国民党兵，那就像撞见鬼了，他们和土匪没什么两样，什么东西都抢。"

"那时候我还小，有一年冬天，八路军和国民党在我们村敖包山上打起来了。八路军的一个连长带头往山头上冲，冲了几次都没冲上去，被一颗子弹打死了，年纪轻轻的。唉！后来八路军战士们急眼了，绕到山后面拼了命似的又往上冲，把国民党兵打跑了。"

"我爷爷就命苦，小时候家里穷，大年三十那天晚上，饺子刚刚下锅，有人喊'国民党来了'，村里人一听都往山里跑，我奶奶背起我就走。我爷爷舍不得刚下锅的饺子，那时候穷苦人家也就年三十才能吃上这么好的东西，爷爷把饺子捞出来装在自己毡帽里揣到怀里后才出门，跑慢了一点，刚上墙头就被人开枪打死了，临死也没吃上一口饺子。"老太太说着说着眼泪就下来了，又赶忙撩起衣襟擦了擦眼睛。

王狗狗也想起了小时候的经历："可不是咋地，人家八路军来家里，连炕都不上，就在院子里住，在外面支口锅做饭，哪像国民党兵对老百姓那么野蛮，像狼见了羊一样！"

康老太太也感慨地说："还得说毛泽东好，老人家带着老百姓打江山受了一辈子苦，一天福没享着，真是的。"这一代老人对建立新中国的不容易刻骨铭心。

王狗狗的话语中透着不满和生气："现在的年轻人，没几个愿意看新闻联播的，放着书本不好好读，光知道看手机、玩游戏，我看就是没受过当年日本人和国民党兵的欺侮！"他指的是一些年轻人不好好读书，不关心政治，不关心国家大事，只知道沉溺于网络打发大好时光的行为。

"农村的日子现在是越来越好了，可惜老人们都过世了，年轻人不愿意务农，你说农村有什么不好？习主席还说绿水青山是金山银山，我就喜欢农村，空气清亮亮的，吃的都是自家地里产的，放心！去年进了两次城，路上全是汽车，像羊群一样挤在一起，堵得心里直发慌，有什么好的，到处都是臭气！”王狗狗对城市的拥堵和空气质量不满，觉得还是在山清水秀的农村种地放羊快活。

59岁的李月仙坐在椅子上一言不发，安安静静地听着大家的讨论。她家在南倒拉板村过的也算是中上等日子，一家人勤劳节俭，朴实厚道。或许觉得自己在这几个老人中年龄最小，说话没权威，或许天生不爱说话，只喜欢听别人谈天说地，又或许秋收太忙没顾上看“十九大”电视直播怕说错话。但谁说话她都用认真的态度和柔和的目光支持，眼神里有信任，有同情，有赞许，也有一个不识字的农家妇女对新时代的迷茫和含混不清的东西。

党的十九大胜利召开，为新时代中国描绘了更加辉煌壮丽的发展前景。在各级党政机关和党员干部中掀起学习贯彻十九大的热潮不足为奇，但这些终生务农又不识字的老人，如此关注这个重大的政治事件，实在超出我的意料。他们讲述的都是自己的心里话，东一句西一句的，没什么逻辑，用词也不一定准确，实属随心所谈。但老人们朴实的话语，却传达出一个信息：时代的发展，已使他们开始关注政治、关注民生、关注政府的工作。

西汉司马迁《史记·鲁周公世家》中有句话：“平易近民，民必归之。”我在想，有着13亿多人口的泱泱大国，从中央到地方，具备怎样的工作力度，才能赢得农村这些目不识丁老人的交口称赞？有时刻关注基层全面建设的中国共产党，有时刻挂念百姓安危冷暖的国家领袖，怎能不实现国家的长治久安！

习近平总书记在长达210分钟、32440余字的十九大报告中，200余次提到了“人民”这个词。例如“满足人民过上美好生活的新期待”“让人民吃得放心”“党的一切工作必须以最广大人民根本利益为最高标准”“人民群众反对什么、痛恨什么，我们就要坚决防范和纠正什么”……

与几位老人的一席之谈，我不由得想起一句圣贤之语：“邦有道，危言危行。”

人物篇

2016年11月23日 晴 -15℃~ -4℃

老焦其人

在这片神造的乡野上，老焦书记无疑是孤独的，因为他一直站在村事风云的最前端，他内心牵挂和关注的焦点，使他和普通村民有了截然不同的境界，也赋予这个古老、平常、沉重的村庄以梦想的生机。

焦团员的人生故事，就是南倒拉板村的历史。

焦姓是南倒拉板村的大姓。今年60岁的焦团员，从小就在人人山下这个山环水绕的小村庄生活成长，因为年少好学，一直坚持着读到高中毕业，在那个知识普及度不高的年代，他成了村里最有文化的人，再加上一笔清秀规范的钢笔字，因此20多岁就进入南倒拉板村村委会当会计，30出头被村民推举到村主任的岗位工作。从1991年开始，又在村支书岗位上连续干了10年，亲历了村庄半个世纪以来的风雨变迁，也对养育自己这片热土倾注了他全部的情感。

驻村工作开展以后，每日都和村里的乡亲们打交道，因为办公室隔壁就是村卫生室，来人格外多些。有邻里之间发生纠纷的，有咨询各种补贴保险金的，有家庭困难申请补助的，有打印表格复印材料的，有给儿女联系工作或找对象的，也有没事来和我聊天的。总之，村里人对上级派来的驻村干部表现出了非常大的兴趣和热情，我也乐意为大家提供力所能及的服务，这是我了解村情民意的重要渠道。农民们的朴实如遍地生长的谷麦禾韭，只要你放下身价，笑脸相迎，他们还是愿意和你说心里话的。

几乎每个星期，老焦书记都到我的办公室来坐一坐。他现在已经不务农事了，不仅是年龄和身体的缘故，而且2个儿子都已在市里成家立业，宽裕的生活条件也不需要他再回乡种地。老两口本计划在呼和浩特市里安度晚年，但住了一段时间后，老焦书记总觉得在高楼林立的城市，不如在鸡鸣犬吠的乡村日子过着舒坦，城市人很多，但人情味却不浓。走在宽阔的马路上，脑海里却惦记着南倒拉板村的人和事。老村子那些孤寡老人有没有住上互助院，用了20多年的自来水管道有没有出故障，万亩荒山开发种树的进展如何，新打的两眼机电井配套经费从哪里筹措，等等。这些熟悉的人和事不由自主地在脑海中跳跃闪现。他知道这些事情村里有人管，新上任的村干部还是自己全力举荐上去的，但就是放心不下，而且越来越被这些人和事搅得吃不好饭，睡不好觉，最后索性把老伴留在城里带孙子，自己一个人回村里住了。

一杯清茶，话题就在氤氲的茶香中展开。和老焦书记谈话的内容很广泛，南倒拉板村的发展历史，村里当前的各种建设，邻里之间的关系，国内国际形势，以及最近学习国学经典的读书体会等等。更多的时候，都是我拿书本上的知识和他大半辈子的人生阅历在交流，一老一少，各抒己见，物我两忘。老焦书记身材魁梧，一米八几的个头，满头银发，对问题有自己独到的看法和见解，讲到激动处，端着茶杯在我的斗室方砖地上踱步，洪亮的声音透过纱窗，惊飞了屋外栅栏上偷听并吱喳议论的两只花喜鹊，不知内情的人，以为屋内有人在吵架。

谈起当年的岁月，老焦书记摇晃着一头银白短发，深感欣慰和自豪。他是个敢想敢做、有闯劲的人，当村支书第二年，就筹集了近10万元，让一个没有水浇地、靠天吃饭的山沟穷村子，家家户户吃上了与城里人一样的自来水。这在90年代初期，是终日土里刨食的农民想都不敢想的事情，惹得周围十里八乡的村子好一阵嫉妒。没有资金，他就跑乡政府，磨破嘴皮子请求领导支持一点，不足部分村民自己出一点。为把有限的资金用到刀刃上，他带人亲自跑厂家购买材料并联

焦团员（左一）
与村民在危房
改造施工现场

系发货到村，剩下的体力活则自己亲自带领村民干。庄户人家有的是力气，几十个青壮年劳动力，挥汗如雨大干了3天，锹挖镐刨打通了2000余米长的自来水管道，把清爽甘洌的自来水接入全村的家家户户。为给村里修防洪渠，他拉着乡领导到上级业务部门跑经费，在那位主管领导家门守了一个星期，演绎了一场现代版的程门立雪，几十万的经费很快拨付下来了。

随着年岁渐渐大了，老焦书记主动让贤，力主把年轻人推到村干部的岗位上锻炼，但仍关注着村里的各项建设。今年6月份，盛乐镇云书记路过村里，顺便了解近期工作情况。正巧老焦书记在我办公室内，聊天中老焦书记和云书记提到自己关心的几件事：祥龙公司为村里打的两眼机电井目前还没有配套设施，村里缺少室内文体娱乐场所和设施，南倒拉板村路不好走老人们进出不方便，村里路灯仍未安装，晚上漆黑一团等等。云书记一一给予了答复，有的可以马上解决，有的需要村里打报告审批，总之件件事都有了着落，这让老焦书记非常开心。事后云书记感慨地说："老焦现在就是村里的一个普通党员，但他和我提的5件事，都是关系到村里发展建设的，没有一件是他个人的私事。"

40多年的党龄，20多年村支部工作经历，使老焦书记对政策和法规有很强的敏感性。前段时间，呼和浩特市有个商人看中了南倒拉板村东南方向的一块地，想买下做墓地建陵园。商人知道正常手续不好办，就私下里找了几个村民商议，想悄悄地把生米做成熟饭。金钱的诱惑是最有杀伤力的，尤其在尚不富裕的农村。几个村民在找到村干部协商遭拒后，开始私下串通，企图联名以众压法，形成既定事实。老焦书记是最后一个到会场的，面对双方提出的意向合同条款，和一双双期待马上发财的眼睛，老焦书记旗帜鲜明地表明了自己的态度："现在是法治社会了，凡事都要遵守规矩。大家想一想，这样私下买卖土地是否合法？每亩地8000元的价格是否有依据？村干部和镇领导知不知道此事？欲买地建陵园的商人是否有各级政府相关部门的审批手续？"说完起身就走了。后来，有村民在背后竖起大拇指，认为老焦书记是个明白人，关键时刻不糊涂！

老焦书记的耿直也得罪了一些村民，特别是那些想在背地里违规谋私利的村民，对老焦书记既恨又怕却也无可奈何。老焦书记从不在背后讲任何人的坏话，包括村里那些逢事都和他对着干的人，他宁愿有事拍桌子、抡板凳把话当面说清楚，也不喜欢在私下里对别人说三道四。有一次和我谈到这个话题，老焦书记说："我不怕他们记恨我，也不想过多地解释。谁对谁错，时间会证明一切。"

在老焦书记的身上，看不到像一般村民一样考虑自家利益多的短期行为，他总是牵挂着南倒拉板村的长远发展。祥龙公司准备开发村子南部的万亩荒山时，老焦书记自始至终关注着项目的进展，从签合同、确认土地、试种苗圃到处理纠纷，一直全力以赴地为公司提供帮助。今年下半年，公司遇到阻力，资金运转不畅，一度准备退出项目另做打算。在全村上下都不看好的情况下，只有老焦书记和我的意见一致，想方设法留住公司继续开发。种文冠果树是好项目，于国、于民、于公司三方均有利，只要大方向没有错，困难是可以想办法克服的。我们最终一起做通了公司董事长的工作，公司马上启动下一步工作程序，准备来年开春开始大规模种植文冠果树。

这两年，精准扶贫和基层党建工作任务非常繁重，每次组织开会，老焦书记总是第一个到场。学习教育讨论时，别的党员扭扭捏捏，半天吭哧不出三句话，直让会议组织者着急。但老焦书记的发言落落大方，条理清楚，每次讲完话都是掌声四起。村里组织入户调查、选举投票、整理资料、核算收入等工作时，只要打个电话，老焦书记随叫随到，不要报酬，不计得失，活计拿得起放得下，谁看了都得叫好，用行动树立了一个响当当的基层老党员形象。

几十年来，南倒拉板村的兴衰荣辱，一点一滴都牵动着老焦书记的喜怒哀乐，他早已把自己的命运与村庄的发展紧紧联系在一起，休戚相关，荣辱与共。贫穷、疾病和死亡并不可怕，可怕的是一个人没有信心和追求，陷入太阳东升西落般随波逐流的精神萎靡状态。在这片神造的乡野上，老焦书记无疑是孤独的，因为他一直站在村事风云的最前端，他内心牵挂和关注的焦点，使他和普通村民有了截然不同的境界，也赋予这个古老、平常、沉重的村庄以梦想的生机。

老焦书记如同卧在草地上沐浴着夏日晚风的老牛，在落日的余晖下，时刻注视着人人山下这片生养自己的热土，内心祥和宁静，享受着南倒拉板村兴旺发达带给自己的快乐。

2016年12月7日 晴转多云 -9℃~ -1℃

王狗狗要地

农民之间的土地纠纷是最难处理的事情，牵扯了村干部大量的精力，也考验着他们的智慧和处理问题的能力。

今日是大雪节气，呼和浩特地区却未见雪花飘落，最高气温还在0℃上下徘徊，上个月零零散散飘落的两场小雪，早已不见踪迹。刚入冬时，网上盛传“今冬会把你冻哭”的说法，但到现在一直未找到这种冰冷的感觉。“小雪鹅毛片片飞，大雪寒梅迎风狂”的景象尚未显现，移民新村依旧笼罩在风和日丽的景象中，天空湛蓝而高远，太阳暖暖地照下来，如同刚点着的炉子，火苗热烈但热力不足。院子四周高大的白杨树叶子落尽，干净整洁的树干和枝条银雕一般挺立，几只花喜鹊围着树杈上搭好的窝叽叽喳喳地飞来飞去，东侧广场上十几名妇女三五成群，围着像小山一样黑黢黢的板蓝根秸秆堆挑挑拣拣，不时传出爽朗的说笑声。卫生室也比往日清净，64岁的村民王狗狗和另外2个老汉斜靠在病床上输液，并大声地讨论着什么。

进入冬季，村里人开始了长达半年的农闲时节，天一上冻，就开始杀猪宰羊，宴请宾朋，准备过年了。村干部则忙于迎接年终考核，上报各类数据，申请困难补贴，配合政府或企业或社会团体做好春节前慰问困难群众等事宜。上午10

点多钟，与村支部书记王巧兰、副支书白永平商议完工作，他们走后我刚打开书本，在隔壁卫生室输完液的王狗狗推门进来了。

“张书记，我找你反映家里土地的事。”王狗狗今天戴了顶黑色圆边礼帽，身穿一件黑色的磨得发亮的羽绒服上衣，灰色裤子和黑棉鞋上沾满了星星点点的尘土和草屑，与终日放羊被风吹日晒满是皱纹的黑脸庞非常和谐。他一边说一边从怀里掏出一本皱巴巴的《土地证》。

“是退耕还林地的事吗？”我问道。

“是的。上次来你这，喝了点酒没说清楚，也没带《土地证》什么的。”

王狗狗说的上次，是指两个月前的一天晚上。临近中秋，月朗星稀，风送果香，秋蝉不知疲倦地鸣叫着，正忙于秋收的人们早早地休息了，只有10多名妇女还在村剧场前面跳广场舞，她们都是开商店、饭店、发廊等不务农活的人，庄稼人的紧张忙碌与她们毫不相干。9点多钟，我正在整理当天的驻村工作日记，王狗狗一身酒气地推门进来了，他努力控制着摇摇晃晃的身体，站在地中央一个字一个字地和我说话。

“张——书——记，我——家里的——地——不够种了，娃娃——多，和你说点，说点地的事……”

好半天，我才从他含混不清的话里听明白他的意思。他说他家在村大西地分有一块地，后来退耕还林给种上树了，他现在既没有领到退耕还林补贴款，村里又没有给他补过地，所以来找我。我看他喝多了，就告诉他改日再来，带上能证明是自己土地的所有材料。王狗狗自知喝多了酒，又絮叨了几句，就告辞走了。

王狗狗名叫王正岗，是南倒拉板村本地人，农村人取名常用猫啊狗啊什么的，说是贱名好养活。王正岗弟兄两个，弟弟叫王正清，他说自己真正的名字是王二狗，办身份证时，不知是哪位办事员给写了个“王拴狗”，结果就有了3个名字。但村里人还是大狗、二狗地叫着，时间久了人们倒把弟兄俩的大名给忘记了，喊起来连他自己也不习惯。都说一母生百子，大狗性情耿直，喜怒哀乐都挂在脸上。二狗则不然，见谁都笑眯眯的，心里想什么，谁也猜不出。因此，村里人和弟兄俩相处时则采取不同的方式。

第一次认识王狗狗是在去年11月份，那时刚开展驻村工作不久，我第一次组织开村民代表大会，与规划种文冠果树的祥龙公司签订土地承租合同。虽然事先都做好了工作，村民逐家逐户都按了手印，但正到了签订合同的时候，王狗狗拒不签字，也说不出具体理由，并和老焦书记等几个人当场激烈地争辩起来，会场一度陷入混乱。指责王狗狗不讲道理的，交头接耳议论的，大声询问合同条款的，一言不发蹲在旁边看热闹的，争吵声混杂着劣质的香烟味，弥漫在整个屋子。最后，王狗狗几乎是被妇女主任金鲜桃强拉硬拽在合同书上签了字，嘴里还愤愤不平地嘟囔着。几天后，王狗狗在卫生室输液后，专门来办公室和我解释那天开会的事，他说自己知道搞农业开发是好事，只是自己没有文化，怕开发商欺骗了老百姓。

6月份，他与村民任某因为6亩山地又发生了纠纷，我和村干部先后几次找当事人做工作，协调处理此事，却迟迟没有结果。一天晚上，月亮很圆很亮，我和镇里陈连续主任等几人搬了椅子，围坐在院子里聊天。王狗狗在家喝了几杯酒后来村办公室，大家自然而然地又谈到了他和村民闹纠纷的事。可能王狗狗觉得我是市里派来的驻村“第一书记”，这件事给我添了麻烦，或者此事给南倒拉板村丢了人，但他又不想在利益面前让步。

“张书记，还是回城当干部吧，农村的事不好管哩！”王狗狗幽幽地说。他平静的话语很温情，似乎觉得我不应该搅到村里这是是非非的纠纷里面来，村里的事应该由村里人自己解决，是吵是闹窝里斗，不能让外人知道。后来，为处理这次纠纷，我和村干部及双方当事人一起拿着土地账本到地里进行了现场核对，证实两家《土地证》上写的确是同一块地。最后在南漕河河滩上用推土机推出了几亩地给王狗狗作为补偿，此事得到圆满解决。要了解农民，就要在具体事情上看他的立场和为人，尤其是在涉及土地等事关切身利益的问题上，基本没人会主

播种希望

动让步。通过处理这次纠纷，我对王狗狗的认识和印象也加深了许多。

1998年二轮土地承包时，王狗狗是重要的参与人之一。当时南倒拉板村选出6个人组成分地小组，如今其中1人已去世，其余几个人也正在老去，现在年龄都在60岁以上。时间已过去近20年，我曾认真了解过当时分地的过程，由于地广且贫瘠，当时的人们也不太在乎多几亩地少几亩地，几个人坐在家里就把全村的土地分完了，程序不够规范，记录也不详细，这些都为后来的土地问题埋下隐患。当年谁都不理会的山坡梁地，随着外资进入和土地开发的不断深入，边界不清、相互转让、扩地占地等引起的土地纠纷问题多了起来。一遇到类似的事情，首先得找这些知情人了解情况，因此，他们说话的分量便重了起来。

家是最小国，国是千万家。无论哪朝哪代，土地都是农民赖以生存的根本，如同国家之间的领土争端一样，受历史、现实等多方因素影响。农民之间的土地纠纷是最难处理的事情，牵扯了村干部大量的精力，也考验着他们的智慧和处理问题的能力。

在农村，土地纠纷源起多样，有很多事情不能用常理去思考，虽不合逻辑但却真实上演，这些土地纠纷归纳起来大致有以下几类：

案例一：无中生有。在南倒拉板村南有一片8亩左右，多年无人耕种的荒地，村民甲和村民乙都声称荒地是自己的。2015年春天，甲在地里种了黍子，秋收时被乙收割回家，为此，甲将乙告上法庭。2016年8月，和林县法院判决乙赔偿甲黍子款4000元，土地权属问题由村委会协调解决。乙不服，强烈要求村里进行土地确权，并到镇里上访。经调查，1998年二轮土地调整时，两位当事人都是当时6人分地小组的成员。通过反复做工作，其他3人均证实此地不在分地之列，属村集体所有。经村委会会同镇土地部门最后确权，此地权属归村集体。

案例二：一笔糊涂账。村民甲的6亩地，在1998年二轮土地承包中，因会计记录的原始台账笔误，出现重复记载，将此地又同时记到村民乙的名下。以前因为土地收成不好，荒地成片无人耕种。近两年，因开发商开始进驻，眼看荒山即将变“金山”，土地价值成倍增长，二人遂起争执。最后，村干部出面协调，用铲车在另一处荒坡给村民甲重新推出6亩地作为补偿，了结此事。

案例三：无理搅三分。村民甲与村民乙争种村内一块闲置多年的土地，两人都说地是自家的，但都拿不出有说服力的证据，并多次找到村干部，要求出面把地分给自己。村干部多次找二人做工作，但谁都不肯退步，每次都是到村部大吵大嚷后依旧没有结果。最后村民甲在今年春天强行种上了玉米，村民乙扬言秋天去地里收割，事后不了了之。

案例四：随意扩张面积。村民甲欲在自家耕地边的荒地上平出几亩地，村民乙出于嫉妒，谎称甲要卖地，叫上一伙村民上山阻拦，双方几乎大打出手，后经村干部上山调节平息。2016年甲第二次雇铲车上山推地，被村民乙发现，乙召集其他几个村民一同上山阻拦，甲不服，二人发生了肢体冲突，打架视频被手机传至网上，造成非常不好的负面影响。后经村干部出面协调，平息此事。

案例五：程序不合法。村民甲的父母在1987年承包了12亩土地，但后来因地贫歉收进行了间歇性种植，其间，村里也有其他人种过此地。今年春天，甲找来铲车将地推平准备建蔬菜大棚，被村民乙以破坏耕地为名告到镇里土地部门。乙认定此地在1998年二轮土地承包时，甲已将地退回村集体，然后村里又给他补分的，而且乙在2010年、2011年连续两年种过此地，并拿出了补分土地时村负责人的签字证明，要求甲赔偿毁地损失。但村里无台账，无村委会盖章，程序上不合法，甲和乙二人均越级上访告状，至今仍无法确权。

案例六：弃之又后悔。69岁的村民甲老伴去世多年，在移民新村租房居住，3个子女中，女儿出嫁，大儿子46岁至今未成家，二儿子43岁瘫痪在床需要专人照顾。甲家的特殊情况还在于，1998年二轮土地承包时，面对广种薄收的干旱土地，收入不高还得交农业税，于是举家搬迁到包头市打工另谋出路，没有参加土地承包。在外打拼不成，再回来时既无房又无地，村里只好把一个不在村务农的光棍汉名下的十余亩地让甲家暂种，勉强解决温饱问题，甲家如今成了村里精准扶贫的重点户。

案例七：私下违法买卖。以前不时有村民将承包给自己的土地划出一小片，再以几千甚至上万元不等的价格，卖给市里人做墓地，后来村里严格监督才杜绝此事。此外，也有将自家承包的耕地或宅基地私下进行买卖交易，由一纸不规范的契约引发纠纷的村民也不在少数。

其他土地纠纷案例还有很多。简言之，这些问题的根源主要集中为以下几点：

1.政策原因。1998年开展二轮土地承包后，实行的是“增人不增地，减人不减地”的政策。但问题是，大批1998年以后出生的农村人口有没有土地承包权，当年的未成年人现在不少已成家立户，给不给承包地等，这些问题在政策上还没有合理的答案。于是，这些人私下里想方设法打土地的主意，加之对政策法规又不懂，于是为土地纠纷埋下诸多隐患。

2.人为原因。1998年开展二轮土地承包后，政府参与组织过土地承包的具体实施，大多土地没有建立完善正规的台账，分地东南西北四至边界模糊，语言表述不够准确，上级也没有备案。近20年的时间过去了，有的台账已保管不善丢失，有的手写字迹模糊，辨认不清，发生土地纠纷时，无法查找依据。有个别不负责任的村干部，在监督机制不健全的情况下，私自将集体所属土地分给他人。多年过去，一些分配的土地既无手续又无村民代表开会通过，但村民种地已成事实，该如何认证？

3.现实原因。二轮土地承包时，一些村民为少交农业税，《土地证》上只象征性地填写了部分土地亩数，致使土地实有数与《土地证》记录的数据不符，发生纠纷时，《土地证》便成了“无用证”。有些无儿无女的孤寡村民去世后，因法律没有规定土地继承权问题，加之村民之间错综复杂的亲属关系，土地归属争执不下。经济新常态下，一些开发商把目光投向农村，开发生态农业及旅游经济，使得原本无人理会的荒山荒地成了村民高度关注的对象，从而引发新的土地纠纷焦点。有的村甚至以村民小组为单位你争我抢，土地纠纷也把开发商裹挟进去了，增大了纠纷调解的难度。

那吐穗扬花的麦田，沉甸甸金灿灿的谷地，贫瘠干旱只长荞麦的一道道荒坡梁地，多少年来就在那里，沉默不语，一任四季更迭，世事变迁，风云飞度。土地之争，说到底是利益之争，人心之争。名利对世人的诱惑是巨大的，古往今来，能摆脱其束缚的圣贤屈指可数，何况这些刚过温饱线，文化程度低的农民呢？我一直以为，出现这些问题很正常，只有不断健全监管机制才是解决问题最根本的保证。

话说回来，不管怎样，王狗狗找上门来，就得了解情况，调查清楚，给予答复。土地是农民的命根子，以王狗狗对南倒拉板村土地承包情况的了解，他提出土地补偿问题，肯定有他自己的道理，不能不重视。这两年，城里楼市开始降温，开发商进军农村已成趋势，土地潜在的价值不断提升。这些问题如果解决不好，会引起一系列连锁反应。

老子云：“治人事天，莫若啬。”“啬”在甲骨文字形中，象粮食收入谷仓形。小篆从来回，“来”是小麦，“回”是仓库，本义是指收获谷物。我对这句话的理解是，治理民众，顺应自然，没有比种植收获庄稼谷物更重要的。民以食为天，农事自古至今都是人类生存发展的根本所在，粮食来自土地，而不是商店超市。这次王狗狗提出要回自己的退耕还林地，又是一件难解决的事。因为时间久远，村里分地的台账没有明确显示，镇里经过撤乡并镇之后，也很难查到备案资料。既然百姓有诉求，就得想办法处理解决，给他们一个满意的答复，尽管处理起来会很麻烦。

经过一年多农村工作的历练，我已经没有了刚报到时的心急气躁，遇事沉着冷静，让子弹飞一会儿。然后顺藤摸瓜，深入调查，处理事情的同时还会有很多意外的收获。凡事皆有利弊，矛盾和问题无法回避也不能回避，只能想办法解决，每处理完一起土地纠纷，就为日后土地确权工作减轻了一份负担。解决了农村土地纠纷问题，为下一步“谁来种地”“怎么种地”和规模化经营扫清了障碍。

2016年12月18日 晴 -9℃~ 1℃

二满奎的婚事

如今，过上了好日子的二满奎更加珍视现在拥有的生活，简单而丰厚，辛劳但快乐。

“上边那个草棍，对，就是这个。”

“最右边那个，像羊犄角似的。”

“下边那个带拐弯儿的。”

“底下那个圆疙瘩……”

走进村办公室的时候，二满奎正对着村白副支书的手机键盘，抓耳挠腮指手画脚地戳戳点点。原来他正在告诉白副支书自己儿子和平的手机号码，他没念过书，不会说，更不会写，但能在键盘上指认出来。11位数的手机号码比画完，急得一头汗。他伸手拉下头上的花格绒线帽擦了擦脸上的汗水，好像做错事的孩子一样不好意思地冲我笑笑，黑红的脸上沟壑纵横，一颗没有补上的门牙黑洞洞漏风。

二满奎姓刘，因在家里4个兄弟姐妹中排行第2，村里人习惯叫他二满奎。已经60岁的二满奎先后经历了2次婚姻，他的婚事没少让亲友和村里人操心。

南倒拉板村距离首府呼和浩特不到40公里，前些年交通不发达，也没有手机和固定电话这样方便的通信工具，这个处在蛮汉山脉人人山下的小山村便像桃花源一样鲜为人知。在农村，聪明伶俐的姑娘和小伙子一到十八九岁，早早就定亲成家立业了。老实木讷的二满奎年过30了还是单身一人，为此，亲友开始托人在十里八乡为他物色对象。偶尔有姑娘来见上一面，本就没有多少话的二满奎，同女方一见面更讲不出话了，低着头脸红脖子粗，连看人家一眼都不敢。姑娘一瞅心想这不是木头桩子吗！时间久了，连介绍对象的人也很少上门了。

所谓千里姻缘一线牵，机缘到了，什么事情都有可能发生。1989年春天，正是蒲公英、野木瓜、牵牛花激情绽放的日子，有朋友给二满奎介绍了一个四川女子。据说这个女子是来自四川雅安或凉山彝族自治州等连二满奎至今也说不清楚的边远山区，只知道那里山高林密，人多地少，非常贫困。天府之国未必每个人都生活在天府里面，女子长大后如浮萍般飘落天涯，随处安家的不在少数。或许是女子看中了二满奎的忠厚老实、心地善良、勤劳能干，或许是看上了家乡没有的南倒拉板村大片大片的万亩耕地，虽然贫瘠，但看着也叫人舒坦，又或许是看上了这里淳朴的民风和北方汉子做人做事的豪爽，总之，二话没说就住下来和二满奎一心一意地过日子了。家的温馨能最大限度地调动一个男人的潜力，二满奎黑红的脸上一天到晚都是憨憨傻傻的笑容，放羊也格外有精神，跑了调的二人

念好“放羊经”

台小曲响彻一道道山坡梁地，一天从早到晚，几十里山路，依旧脚下生风如履平地。更让二满奎高兴的是，女人转过年还给他生了个儿子，已过而立之年的他终于有了个完整的家。二满奎让媳妇在家一心一意地带孩子，自己把吃苦耐劳的精神发挥得淋漓尽致，家里家外、山上地里忙得不亦乐乎，小日子过得红红火火直让村里人羡慕。

然而，令二满奎做梦也没有想到的是，命运和他开了个不大不小但在二满奎看来却是致命的玩笑。2000年刚忙完秋收，枯黄的树叶还未落干净时，媳妇说要回四川老家探亲。当时，很多亲友都劝二满奎无论如何也要阻拦不让她走，走了也许就不回来了。心地澄明的二满奎却不这样想，是自己的人迟早要回来，强留住人也留不住心，再说儿子都这么大了，她不可能不回来，女人不惦记他还挂念儿子呢。于是，第一次出呼和浩特市的二满奎，打点好行装，把媳妇送到北京转车回四川了。因为没出过远门，不会购票、打车、乘地铁，自己差点回不来，后来2个从北京回呼市的同乡帮他买票并把他带回呼和浩特市。结果不出亲友和村人所料，媳妇这一去便如石沉大海，音信皆无。有时二满奎感觉像做梦一样，媳妇神神秘秘地来，又悄无声息地走，如春风融雪一样说没就没了，怎么也想不通这一切到底是为什么。无论怎样，日子还是要一天挨一天地过下去。白天，二满奎把羊群赶上人人山的山梁吃草，自己抱着胳膊斜躺在杂草丛生的向阳山坡上，看天空云卷云舒从眼前飘过，听耳畔一阵阵吹来带着呼哨的山风，回想一家人过日子时点点滴滴的甜蜜场景，有时也陷入深深的自责，可能媳妇嫌自己没上过学没文化，每天放羊风吹日晒长得丑，也可能嫌自己不会说话，老实木讷，像人人山上的野木瓜树。夜晚睡不着觉时，看着媳妇亲手缝制的被褥、剪贴的窗花、收拾得井井有条的屋子，他相信一定是媳妇家里有事一时走不开，或者老人生病了或者遇到其他意想不到的事情回不来，总之，二满奎想不出任何一个媳妇不回家的理由。最后，二满奎终于拿定主意，就在家里等，说不定哪天放羊回来，看见媳妇站在家门口，边在围裙上擦手边冲着他笑。

这一等就是15年。

生活往往就是这样，老天给你出了道难题，既没有什么理由，也未必告诉你答案，就像把一副扑克牌塞到你手里，打好打坏全看你自己的本事。

在等待的日子里，二满奎省吃俭用独自抚育儿子，掰着指头把一个个平淡艰辛的日子过下去，同时对养羊付出了宗教般的热情，如同拉萨大昭寺前不远千里、不惧风霜雨雪，磕十万个长头拜见释迦牟尼佛祖的藏民一样，信仰坚如磐石。一天书没读过的二满奎深信，靠山吃山，种地不如养羊，在南倒拉板村种地是看老天爷的脸色吃饭，一年不下雨庄稼就得绝收，而人人山前后大面积的荒山梁地就是天然草场，养羊一定能让他过上好日子，也能让儿子走出大山，过上城里人的日子。他不赌博、不打牌、不吸烟、不喝酒，不买生活必需品以外的任何东西，放羊、赚钱、抚育儿子和平长大是他生命中最重要的事情。每天9点多钟，二满奎揣块干粮带瓶水赶着羊群进山，下午红日西坠，圈羊进圈、饮水喂料，一天往返20多公里，羊群就是他的希望和快乐，也寄托着他的全部梦想。虽然没有上过学，对数字不敏感，但羊群里缺哪只、病哪个、接了多少羔、卖了哪一批，他却心知肚明。每年收羊的商人开车进村，二满奎知道自己肚里没墨水就会把同在本村放羊的姐姐和姐夫找来全权代理，因此这么多年大羊小羊卖出买进从没出过差错。圣人云："慎终如始，则无败事。"为人缺少心机，一条道跑到黑，不撞南墙不回头的执着，给二满奎带来了利益可观的回报。他的羊群从最初的几只发展到现在的200多只，仅今年入冬就卖了6万多元钱，收入高居村里养羊户之首。一生只念养羊经的二满奎，用行动诠释了执着如一的深刻内涵。

更让二满奎高兴的是，28岁的儿子和平一表人才，从职业学院毕业后被一家企业录用，终于圆了二满奎希望儿子到城里上班的梦想。儿子每月工资6000多元，想想自己卖10只羊还抵不上儿子一个月的工资，这让二满奎唏嘘多日，感慨不已，看来还得有文化有知识，才能走出山沟，改变不再种地放羊的命运。去年，二满奎拿出多年的积蓄帮助儿子在包头市买了100多平方米的楼房，实现了让儿子当城里人的愿望。唯一遗憾的是儿子至今还没有女朋友，挑来找去，高不成低不就，今天认识了，处不了几天又分手了，这让二满奎经常睡不着觉，真不理解现在的年轻人到底哪里出了问题。

天道无亲，恒与善人。亲友和村里邻人不忍心让二满奎一个人过日子，在二满奎充满热情的等待渐渐冷却甚至绝望的时候，又开始给他张罗婚事。去年有热心人从南倒拉板村东十几里的缸房窑子村，给二满奎介绍了一个丈夫去世多年且和他同龄的女人高云梅。十里八乡地一打听，二满奎老实本分、勤劳能干的名声早已村人尽知，二满奎冰房冷屋的家开始有了暖暖的烟火。高云梅过门后，干净利索，朴实能干，勤俭持家，礼貌待人，让二满奎非常满意。去年老两口在南倒拉板村推倒了土坯房盖起了3间窗明几净的砖瓦房。今年春夏之交，高云梅光给村里盖幸福院的施工队做饭就挣了1万多元。日子过好了心情自然舒畅，原来一年到头也不出山的二满奎，现在也偶尔借到镇里办事、买东西或看朋友的机会，赶商品文化交流会、赴庙会、喝点小酒，体味到了人生不只是吃饱不饿还有精神上的快乐。高云梅无怨无悔地替他上山放羊下地干活，庄稼人会的活计她样样拿得起放得下，村里人都说二满奎苦尽甘来好福气。

婚事的波澜最终给了二满奎一个圆满的结局，信念和坚守终是人生不倒的一面旗帜。人生最难料的就是世事变迁，谁都不可能一直站在风口浪尖笑傲江湖，从来就不存在什么永恒的权力和财富，皇帝随时会被掀下龙椅，一世英雄稍不留神就被打翻在地，绝世美人往往活不过几时便香消玉殒，亿万富翁时运不济也会沿街乞讨，这些不过是上天的捉弄而已，宠辱不惊才是笑到最后的王道。如今，过上了好日子的二满奎更加珍视现在拥有的生活，简单而丰厚，辛劳但快乐。

二满奎新建的红瓦白墙住房就在村西北角的高岗上，院子左侧是出村的必经之路。每到南倒拉板村，我都要去他家坐一坐，听二满奎兴高采烈地讲述他引以为傲的“放羊经”，品尝高云梅做的地道的油炸糕。这对普通的山村夫妇的幸福和欢声笑语，随着低语的山风，久久地飘荡在二十几户孤寡老人的幸福院街巷之中。

2017年5月10日 多云 8℃～23℃

闲不住的郭根元

驻村以来，我经常被这些朴实的农民感动着。郭根元只是万千劳动者中的一员，如山峦上、溪水边默默生长的无名小草一样，终其一生，仅为温饱而努力。但他乐观、勤劳、知足和热爱自然的人生姿态，给我上了生动的一课。

立夏以来，天气晴热干燥，一场透雨未下。村部院内一簇簇紫色的丁香花瓣渐渐凋落，丰硕肥大的叶片密密麻麻地舒展开来，把粗矮的树干遮盖得严严实实的，形成几道浓绿的树墙，规整地圈出两块小菜园。各色杂草在栅栏边、树丛下等任何有土壤的地方，肆意地疯长，蒲公英在草丛中挤到一席之地，扬扬得意地绽放出金黄色灿烂的花朵。院外广场四周绿化带内的小松树，松枝呈现出干渴缺水的淡黄色。郭根元置身田园花草中，一个人紧张地忙碌着，边喃喃自语边锄草、翻地、浇水，脸上分不清是汗水还是泥水。

64岁的郭根元是村内的五保户，幼年丧父，母亲改嫁，从小缺少父母的呵护，童年并没有给他留下多少美好的记忆，在那个物质极度匮乏的年代，他是吃百家饭长大的。没有父母，没有文化，没有房产和积蓄，郭根元的婚事也就一直没有着落。在土地集体所有、集体统一耕种的20世纪80年代以前，村支书和生产队长还关心过他的婚事问题，虽然没有促成但还不时有人过问。那时候，集体的温暖从来没有离开过任何一个弱势群体。

自从80年代初农村改革开始实行家庭联产承包责任制以后，虽然农民投身生产的积极性调动起来了，但集体观念和利他思想却日渐淡化，农户以家庭为基本生产单元，都在自家的田间地头忙活，“散”成了农村最大的特点。尤其是南倒拉板村这样地广人稀、靠天吃饭的村子，土地贫瘠，农民辛苦一年也未必能有多少收成，更无暇顾及他人的喜怒哀乐了。郭根元亦如柳絮浮萍一般，日子过得颠三倒四，不知不觉到了花甲之年，成了村里无依无靠的五保户。白副支书一家在村里开着诊所，经常给郭根元看病，见他一个人居无定所，日子过得穷困潦倒，就把诊所东侧的南房腾出一间来给他居住，他的生活才开始稳定下来。

广袤坦荡的土默川平原北靠大青山，南临黄河，生活在此的人们世代以农耕为主，地里种植玉米、谷子以及各种豆类杂粮，每年从开春到上冻，农活基本停不下来。就在这日复一日、年复一年的辛苦耕耘中，劳动成了郭根元生命中最重要的组成部分。他不怕累、能吃苦，人忠厚，每天都是鸡鸣起床，日落收工。郭根元常常是忙完自己地里的农活后，村里谁家活计赶不过来，只要喊一声，郭根元都去帮忙，不仅农活干得好，而且不计报酬。晚上下田回来，喝上一两杯酒，如土块般纯朴的面容愈加黑红，头发稀疏贴顶，憨厚的笑声不断，残缺的门牙嘶嘶漏风，一副心满意足的神态，钱财对他似乎可有可无。

村部小院的2块小菜地和广场周围的绿化带，都是郭根元一人侍弄，养花种菜是他的一种精神寄托，更是生活的乐趣所在。小院原是一片荒地，面积最多半亩地大小，到处都是石块瓦砾，长满了荒草。我们开始认为种菜不合适，干脆栽上几棵果树算了，郭根元却坚信一定能长好蔬菜，种几棵树太浪费土地了。去年天气一转暖，小草刚从地面露出鹅黄的嫩芽时，他就开始付诸行动了。一个人把地里的石块挖出来装上小推车推走，用铁锹不漏死角地翻过一遍，再用铁耙子清理出碎石枯草，然后开始施肥、种菜、浇水、锄草，精心管理，把这一小片纯绿色无污染的菜地打理得井井有条。有汗水就有收获，菜地当年就获得了丰收，十几种蔬菜瓜果陆续成熟，我们自己吃不完，白副支书夫人就摘下来送给来卫生室

劳动中的郭根元

看病买药的村民。

郭根元对蓬勃生长的草木充满真挚的情感，干活时喜欢自言自语，对着小松树一边浇水一边低语。他说话喜欢用“家伙”这个词，指着稍粗壮的小树说：“这家伙长得好，有出息。”用手指捏着弱小的树苗说：“这家伙再浇上2次水就长高了。”耀眼的阳光下，他头戴草帽，双手叉腰，衣摆后掠，威武地审视治内的花草树木，很大度地原谅了小树长得慢，但他绝不推卸责任，最终找到的原因是自己没有浇好水，深感自责的同时马上加大工作力度。对自由生长出来的杏树、柳树等小苗，他都不放弃，水管够不到的地方，他就找个罐头盒盛满水，小心翼翼地用双手捧过去一棵一棵浇，如同照料襁褓中的婴儿，并对其寄予厚望。

一个晴热的午后，郭根元多喝了两杯酒，身体向后微倾，头上的草帽不知丢到了哪里，醉眼蒙眬地指着一棵不足半米高的小柳树苗，挥舞着双手，非常坚定认真地对我说：“这——家——伙长大后，树条一根根地垂下来，好看！”说完便呵呵地笑上半天，夏日的微风把他稀疏的头发吹得凌乱不堪。他不在乎你信与不信，因为在郭根元的眼中，已经看到一棵参天大树了。

郭根元的生活粗陋简单，一日三餐都是白副支书的老母亲做好后给他端过去，他从不挑三拣四，饮食上最大的嗜好就是喝点酒，尤喜肥肉，如不阻拦，一个人能吃一大碗肥肉。微醺之后，郭根元见谁都是笑呵呵的，从不多言多语，在老少村民中有着极佳的人缘。衣服永远都是那几件，去年我送了他几件衣物，他只挑了顶棒球帽戴在头上，可能觉得没有自己穿了多年的衣服舒适。他很少出门，也不见他买什么东西，收养的一条小黑狗终日陪伴着他。人在狗在，见到郭根元了身边肯定有狗，看到狗，郭根元一定就在附近，中华田园犬的忠诚可见一斑。很少有人走入郭根元的内心世界，我曾抱着好奇的心态，试图和他进行了几次长谈，也没了解出背后鲜为人知的故事。或许在夜深人静和酒醒时分，他也有不为人知的忧思和无奈。

诗人雅姆说："如果脸上有泥的人从对面走来，要脱帽致敬先让他们过去。"农村并不脏，不过是土多了一些而已。这些浑身沾满尘土、辛勤劳作的农民，是那样可亲可敬，破旧的衣衫犹如被战火硝烟洗礼过的军装般高贵。

驻村以来，我经常被这些朴实的农民感动着。郭根元只是万千劳动者中的一员，如山峦上、溪水边默默生长的无名小草一样，终其一生，仅为温饱而努力。但他乐观、勤劳、知足和热爱自然的人生姿态，给我上了生动的一课。我不禁反思，我们对生活真的有那么多的需求吗？

我常常在想，芸芸众生中，有人来到世上只不过满足于吃饱穿暖，有人丰衣足食后开始追名逐利。还有一种人，站立人间千尺之上超然慨叹："天下熙熙，皆为利来；天下攘攘，皆为利往。"郭根元无疑是第一种人，但他的至纯质朴的生活方式，在当下一些浮躁、麻木和物质金钱第一的社会现象的映照下，正应了老子的一句经典："含德之厚，比于赤子。"

2017年12月12日 晴 -12℃~0℃

兼职医生白永平

村干部虽说无品无级，游离于体制之外，但在村里人的眼中也是头面人物。凡是涉及村民百姓的事，大至党的惠民政策落实，小至邻里纠纷调解，村干部的角色无人替代，如同植树先有秧苗、种地必有种子一样。

世代从医的白永平自任新营子村党支部副书记，便成了兼职医生。驻村以后，我与白永平打交道最多，对他的人生故事也了解的比较多。

白家祖籍河北保定，迁来此地之后就处于半农半医的状态。白永平的父亲得祖上医道真传，几十年行医送药，誉满乡里，上了年纪后便想把医术传给儿子，这可是最好的生存之术。人有七情六欲，吃五谷杂粮，谁敢说不生病？可刚长大成人的儿子偏偏不买他的账，或许因朝夕相处感觉老父亲“神医”的光环平淡无奇，对其视若珍宝的祖传医术不屑一顾，也可能是年轻力壮、血气方刚不想干打针抓药这样琐碎的事情，当然更不肯终日“面朝黄土背朝天”地安心在家务农。年轻就是最大的资本，于是，白永平跟着身边几个铁哥们南下北上，四处打工、摆地摊、做买卖。折腾了几年，发现江湖没有预想的那么好闯荡，生活也不是想象中那样完美，沉静下来之后，开始脚踏实地考虑现实生活，并暗自佩服老父亲的先见之明。

就在儿子在外面“不务正业”时，老人万般无奈，开始把医术传授给儿媳妇王美云，她的老家在土默特左旗，那里土地肥沃，水源充沛，与老一辈革命家乌兰夫的故居仅一路之隔。王美云虽文化程度不高，但性格要强，记忆力过人，凭着不服输的劲头，一步步地迈进了行医这个常人难以企及的高贵门槛，等白永平浪子回头开始学习时，王美云已经能对简单病情开方抓药了。

村医就是护佑村民健康的贴心使者。移民新村近千口常住农户的健康状况，他们夫妇俩了如指掌，村民们有个头疼脑热、感冒发烧什么的，也愿意到村里的白家诊所来看病。如今到大医院，不用说专家诊断得如何，仅仅拍片、透视等一系列检查下来，费用就让这些种地出身的农民看着眼晕，光是心理上的压力就会让病情更加严重。而在白家诊所，他们夫妇俩根据村民以往的病史就能判断个八九不离十，不是特别严重不会把病人推到大医院花冤枉钱。其实，有些病都是由“心”而生，如果医生念念有词讲一通听不懂的医学术语，再严肃地告诉你可能发生的后果，很多病人当时就会被吓个半死。人们都说看淡生死，真的到了自己头上，没有几个人能淡定自若。

其貌不扬的白永平能名闻乡里，自有“绝”艺在身。当过医生护士的都知道，给婴幼儿打针输液是最麻烦的事，到大医院都是资深护士长亲自上手，因为孩子哭闹干扰不说，血管细如发丝，若有似无，一针扎不上，愠怒就会涌现在孩子父母的脸上。然而看似五大三粗的村医白永平，最拿手的就是给婴幼儿扎针输液，着实令人费解，且多年行医出诊输液时只扎一针，从未失手，世代从医的遗传基因在他身上体现得淋漓尽致。仅此一手绝活，就使白永平和附近其他村医有了显著的区别，更不用说祖上留传下来治疗心脑血管疾病的独家秘方了。

海吾夭子村有一残疾人刘老汉老来得子，儿子2岁时得了急性肺炎，一家人倾其所有，先后跑到市区两家医院均未彻底治愈。最后一次发病时，眼看送几十公里外的市区来不及了，何况那时交通设施和通信条件相当简陋，刘老汉只能抱着“死马当活马医”的绝望心态来到白家诊所。经白永平夫妇紧急抢救并进行了十几天精心调治后，居然把病治愈，孩子如今已健健康康长到了12岁。残疾人刘

白永平为村民
上门看病

老汉感其恩又无力报答，便在每年秋天自家院子里两棵果树的果子熟透时，摘下两篮子亲手送到白家，10余年从未间断。还有移民新村赵荣平的儿子，五六岁时因拉肚子脱水引发酸中毒，情况万分危急，又是白永平夫妇果断出手，对症下药，使孩子转危为安。

先后2次从死神手里成功夺命，白家诊所在方圆几十里名声大震。来诊所的病人日渐增多，很多外地的患者都慕名而来，夫妇俩把家里的南房收拾出来做诊所和药房，妻子在家看守药店，接诊本村或外地来看病的村民。白永平买了辆摩托车，背上药箱，去周围村里行动不便的病人家里出诊，每天转上一圈，便有几百元钱的收入，小日子日渐红火起来。

南倒拉板村村民康喜才，一辈子没出过远门，和老伴在人人山下老守田园，80岁生日时儿女们想把两位老人接到城里享福，但被拒绝了，他们说自己还能动，不想给孩子们添麻烦。但老人毕竟年岁大了，身体越来越不好，儿女们无奈只得找到白家诊所，并立下字据，老人如有突发病情，全权处置，无论结果怎样都不会找他的麻烦。于是，白永平成了康喜才老人的保健医生，5公里的山路风雨无阻，随叫随到，把老人的身体调理得舒舒服服。如今，已经91岁高龄的康喜才依旧能吃能喝，精神矍铄，大有誓把好日子过到底的劲头！

老子有言：“既以为人已愈有，既以与人已愈多。”白家祖孙三代为十里八乡的村民送医送药，在村民中赢得了很好的口碑，也为白永平走上村干部岗位奠定了良好的群众基础。村干部虽说无品无级，游离于体制之外，但在村里人的眼中也是头面人物。凡是涉及村民百姓的事，大至党的惠民政策落实，小至邻里纠纷调解，村干部的角色无人替代，如同植树先有秧苗、种地必有种子一样。如此，有生之年能当上村干部，便成了相当一部分村民百姓人生的终极梦想，这无异于封建社会黄袍加身般光宗耀祖。

和南倒拉板村人口户数较多的大姓家族相比，白家单门独户，无论在什么场合都显得人微言轻。虽说现在各级组织高度重视民主选举，让百姓选出自己发家致富的带头人，但在实际操作过程中，宗族势力的影响暗潮汹涌，在群雄逐鹿对峙不下之时，年轻精干又有着好人缘的白永平最终胜出，维持了无形力量的平衡，全村人皆大欢喜。

人在被需要时也是一种幸福。白永平以40岁出头的年纪走马上任，使命感和责任感顿时涌上心头。2015年村内大搞基础设施改造工程，白永平每天起早贪黑，同时协调几个施工队进场，迎接各级领导检查，给包村工作队安排工作，调节处理村民纠纷，每天接打一两百个电话，2部手机2块电池都不够用，忙得不亦乐乎。那时我也刚刚被派驻到村里工作，感叹一个村干部竟然比部队演习的一线指挥员还要紧张忙碌，就想以“村干部的一天”为题，记录一下他们的日常工作，尽管那只是阶段性的。

去年3月份，市电视台秦主任带记者下乡采访第一书记抓党建的素材。我当即推荐了白永平，并简要介绍了他“弃医从政”的故事，秦主任很感兴趣。尽管之前小赵记者拉住白永平演练了半天，但真正站在摄像机镜头面前，他还是紧张得要命，兴奋夹杂着惶恐，急得满头大汗，手足无措，感觉快要晕过去了。电视台播出后，他兴冲冲地跑来告诉我，并认真地把那段新闻存进了手机文档里。

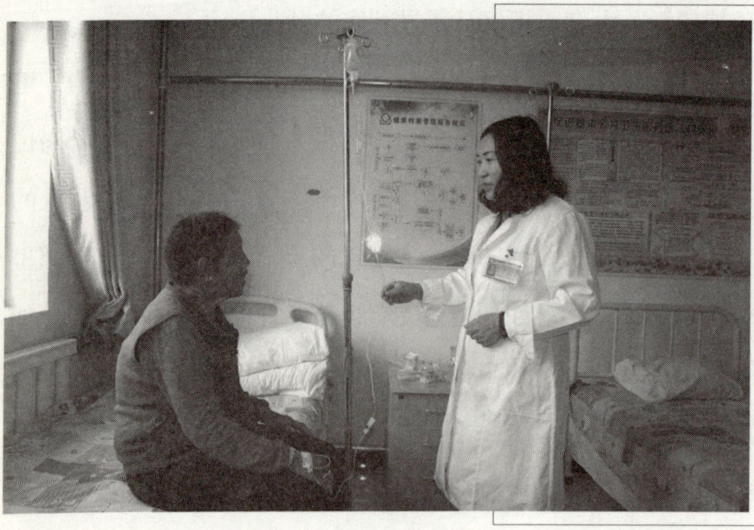

王美云为村民看病

白永平是函授的医学中专学历，这在村“三委”成员中，已经是文化程度最高的人了。我驻村以后，开始带着他整理党务和村务工作资料，教他学写通知、计划、会议主持词、简报、总结等常用的公文，手把手教他组织各类会议的程序。白永平比较用心，也留心积累我在村里写过的所有文字材料，自己在暗地里下功夫模仿，进步很快。现在每逢大项检查，他经常被镇里调去帮忙，好多村子的老支书也经常请他帮助整理各类资料，这让他找到了技高一筹、指点江山的感觉。

自任村支部副书记后，行医成了他的兼职，更多时候连兼职也算不上，因为病人每次找他看病他都顾不上，时间一长，打电话预约看病的人便没有了，带来的直接后果是家庭收入大减。操心一家生计的妻子难免有了怨言，母亲年高体弱，儿子从部队复员后在市里打工，眼看到了成家立业的年纪，女儿在县城读初中开销也不小，而村干部一个月只有千八百块钱，给车加油都不够，长此以往，日子还能过吗？白永平对事业和家庭这两本账有自己的算法，钱永远赚不完，在年富力强的时候为父老乡亲们多做点事，把生养自己的家乡建设好，这样的机会千载难逢！

驻村以来，我深切地感受到，白永平只是万千村干部中的一个代表，他们亦官亦农，默默无闻地工作在基层一线，构成了我们党坚实稳固的强大根基。在这片并不丰饶的土地上，谷子熟了，高粱红了，玉米脱粒归仓了，星月疾走，四时更替，一切的一切既波澜不惊，又蕴藏万千民众的欢乐与愁苦。大自然不停顿地在天上人间制造着各种平衡，万物众生都是被平衡者，也是平衡的制造者，村干部兼医者的白永平和一众村民百姓的带头人亦在其列。

2017年12月18日 晴 -15℃~ -4℃

王思平的荒山开发梦

王思平站在村中央这棵百余年树龄的野生文冠果树前，长久地注视着前方的人人山向东西两侧波浪般延伸开去，巨大的峰谷似两条苍龙凝神聚首。他经营的祥龙公司从名称、选址到发展规划开始在脑海中逐渐清晰起来。

每个人都有自己的梦想，都在追求人生中诸多美好的东西。王思平的梦却连着南倒拉板村的万亩荒山。从山水秀丽、富甲一方的江苏南通，来到风沙弥漫、贫瘠干旱的人人山下，66岁的王思平似乎与常人逆向而行。

峰峦起伏的蛮汉山属大青山南支，在乌兰察布市凉城县以西逶迤至南倒拉板村附近，峭拔的山石被厚厚的黄土取代，山势呈梯次向西向北缓缓递减，直至融入土默川宽广辽阔的莽苍大地。经过漫长岁月的雨水冲刷，在南倒拉板村周围形成沟壑纵横的大片荒坡梁地。这里已是土默川平原的边缘山区，曾几何时，当漫山遍野的山杏树、野桃树被人们失去理性的刀斧砍掉塞进灶膛之后，雨水便更难以光顾，农民们辛苦耕种的五谷庄稼广种薄收，于是身强力壮或有一技之长的村民，开始结伙搭伴陆续下山，背井离乡到更远的地方寻找生计，仅包头市郊就聚集了南倒拉板籍村民不下千余人。

神奇的造物主赋予每一个生命体以独特的生存沃土，并在更广阔的时空内时刻维持着平衡。在这片贫瘠的土地上，三三两两地生长着一种对土壤适应性很强，耐瘠薄、耐盐碱，抗寒能力极强的珍稀树种——文冠果树，当地村民称之为“野木瓜树”。王思平给我介绍说，文冠果果实做高级油料自古有之，是普通百姓难以享用到的。不仅如此，其嫩叶可做茶，枝干可入药或做手串等文玩，下一步可延伸产业做高级化妆品和饮料等。同时，文冠果树每年4月有长达30余天的花期，是开发乡村旅游的优质资源，3年树木长成，万亩花海绽放，这里就是首府方圆百公里内风景最好的旅游区。

真是“宫娥不识中书令”。这样的珍稀树种，在当地百姓心目中却一文不值。树干虬曲，不能做搭屋建房的栋梁，木质坚硬，崩坏了砍柴的斧头，羊粪粒般大小的黑色果核炒熟砸开的果粒干硬发涩。至于那每年4～5月份绽放的艳丽花朵，终日为温饱辛勤劳作的农人无暇也无雅致观赏，花开花落，任由雨打风吹去，成了唱着山歌、赶着羊群，漫山遍野寻找草场的羊倌眼中一道风景。庄子说，高大笔直的树木最先被砍掉盖房搭屋，弯曲的丑木因无用而存活久远。在这个偏远的山村，文冠果树就是因“无用”而免于村民的刀斧之灾，村内树龄最长的一棵竟达百年以上。

王思平显然不是普通的村民百姓，他有备而来。王思平以前一直从事建筑行业的生意，看惯了一栋栋高楼大厦拔地而起，钢筋水泥四处延伸覆盖了青青的绿草，王思平总感到有什么东西如鲠在喉，越上了年纪越想亲近山清水秀的大自然，于是萌生了到农村开发荒山种树的念头。这种想法在头脑中愈演愈烈，真正思前想后下定决心之后，王思平的思想和情绪反倒安静了下来。当他在饭桌上轻描淡写地向家人说出这个想法时，家人对他的玩笑话并没有在意，等他把成熟的设想和规划和盘托出之后，全家人惊愕地以为他精神出现了问题。60多岁的王思平操劳了大半生，如今儿子的事业也是如日中天，本该是颐养天年的年纪，却非要跑到塞北飞沙漫天的大山上种树，家人亲友无论如何也理解不了，反对之声如潮而至。

王思平是个说到做到的人，自己认准的事，谁也改变不了。2015年春夏之交，他从南通市雇了个司机，两个人一路北上来到呼和浩特。出发前他已查阅了大量资料，在地图上用红笔在包括南倒拉板村在内的大片荒山上，画了一个大大的圆圈，他要在这里找出一片梦想的飞翔之地，种植珍稀树种——文冠果树。他在盛乐镇政府所在地公喇嘛村租了2间民房，由此拉开了他的种树大幕。3个多月的时间里，他的足迹遍及和林格尔县所有生长野生文冠果树的荒山梁地，最终，他把位置锁定在人人山北坡——南倒拉板村的万亩荒山。王思平站在村中央这棵百余年树龄的野生文冠果树前，长久地注视着前方的人人山向东西两侧波浪般延伸开去，巨大的峰谷似两条苍龙凝神聚首。他经营的祥龙公司从名称、选址到发展规划开始在脑海中逐渐清晰起来。

如同埋没千年一朝出土的锋利宝剑一样，一旦拭去灰尘，便在天地间射出凛冽寒光。知晓文冠果树的价值后，这些终日只务农事的农民心里无异于滚过一阵惊雷，平日里看着枝干歪曲毫不起眼的文冠果树，竟成了金碧辉煌的摇钱树，如今有人还要大面积开发种树，躺在家里就能分红赚钱，这可是天上掉馅饼的好事情！于是，全村上千名村民都在开发意向书上郑重地签字并按下了鲜红的手印，公司开始具体操作实施。

种树过程一波三折，困难远比预想中要多很多。

祥龙公司要占用的万亩土地，既包括村集体的荒山梁地，也有村民个人的林地，一落实到具体利益条款，村民们的想法便五花八门，在利益面前丝毫不肯退让，大小会议组织了10多次，仅合同就先后修改了11次，终于在年底前完成了合同签订。这也是我驻村以后遇到的第一件涉及全体村民利益的大事，虽很棘手，但十足地长了见识。

2016年是王思平最忙碌的一年。合同签订之后，他立即开始培育种子，文冠果树的种子每公斤近百元，他一次买了2000多斤。冬天上冻后将种子和沙土拌在一起埋入地下浇好水，上面盖上厚厚的塑料布，等待大地复苏种子发芽。难度最大的是如何把握好育种温度，确保春天幼苗发芽后外面包裹着的硬壳也同步酥软

笔者与王思平在文冠果种植基地

开裂，这两个同步可是个高难度的技术活。为确保万无一失，他2次亲自跑到甘肃白银地区，请来种文冠果树经验丰富的任支书亲自把关，培训人员，指导500亩苗圃种子下地。按照合同要求，祥龙公司无偿为村民打2眼机电井，当地村民打的自用井一般不足百米，王思平从河北雇请专业打井队，2眼井深度都在220米左右，保证了每小时50吨的稳定出水量，能灌溉上千亩耕地，结束了南倒拉板村靠天吃饭的历史。与此同时，他开始着手设计旅游项目，用脚步丈量定点，又雇了辆铲车，历时2个多月时间，顺山势推出了一条旅游环形线路，为下一步发展乡村休闲旅游奠定基础。

说心里话，以前听人评价江浙商人是："走遍千山万水，历尽千辛万苦，道出千言万语，想出千方万法。"自与王思平结识以来，我发自内心佩服这位60多岁的老人。公司创业初期是最难的，什么事情都是自己跑，哪件事照顾不到都不放心。2016年春天开始种树时，他每天半夜起来查看文冠果育种池的温度，打树坑时亲自给务工的农民做示范，种子下地时更是从早到晚跟着作业，唯恐这些重要环节出现问题而功亏一篑。公司从员工到务工人员上百号人的调度，全听他一人指挥，并非他不信任别人，而是种文冠果树谁都没有经验。毕竟年岁大了，过度劳累加上北方春夏之交气温变化不定，他终于支撑不住了，连读几天高烧不退。即便是这样，他每天到村卫生室输完液，拔掉针头就立刻开车直奔山上，种树已成了他生活的全部。

最难的还是处理与村民之间的关系。来村以前，王思平显然低估了这些村民，尤其是在他看来故意“找茬”的人。王思平的夫人吴敏娟曾非常认真地对我说：“张书记，我们家这点树种得太难了，故事多得可以写一本书！”驻村久了，我深深地理解她既心酸又无奈的心情，尽管我一直在全力支持王思平这项利国利民的绿色工程，但面对个别村民的无理纠缠，也有力不从心的时候。村民们最关注的无非是个人利益问题，扯不清的土地边界，理不顺的占地纠纷，节外生枝的合同条款，这些才是真正让他头疼心累的根源所在。

屋漏偏遭连阴雨。2017年因公司资金运转不畅，部分村民以未严格履行合同为由，阻挠公司继续开发，家里经常有十几号村民在催款。王思平本就身体不好，心脏一直搭着支架，公司发展遇到的难题使他彻夜难眠。老伴含着眼泪苦苦劝阻说：“别干了，卖掉树苗，咱们回江苏老家养老吧，一把年纪的人了，这是何苦呢！”儿子也打电话一再催促，要老两口回家看孙女。那段时间是王思平思想斗争最激烈的时期，一度一两天抽完一条香烟，本就被山风吹得黝黑的脸庞，几天时间就消瘦了一圈，他也在权衡利弊，做最后的决定。所谓进退两难，是进有进的希望，退有退的道理。

人生最大的勇气是选择，最难的也是选择。在祥龙公司处境艰难的时刻，我和老书记焦团员坚定地与王思平站在一起，我们站在既是局外人又是村内人的角度，帮他分析公司眼前的困境和未来前景，帮他出主意想办法，和他一起渡过难关。在停顿1年之后，祥龙公司再度开始启动种植计划，他要圆他的万亩荒山开发梦。在祥龙公司的注册法人一栏，王思平郑重地填上了夫人的名字——吴敏娟。他说自己身体不好，万一哪天不行了，树还要继续种下去。

王思平早年入伍，但转业多年之后，在部队形成的雷厉风行、干净利落、直线加方块的作风一直没有丢。眼下在村内租住民房，看似是破败不堪的院落，在他入住几天后模样大变，房屋里外粉刷一新，办公室、卧室、厨房合理划分，大小车辆摆放整齐，让房屋主人看了都不敢相信自己的眼睛。他的勤奋和精细体现在各个方面，公司院里的菜地精耕细作，绿意盎然，四周还栽种了一圈花草，院里搭设了凉棚。山上500亩苗圃种下后，他利用四周空地种上了10余种蔬菜和香瓜、西瓜等水果，夏秋两季，家人和员工都不需要去外面买菜吃。王思平的厨艺一流，煎炒烹炸，样样精通，尤其擅长南方菜，对饮食文化比较有研究，平时看似冷言寡语，谈起感兴趣的话题却滔滔不绝。公司来几个人就餐，稍加准备，就如变魔术般端上七八道菜肴，质量一流，让客人赞不绝口。

人有其长，便必有其短。生活中的王思平，性格倔强，军人的霸气和强悍造就了他的人生底色，只要他在，这种氛围就在祥龙公司四处弥漫，每个员工的心头都不由自主地心生畏惧，也包括他的夫人。他因身体原因很少沾酒，烟却抽得厉害，工作越忙，烟越离不了手，最多时一天抽掉四五包烟，大有饭可以不吃，烟不可一日不抽的态势。驻村期间，每隔一两天，他都到我办公室谈工作、聊天，他一离开屋，我第一件事就是把门窗打开换空气。

习近平总书记说，绿水青山就是金山银山。生态环境就是人类生生不息的家园和基础，蒙昧的刀斧几年便可毁掉一片森林，要长成这一片绿荫却需要几十年，甚至上百年。绿色，需要插柳成荫般的辛苦建设，需要人们用心的呵护，根本还在于万千大众生态环保意识的觉醒。

万亩文冠花海激情铺大地，一个南通老人圆梦人人山。

我的驻村工作结束了，即将离开这片付出了两年多汗水的硗薄之地。白杨萧萧的万亩滩，凭借毗邻首府，交通便利的优势，在国家乡村振兴战略的新时代大潮中，一定会突破千年不变的古老耕作模式，焕发出勃勃生机。祥龙公司的万亩文冠果树基地，若能如期实现，必将是首府呼和浩特市周边生态农业最具浓墨重彩的一笔！

政论篇

2016年3月27日 多云 1℃～12℃

村干部的责任与担当

作为党的基层政权组织，在村民百姓眼里，村干部的形象就是党的形象，其工作成效关乎百姓疾苦冷暖和切身利益，关乎党的方针政策和决策部署能否落到实处，关乎党在人民群众中的良好形象，关乎党在农村的政权基础。

衙斋卧听萧萧竹，
疑是民间疾苦声。
些小吾曹州县吏，
一枝一叶总关情。

——清·郑板桥

这首诗是清代郑板桥在山东潍县做七品官吏时，所作《潍县署中画竹呈年伯包大中丞括》的题诗。意思是，我们这些小小的州县官吏，衙门卧室外竹子的一枝一叶，都牵动着我们的感情。而实际的含义是，虽然州县官吏官职较小，但老百姓的一举一动都牵动着我们的感情，充分体现了郑板桥对百姓疾苦的关心。作家刘心明曾在乡镇当过多年党委书记，写下反映乡镇干部生活的长篇小说《八品乡官》。因此，有人戏称村这一级是“九品”。其实，村干部无品无级，亦官亦民，是在国家行政编制体制之外的一个特殊群体。村干部官职虽小，却对上连着党和政府，对下面对黎民百姓，国家的大政方针和各种惠民政策，都要通过村干部这一级，才能落实到百姓头上。

孟子云：“民为贵，社稷次之，君为轻。”作为党的基层政权组织，在村民百姓眼里，村干部的形象就是党的形象，其工作成效关乎百姓疾苦冷暖和切身利益，关乎党的方针政策和决策部署能否落到实处，关乎党在人民群众中的良好形象，关乎党在农村的政权基础。从这个意义上说，村干部的岗位至关重要，不可取代。任第一书记以来，我对这一岗位的职责有了更深刻的认识，我感到，要想成为一名合格的村干部，应做到以下5点：

1.要发自内心地热爱百姓。随着农村大量青壮年劳动力涌入城市，人地分离现象十分普遍，在家留守的多是60岁以上的老年人，这些终生务农的庄户人文化程度较低，几十年的土地家庭联产承包责任制，淡化了他们的集体主义观念，农业税的取消使农民更加专注自己承包土地的收成，一些农户对自己有好处的事一哄而上，而对与己无关的事则冷漠处之。社会上贫富差距的拉大和对现实经济状况的不满意，也形成了他们以自我利益为中心的生活准则。因此，村干部必须面对这种现实，正确认识历史和现实在这一代农民身上形成的消极因素，从大局思考问题，以宽阔的胸襟包容和接纳这些不完美的存在。老子说：“善者吾善之，不善者吾亦善之，德善。”说的是执政者要收敛自己的心欲，不存私心，不抱偏见，对一切善良与不善良的人，都一样真诚地对待，别人感受到了他的真诚和关爱，也就自然地从内心尊敬他，听从他的教诲，学习他的品行。村干部要热爱这片生于斯长于斯的土地，珍惜带领群众建设“看得见山，望得见水，留得住乡愁”的美丽家乡的机会。要发自内心接受农村这种亟待改变的现状，积极主动转变工作方法，耐心细致，因势利导，润物无声，把国家精准扶贫战略和社会主义新农村建设的政策要求，一件一件地落实好，让这些生活在偏远贫瘠土地上的千家万户，真切地感受到党的关怀和温暖，不断增强获得感和幸福感。

2.要有强烈的工作责任感。上面千条线，下面一根针。村这一级虽没有决策

笔者与村“三委”成员开展工作

和行政执法权，但关乎农村、农业、农民发展的事情，基本上都需要村这一级来参与落实。各种自上而下的行政任务，例如社会治安、卫生监督、贫困户和低保户的确定、养老保险呈报、扶贫救灾经费物资的发放，以及各项扶贫惠农政策的落实等，这些涉及广大村民切身利益的工作，都需要村干部拿出初步方案并上报审批。而目前很多年纪较大的村民，受自身文化程度影响，对国家各种补贴和惠民政策了解甚少，村干部如果不负责任，非常容易发生误报、漏报甚至全村根本就没报的严重问题。这不仅直接损害农户的利益，还极易引发群众上访告状、聚众闹事等群体性事件。因此，村干部必须要有对党和政府负责、对百姓切身利益负责、对全村建设长远发展负责的强烈责任感，牢固树立“群众利益无小事”的观念，自觉端正态度，依法依规开展工作，公平公正处理民事，不怕麻烦，不辞辛苦，认真细致地办理好涉及百姓利益的每一件事情。

3.要善于化解村民之间的矛盾。村民有了问题，第一时间都会找村干部解决，诸如邻里关系、家庭矛盾、土地纠纷等。当然，凡事都有原因，有些事情是村民之间自身产生的，有些是村干部执行政策不力造成的，也有一些是政策连续性带来的等等。无论是何种情况，有问题就要积极面对，主动解决，绝不能拖延。例如，在处理土地纠纷时，一定要依法依规，多方查找原始账本，找当事人出具证明材料，到上级土地部门查找政策规定，动员乡贤等力量协助做好纠纷双方劝导工作，而不能主观臆断或置之不理，这样极易造成村民越级上访，给全局工作带来不便。老子云："为之于未有，治之于未乱。"偌大一个行政村几百上千居民，一点问题没有是不可能的，关键是村干部要时刻保持敏锐的头脑和快捷的行动力，力争把工作做在前，发现苗头及时化解，将问题和隐患消除在萌芽状态，不把小问题累积成大矛盾，凡事给村民一个满意的答复，维护一方净土的平安。

4.要有忍辱负重的奉献精神。农村绝大部分百姓心地善良、纯朴厚道，但也有个别胡搅蛮缠、无理取闹的"刺头"。这些人一般素质不高，法纪观念淡薄，在村里习惯说风头话，他们专门挑村干部工作上的毛病，想方设法钻政策的空子，甚至无中生有挑起事端，纠集一些民众对村干部施压，其目的无非想个人在某件事情上多占点便宜。细究起来，只能说这些人道德上有缺失，所作所为还够不上触犯法律，村干部只能赔着笑脸，骂不还口打不还手，耐心解释，极力劝阻，动用各种关系和力量，软硬兼施，各个击破。做农村工作，有时不能按常理出牌，循规蹈矩不行，计较个人得失也不行，气量小了更不行。担当，首先要有宽广的胸怀，容人的雅量。

5.要不断学习新知识，掌握新本领。村干部多数年龄偏大、文化程度不高，理论知识和现代化办公设备操作技能先天不足。因此，很多村干部开展工作主要凭多年的老经验。在网络信息高度发达，办公自动化程度越来越高的今天，相当数量的村干部对电脑还一窍不通，不会上网查阅资料，不会编辑简单的文档，不会做表格，不会收发电子邮件，上级配发的电脑和打印机成了摆设。整理资料、做表格还依靠年迈老会计手中的一支笔，效率十分低下。为应付各种检查，有的村还要从镇里请人帮忙，这也是导致很多工作落实不下去的主要原因。新形势下，村干部要学习的知识很多，首要的是学习理论知识，学好习总书记系列重要讲话和党章党规，学习中央、自治区、市、县和乡镇等涉农工作的政策要求，不断坚定政治信仰，掌握政策标准，做政治上和工作上的“明白人”。要学好党务知识，掌握开展“三会一课”的程序方法、发展党员的流程、组织民主生活会的相关要求等，不断抓好班子，带好队伍，建设好坚强的战斗堡垒。要学习电脑和网络知识，利用现代化办公设备和互联网的强大功能，查阅资料、处理文件、积累素材，建立完善的党务和村务资料，不断提高工作效率。学习无止境，一个愿学习、会学习的村干部，工作开展起来才会得心应手。反之，一个墨守成规、只靠“吃老本”的村干部，必将被日新月异、飞速前进的历史大势所淘汰。

2016年8月5日 多云 19℃～32℃

让党旗高高飘扬

协助农村党支部书记抓好党建工作，是“第一书记”的重要职责。

协助农村党支部书记抓好党建工作，是“第一书记”的重要职责。

开展驻村工作快一年了，我不仅对本村“三委”班子成员有了深入的了解，同时借各村之间互相走访，一起到镇里和县里开会之机，对农村党建工作也有了新的认识。总体上看，作为党的最基层政权，农村党支部大多数都是好的，这些土生土长、纯朴忠厚的老支书们，带领党支部“一班人”兢兢业业地开展工作，他们对党忠诚，踏实肯干，在农村全面建设中较好地发挥了核心领导作用。但也有一些基层党组织功能弱化、能力不足、工作被动。其原因是多方面的，从整体上来看，开展农村党建工作主要存在“五难”：

1.内在动力提高难。目前，村党支部书记年薪1.5万元，其他支部成员均为1.2万元，这点工资不足以使他们专心做好本职工作，因为家里的农活同样不能耽误。村干部不在公务员体制编制之内，绝大部分村干部年龄都在50岁以上，文化程度偏低，在乡镇政府大学生越来越多的情况下，这些人基本没有上升空间。3年一换届重新选举上岗，选上了接着干，选不上继续务农，和普通村民没什么

笔者为全村党员上党课

两样。人们奋斗的一切，都与利益有关，这在不富裕的农村体现得更为明显。因此，很难激发他们想干事、愿干事、主动干事的热情。

2.开展活动集中难。农村生产生活方式自由散漫，农民时间观念普遍不强，召开党员大会，一般要避开农事繁忙的时节，有紧急会议，必须利用晚上或阴雨天见缝插针地组织。正常组织开会，要提前一天通知全体党员，会前还得不停打电话催促，通知8点钟开会，9点钟人还到不齐。会场纪律松散，吸烟的、接打电话的、交头接耳的、抱着孩子参加的、喝多了酒的，什么情况的人都有。有的村子召集党员开会，还要管一顿饭，否则下次就不会有人来。从驻村到现在，没有一次党员大会人员全部到齐（不包括流动党员），各村的第一书记们在一起讨论时发现，情况大同小异，各村基本都一样。

3.工作程序规范难。农村党支部正副书记基本都是在本村农民中产生，接受党务工作正规系统培训的机会很少，“三会一课”不懂程序、不会组织，村务会议和党务会议不分、理论学习不定时、民主生活会不规范、党课不落实、党小组会议流于形式等问题不同程度地存在着。以往村里有事，都是支书、主任和会计碰个头，会计按规定的格式做个会议记录就算开过会了。第一书记驻村后，各村党支部书记如释重负，基本不管党建工作，统统推给第一书记来抓。

4.人员素质提高难。以新营子村党支部为例，支部成员均来自本村村民，除副支书是中专学历（本村医生）外，其余均为初高中学历，对党务知识了解较少，按程序开展党务工作的实际工作能力不足。第一书记派驻前，大部分村党建资料都是村会计负责，村里虽配发了电脑，接通了网络，但基本是闲置一旁无人使用，致使工作效率低下。遇有工作组检查督导时，才开始突击补各种记录，有的村甚至从镇里请人帮忙整理党建资料。除第一书记外，新营子行政村56名党员中，14名有大专学历的都是在外打工的年轻党员，其他常住党员都是高中或初中以下学历的老党员。因此，组织理论学习和讲党课，只能讲基础理论，还得用他们听得懂的表述方式讲，稍微深奥一点的理论便不感兴趣，也听不进去。

5.流动党员管理难。近两年，各级组织对流动党员的管理比较重视，我先后进行了情况核实、审查档案、建档立卡、信息确认等工作，对流动党员的管理才得到进一步加强。新营子村党支部共有24名流动党员，基本都在外打工并在当地成家立业，组织活动时参加得较少，基本上处于放任自流的状态。后来，我们利用微信建立了“共产党员学习群”，定期上传理论学习内容，在群里交流讨论学习热点，利用微信支付按月收缴党费，收到了一定的成效，但管控的死角和漏洞仍然存在，这些一直是党建工作中的难点和重点。

习近平总书记指出，党的工作最坚实的力量支撑在基层，最突出的矛盾问题也在基层，必须把抓基层、打基础作为长远之计和固本之举，努力使每个基层党组织都成为坚强的战斗堡垒。

在农村，无论什么工作，群众看党员，党员看支部，支部看正副书记。村组织看似权力微小，却与村民百姓的联系最紧密，其建设的好坏直接影响到群众切身利益的大小，影响到意识形态领域的斗争成败，影响到党的基层政权是否巩固。某种程度上说，在百姓眼里，村干部的形象就是党的形象，是党的代言人。因此，对于村这一级党组织，必须下大力抓紧、抓好，发挥其在保障和改善民生中的重要作用，在群众中树立起党和政府勤政为民、务实清廉的良好形象，打造坚不可摧的坚强战斗堡垒。

第一，要解决好组织功能弱化的问题。打铁首需自身硬，要建设坚强的农村党支部战斗堡垒，首要任务是严把选人用人关，尤其是党支部书记的选拔，一定要慎之又慎，严而又严，优中选优。可以说，支部书记能力素质的强弱，直接决定着支部工作的好坏，关系着群众利益是否受到侵害，关系着党和政府的惠农政策能否落实到位。村支书在农村是“热门岗位”，每次换届选举，候选人各显神通，甚至不择手段，邻里亲戚宗族势力开始显山露水，明争暗斗，其中不乏拉选票、请吃送礼等贿选行为。“为争一口气，丢了十亩地”，竞选成功自不必说，落选的便开始检举揭发甚至诬陷他人告黑状。试想，这样的人选上来能真心为百姓服务吗!选拔村支书，首先考虑的是一个人是否品行端正有正义感，其次才考虑个人能力问题。要调动起党支部书记主动干事创业的内在动力，能力不足可以用热情去弥补，干工作由被动到主动，本身就是质的飞跃。应树立和宣扬“好支书”的先进典型，实行年终考核末位淘汰制，加大对先进支部的奖励力度。采取选派能力素质强的“第一书记”或党建辅导员长期帮带，从优秀村干部中选拔公务员，以调动党组织带头人真抓实干的工作劲头。要加大党建活动的经费投入，在严格使用监管的前提下，保证党支部有充足的经费开展活动，让物质利益和精神追求同步发挥作用，把全体党员的意志凝聚起来，从而有效解决支部“软弱涣散”的问题。

第二，要解决好对待群众的感情问题。有的村干部当选后，觉得在百姓面前高人一等，未干事先摆官架子，不仅与群众疏远，甚至自家的农活都不愿意做，种不了田下不了地，开始一心一意地“当官”；有的人热衷于跑乡镇拉关系，整日吃吃喝喝，被工作和问题推着走；有的对村内孤寡贫困、单亲等特殊家庭的生活情况视而不见，没有给予足够的重视和力所能及的帮助；还有的则把手中的权力发挥得淋漓尽致，经常在网上看到，一些村干部在惠农政策落实、扶贫救灾款

召开支部党员大会

发放、煤补粮补、养老低保呈报、分发社会各界捐赠物资等方面，搞亲疏远近，没有做到公开、公平、公正，一碗水没有端平，损害了群众利益，离间了干群关系，败坏了党的形象。建设服务型基层党组织，就是要不间断地教育引导村干部，摒弃一己之私的狭隘思想，树立为民服务的崇高理想信念，增强重任在肩的责任感和使命感，带着建设美丽家乡的深厚感情用心做事，把党的关怀和温暖送到群众的心坎上。

第三，要解决好服务群众的方法问题。宁领三军，不管一村。农村工作难做，首先在于百姓思想难统一。取消农业税后，农民形成以家庭为基本生产生活单元的格局，与村组织的关系淡化，“散”成了农村最大的特点。此外，宗族、亲族等血缘共同体和先富起来的大户不同程度集结，出现了一些态度蛮横的“钉子户”和吃“好汉股”的农户，有的发展成了乡镇和村干部非常头疼的“告状专业户”。村内要做成一件事，有时往往因一两个“钉子户”的搅局导致计划搁浅。这些农户之所以能在村内横行，有历史遗留问题的原因，有的是基层干部自身不硬气被人抓住把柄，或是不敢坚持原则，迁就照顾造成的。因此，越是在这种情况下，越需要村党支部书记有坚强的党性，发挥好党支部在农村全面建设中的核心领导作用。工作中，要结合村内实际，坚持原则性与灵活性相统一，讲政策与讲感情相结合，忍辱负重与耐心细致相配合，发挥好村内老干部、老支书、老教师和企业家等乡贤的威望作用，推进民主与法治在农村的贯彻落实。

第四，要解决好重大决策监管不力的问题。村这一级组织虽小，但直接面对的是广大农民，在落实精准扶贫、集体经济发展、救灾物资经费发放、养老和低保户筛选、粮食补贴、荒山土地开发等重大问题上，村组织把的是第一道关口。现在农村文化程度低的孤寡残疾老人较多，对很多惠农政策不了解，即便村里组织宣传了，很多人也听不懂，"一卡通"里打了哪些钱、是什么项目一概不知，这就给一些图谋私利的村干部以可乘之机。还有的村干部不负责任，办事拖拉，农民自己听说后找上门来了，一拍脑袋，"哎呀，我怎么给忘了，明年再办吧"。一句话就把老实巴交的农民给打发走了，实际受损害的还是广大农户。因此，乡镇政府要加强督导，教育村干部知敬畏、存戒惧、守底线，对吃拿卡要、雁过拔毛、侵占群众利益的行为严肃查处，杀一儆百。坚持以公开促公正，构建村组织自我监督、乡镇政府外部监督和当地群众全程监督相结合的监督机制，利用村民代表大会和党员大会等形式，利用财务公开栏、墙报、微信等媒体，把涉及群众切身利益的事项公开化，防止出现涉及农户利益的漏报、误报、迟报等问题。要发挥包村干部的作用，把包村干部的晋升奖惩和村里建设捆绑起来，责任到人，出了问题首先要严肃处理包村干部，然后再追究村干部的责任，防止出现只挂名不出力的形式主义。

唐代魏征在《谏太宗十思疏》中说："求木之长者，必固其根本；欲流之远者，必浚其泉源。"农村党支部是我们党成长壮大的根据地，是党的最基层政权组织，农村党支部建设必须大力加强，坚持综合施策、标本兼治、持续发力、久久为功，使党支部真正成为农村全面建设的核心和坚强战斗的堡垒，让党旗高高飘扬在广袤的山川大地，让中国共产党成为万众百姓心中的至高信仰！

2016年10月12日 晴转多云 4℃～17℃

学会用“势”

乘势、借势是一种重要的工作方法。把握时机，运用得当，可收事半功倍之效。

孟轲说：“虽有智慧，不如乘势。”

执大力未发称为势。善于借势、用势，是古今中外政治家成就大事、破解前进道路上的障碍的重要手段，无论是战略层面还是战术层面，乘势而为、借势成功的例子比比皆是。

《史记》记载了周武王盟津观兵的故事。周武王欲灭殷纣，召集800诸侯会与盟津。察看了各路诸侯以后，武王认为时机尚未成熟，不能举兵。武王认为，虽然各路诸侯有灭纣的愿望，但纣王朝内部缺乏推翻殷纣的要求，且纣王的兵力占绝对优势。如果这时候举兵，被灭掉的可能是自己。

不到两年，纣王开始施暴政，杀比干，囚箕子，大小官员纷纷逃到周地，纣王朝内部推翻殷纣的愿望强烈。于是，武王果断率领各路诸侯军队约5万人伐纣，与纣王70万大军会与商郊牧野。

5万对70万，兵力优势在纣王一边，但“纣师虽众，皆无战心，心欲武王亟入”，人心优势在武王一边。武王借正义之势、人心之势，结果一战灭了殷纣。

三国时蜀国丞相诸葛亮导演的草船借箭、空城计，都是成功用势的经典战例。发生在封建王朝的农民起义，领袖者无不是把握人心向背大势，顺势而为的。带兵打仗更是气势为先，《曹刿论战》曰："夫战，勇气也。一鼓作气，再而衰，三而竭。"电视剧《亮剑》主人公李云龙带兵打仗，逢敌必亮剑，靠的是勇猛无畏，敢打敢拼的气魄，狭路相逢勇者胜，气势上先压敌三分，取得了一个个以少胜多的战斗成绩。用势，应正确研判形势，果断下定决心，当时机一旦有利、主动权在握，必须以排山倒海、摧枯拉朽之势，将积蓄的力量全部释放出来，一鼓作气，达成既定目标。

乘势、借势是一种重要的工作方法。把握时机，运用得当，可收事半功倍之效。好比在大雾中驾车，跟着前车的尾灯灯光行路会容易得多，也比较安全。农村工作看似简单，实则不然。庄户人家如漫山的野花，自由散漫，生活的不富裕造成人生格局的狭隘，处处以自我利益为主。现在，在家种地的农民绝大多数都是五六十年代以前出生，文化程度低，政策难入脑，思想难统一，人员难收拢，标准难规范，利益难平衡，问题难解决。群众利益无小事，抓好基层工作必须学会用势，善于用势，不仅土地确权、邻里纠纷、扶贫帮困等需要借势解决，党的建设、产业升级、日常村务等工作，也需要乘势推动。

要借好政策之势。政策法规是基层干部开展工作的依据和准绳，是权威，是尚方宝剑，不容任何人挑战。基层干部要积极主动学习，并善于运用政策这个有力武器，对上要把握政策，为村里争取可持续绿色发展的好项目，推进整村致富；对下要耐心搞好政策宣传，做好群众思想统一工作，杜绝村民乱议论、瞎猜测。对违反政策、干扰行政，甚至无理取闹的个别"钉子户"村民，要依据政策法规进行说服教育，必要时向上级报告采取强制措施，决不妥协迁就，否则只会助长其一贯飞扬跋扈的嚣张气焰，影响全局性工作的落实效果。

要乘好检查之势。农村工作不同于政府机关，每件事都按时间节点有条不紊地进行。村干部既是村务工作的组织谋划者，同时又是农民，待遇较低，基本没有向上发展的空间，内在动力不足，一些村干部不可能把全部精力放到村务工作上，做工作都是“家有三件事，先挑急的来”，很多工作能拖就拖，养成了拖沓被动的不良风气。市、县和乡镇的督导检查是做好村务工作的重要时机，须乘各级督导检查之势，集中村“三委”成员统一思想，提高认识，妥善处理农事与工作之间的矛盾，对重点工作进行突击落实，检查之后认真按检查组的要求查漏补缺，提高工作落实质量。

要用好乡贤之势。农村乡贤文化根植泥土，润泽大众，乡贤是乡村建设的宝贵财富。这些赋闲在家的老干部、老教师、老支书或企业家等能人，守望乡土、维系乡情，乐于为乡民做事，其教化乡民的作用巨大。他们熟谙村务、群众信服，在做好农民群众思想工作、化解群众矛盾、搞好村民自治、加强社会治理、维护农村稳定等方面，能发挥不可替代的重要作用。村干部要经常走访看望，了解情况，密切关系，虚心请教。乡贤们在处理土地纠纷、协调邻里关系、达成村民一致意愿等方面，有着比村干部更为独特的优势，看似很棘手的难题，这些老同志一出马，常常收到化腐朽为神奇之效。

要聚好群众之势。广大群众是农村真正的主人，涉及农村产业发展、土地开发利用、引进重大项目等涉及群众利益的事，必须充分发动群众，在村“三委”（支委会、村委会、监委会）成员召开会议的基础上，利用村民大会、村民小组长会议等形式，宣传政策，统一思想。推进重大项目实施前，村干部要逐户走访，在每家每户签字按手印之后，形成最后决议。只要集中统一好绝大多数村民的意愿，就能打破个别“钉子户”的无理阻挠，令这些人服从大局。

借势用势，要用好正反两方面的典型。利用各类党务、行政会议之机，旗帜鲜明地大力弘扬社会主义核心价值观。对违反村规民约的人和事，要进行批评教育，不间断地扩大宣传教育的影响面，使当事人和全村人接受教育，不断形成良好的道德风尚。对发生在他村的典型案例，也要有针对性地组织村民学习，引以为戒，警钟长鸣。对头脑灵活、好出风头、什么事都想参与的青壮年农民，积极加以教育引导，赋予这些人一定的治安管理、林地管护、集体施工等具体职责，让他们在村务建设中发挥正面作用。

借势、用势须把握火候，灵活施策，过与不及均影响效果。《名贤集》有这样两句话："君子当权积福，小人仗势欺人。"村干部只有胸怀坦荡，公道正派，敢于担当，才能做到正确观势，果断用势，以收事半功倍之效。

2016年10月16日 多云转晴 5℃~15℃

老子的爱民之道

要知民情，懂民愿，制定政策时充分尊重民意。只有把人民放在心上，人民才会拥护你、支持你。

近期研读《老子》，深感震撼。这部诞生于2000多年前的绝世经典，包容万物，纵横古今，被誉为“万经之王”。全书仅5000余字，但字字珠玑，如颗颗星斗辉映寰宇。鲁迅说：“不读《老子》一书，不知中国文化。”胡适说：“老子是中国哲学的鼻祖，是中国哲学史上第一位真正的哲学家。”德国哲学家尼采说：“老子思想的集大成——《道德经》，像一个永不枯竭的井泉，满载宝藏，放下汲桶，唾手可得。”耗散结构理论创始人、诺贝尔奖获得者普利高津说：“道家的思想，在探究宇宙和谐的奥秘、寻找社会的公正与和平、追求心灵的自由和道德完满三个层面上，对我们这个时代都有新启蒙思想的性质。道家在2000多年前发现的问题，随着历史的发展，愈来愈清楚地展现在人类的面前。”

在农村工作期间读《老子》，深切感受到圣人的爱民思想。

圣人无常心，以百姓心为心

老子说：“执政者没有常人的私心，以百姓之心为心。”给我们的启示是，

了解民意

党员干部时刻不能忘记“全心全意为人民服务”这个根本宗旨，收敛自己的心欲，不与民争利，不肆意妄为。要知民情，懂民愿，制定政策时充分尊重民意。只有把人民放在心上，人民才会拥护你、支持你。然而在实际工作中，有的党员干部不注重调查研究，不按程序办事，“拍脑袋”做决策，造成大量的资源和财力浪费。比如近几年自治区在农村牧区开展基础设施改造工程，本是一项非常好的民生工程，但有的地方在具体落实过程中，搞成了政绩工程和面子文章等等，百姓深为反感。还有的地方一些涉及群众切身利益的问题积压多年得不到解决，致使上访人员众多。群众的眼睛是雪亮的，对政府行为看得一清二楚。这些五六十年代以前出生的农民群众，虽然文化程度不高，但经历过建国前后亲密融洽的干群关系，逢事都会做个比较，尤其痛恨个别党员干部身上的形式主义和官僚主义之风。覆水难收，政府的诚信一旦缺失，欺骗了群众，疏远了干群关系，后果是致命的。党员干部若不树立良好的诚信，关键时刻，群众就会站在一边看我们的热闹。

太上，下知有之；其次，亲而誉之；其次，畏之；其次，侮之

老子说：“高明的统治者，人民只知道他的存在；次一等的统治者，人民尊重称赞他；再次一等的，人民畏惧他；更次一等的，人民轻视他。”给我们的启示是，政府和党员干部要做高明的引导者，尊重人民意愿，顺应社会发展规律，而不是做深居庙堂，高高在上的领导者。领导和领袖的区别在于，领导是组织任命的，领袖身后的人群是自愿跟随打天下的。好领袖一定是好领导，好领导却未必能成为好领袖。“下知有之”再一次说明老子“无为而治”的思想。“无为”绝不是什么事情都不做，而是更加高明的“有为”，高明到百姓觉察不到政府行为，做事情如同农民日出而作、日落而息一样自然，春风化雨，润物无声，这才是领导者应追求的“道”，这也对执政者能力素质提出了更高的要求。建设服务型政府机关，应摒弃冰冷生硬的指令性工作方式，把功夫下在平时的教育引导、联系群众、沟通协调上，干部和群众的心贴近了，工作才能做到百姓的心坎上。

生而不有，为而不恃，长而不宰，是谓玄德

老子说：“大道创造万物却不据为己有，养育万物却不自恃有功，长成万物却不把持主宰，这就是最高深的德行。”党员干部有什么样的德行，就会有什么样的工作政绩观。是为党的事业着想，为群众切身利益着想，还是为个人私利或仕途发展考虑，直接决定着工作成败。党的十八大后，中央出台了一系列管党治党的政策规定，如不唯GDP论、官员决策终身追责制、干部能上能下制度等，从制度层面进行了规范。对政府工作人员，虽然作为的根本在思想、在教育，毕竟人与人的素质不同，但从长期来看，只有健全完善的制度机制才是勤政为民的保证。

以正治国，以奇用兵，以无事取天下

老子说："以正确理念治国，以奇诡之法用兵，以不征伐治理天下。"大到国家，小到县、乡、村庄乃至家庭，都须遵循正道发展。不扰民，不折腾，不搞"一阵风"和运动式建设，不照搬照抄外地做法经验，因地制宜，稳步推进，做到一任接着一任干，一张蓝图绘到底。从实践来看，基层很多问题的出现，都是我们自己"折腾"出来的。比如现在各级政府都头疼的群众上访问题，中间不乏无理取闹、为图个人私利的上访"专业户"，但更多的都是制度本身造成的，一个领导一个令，一届班子一个思路，都想搞点政绩出点彩头。结果，领导前脚一走，留下一堆遗留问题，下任领导又不肯收拾烂摊子，最后导致矛盾激化，干群关系紧张。即便是农村那些告状"专业户"，对政策研究得比个别不爱学习的政府工作人员还要精通，他们就是抓住了政府工作不到位、不彻底、标准不统一的"软肋"，才屡试不爽。

为之于未有，治之于未乱

老子说："要在事情没有发生时做好谋划，要在事情未动乱时做好治理。"这给我们的启示是，风起于青萍之末，任何事情都不是空穴来风，都有起因、发展、显露的过程。要想把握好主动权，就要抓小、抓早、抓苗头、抓隐患，把事情想在前，把工作做在前，把问题消除在萌芽状态，多打"防疫针"，少当"消防队"。农村的人际关系比较复杂，宗族、亲戚、邻里之间纵横交织，村干部相当大的精力都在平衡处理这些关系。比如土地纠纷问题，原本是很小的一件事情，若协调处理不及时，就会发酵演变成大的纠纷，处理起来非常棘手。取消农业税后，农民与政府之间的关系基本脱离，以家庭为生产作业基本单元的现状，使得农民各自为政，只顾打自家的小算盘，谋划各自的小利益。要推动一个涉及整村发展项目的落实，基层干部就要未雨绸缪，及早动手，占据主动，深入进行政策宣传，着力做好重点人员的工作，争取大多数民意支持，最后达成一致意愿。

《老子》一文中，还有很多关于民生的经典论述。如“绝圣弃智，民利百倍；绝仁弃义，民复孝慈。”“其政闷闷，其民淳淳；其政察察，其民缺缺。”“民之饥，以其上食税之多，是以饥；民之难治，以其上之有为，是以难治；民之轻死，以其上求生之厚，是以轻死。”等等。这些都是执政者应该深刻体会的。人类几千年的文明发展史，变化的只是外部环境，人性的本身并未有本质上的变化。在工业文明的大背景下，看似科技进步了，物质充裕了，信息高度发达了，但同时给人们居住的生态环境带来了灾难性的后果，也已经愈来愈明显地影响到了人类社会的发展进步。《老子》中的大智大慧，揭示的是普遍规律和法则。

老子曰：“吾言甚易知，甚易行。”说明圣人之言并非是一种玄学，有很多规则已在各领域广泛运用。如能辩证地接纳和吸收，体悟其中奥妙，并运用于修身和工作中，必将收神奇之效。

2016年11月4日 晴 0℃~14℃

农村工作"关系学"

有了群众的支持，第一书记驻村工作才能有方向，有底气。

自古以来，人类始终处于群居生活状态，面对恶劣的生存环境，人类不可能独立生存，人际关系是人最基本的社会需求，它反映了个人寻求满足其社会需求的心理状态。人与人的交往关系包括亲属关系、朋友关系、学友（同学）关系、师生关系、雇佣关系、战友关系、同事及领导与被领导关系等。由于人的个体差异，人际关系对每个人的情绪、生活、工作有很大的影响。良好的人际关系，让工作生活如鱼得水，反之，可能寸步难行。

在实践中，我感到第一书记驻村开展工作，应着力协调好方方面面的关系，真正融入群众和百姓之中，为顺利开展工作创造良好环境。

首先，要处理好与驻村群众之间的关系。农民是农村的主人，是第一书记开展工作的主要对象。1934年1月17日，毛泽东同志在《关心群众生活，注意工作方法》一文中指出："要得到群众的拥护吗？要群众拿出他们的全力放到战线上去吗？那么，就得和群众在一起，就得去发动群众的积极性，就得关心群众的痛痒，就得真心实意地为群众谋利益，解决群众的生产和生活的问题，盐的问题，米的问题，房子的问题，衣的问题，生小孩子的问题，解决群众的一切问题。我们是这样做了么，广大群众就必定拥护我们，把革命当作他们的生命，把革命当作他们无上光荣的旗帜。”目前农村年轻人进城打工居多，留守田园的基本上都是五六十年代以前出生的老人，这些人虽没有多少文化，但爱憎分明，亲身经历过建国前后水乳交融的干群关系，因此会自觉不自觉地与现在的党员干部比较。脚上有土，心里才有谱。要处理好与群众的关系，就要放下身段，真心诚意和村民百姓交朋友，坐到百姓家的炕头、深入到田间地头，和他们敞开心扉交流，了解他们心里想什么、喜欢什么、厌恶什么。婚丧嫁娶、五谷收成、柴米油盐、子女成长、治病养老、邻里纠纷等，都是关系百姓切身利益的大事，把这些事情处理好了，群众自然发自内心地接纳你。有了群众的支持，第一书记驻村工作才能有方向，有底气。与群众处好关系，一定要牢记，处事要公平公正，决不能搞厚此薄彼。还要严守纪律，对群众哪怕是一粒米的便宜都不能占，实在推脱不掉类似受之瓜果梨桃的情谊，也要灵活处理，礼尚往来，以另一种方式还回去。这样既不伤感情，又不违反纪律，时间久了自有口碑。

其次，要处理好与村干部之间的关系。村“三委”班子（支委会、村委会、监委会）同第一书记是“一个战壕”的亲密战友，取得“三委”成员的有力支持是开展工作的前提和基础。近年来，各级不断加强农村基层党组织建设，村组织设施配套，人员齐备，分工明确，运转正常。驻村第一书记履行指导工作职责，既不能高高在上指手画脚，也不能事无巨细越俎代庖。工作中，应多了解情况，充分尊重村“三委”（支委会、村委会、监委会）班子成员的意见，大家一起协商共事，在一起工作才能感到很舒心。要有聚人的本事，感情上充分接近，工作上才能相互支持。当然这也有一个磨合期，逐步把习惯散漫自由的组织成员，变“指头软”为“拳头硬”。要有不畏艰难的闯劲，对农村土地纠纷、上访告状、扶贫帮困等棘手问题，要积极主动冲在前面，化解矛盾，妥善处置，以实际工作能力赢得尊重。要有容人容事的雅量，村干部基本上来源于农村，长期在农村工作，年龄偏大，文化不高，有时说话不注意场合，工作不讲究方法，甚至有的村干部摔摔打打，骂骂咧咧，我行我素。因此，第一书记要主动与班子成员交心通气，妥善调节村干部之间的矛盾，维护好班子之间的团结，解决好村干部个人和家庭遇到的实际困难，当好班子成员之间的“润滑剂”。开展驻村工作，既要靠事业凝聚，靠制度保证，又要靠友谊联结，靠感情维护，没有感情上的亲密关系，很难有工作上的大力支持。当然，处理好关系，联络好感情，不是搞无原则的一团和气，也不能搞无休止的吃吃喝喝，而是要做到心中有法度，行动有规矩，严守底线不放松。可以说，第一书记与村“三委”成员的关系处理不好，工作就无法开展，更谈不上有所建树。

第三，要处理好与乡镇领导机关和原单位之间的关系。老子云：“鱼不可脱于渊。”第一书记受派出单位和驻村乡镇双重领导，这两级组织是开展工作的强大后盾和力量支撑。要充分发挥好这一有利优势，与两级单位尤其是主要负责人协调好关系，平时多汇报、多请示、多交流，争取工作上的大力支持。对于驻村乡镇领导，要发挥村干部不具备的优势，积极为驻村发展建言献策，解决事关驻村群众致富的全局性问题。多邀请派出单位的领导和同事，来农村实地调研，增加领导机关对农村的切身感受，利用领导机关政策把握上的优势，经费物资上的实力，人脉交际上的资源，为驻村群众解决实际问题，特别是在扶贫帮困、项目引进工作等方面，群策群力，推动农村脱贫致富奔小康。

此外，还要处理好与地方派出所、交警队、路政、卫生院等各部门的关系，经常走访交流，尽可能地为村民百姓生产生活提供方便。同时，村民法规意识淡薄，经常发生打麻将赌博、酗酒滋事、农用车载客、驾驶无牌照摩托车、超载超速等违规问题，都需要村干部出面协调处理。与这些部门协调好关系，一方面对村民已发生的问题，可以协调相关部门妥善处理。另一方面，也可以经常邀请这些单位派人为村民普及相关法规等常识，不断提高村民的法规意识。

2016年12月16日 晴转多云 -11℃~ 0℃

吵出来的民主

创建服务型政府和服务型党组织，最重要的是选拔和培养合格的基层带头人。尤其是在组织召开村民大会或村民代表大会时，需要村干部具有熟知村民心理、提前搞好宣传引导、有针对性地组织个别谈话、有效把握会议节奏、及时果断形成会议决议的能力素质。

在农村组织村民大会或村民代表会议，基本上是在吵闹中开始，又在争吵中结束。

这些年，各级政府比较重视基层民主建设，内蒙古自治区政府出台了处理村级重大事务的“532”工作法，即对村级重大事务要严格履行“五道程序”，依次通过“三次把关”，坚持实行“两个公开”。“5道程序”即党支部提议，“两委”商议，党员大会审议，村民代表会议或村民会议决议，“两委”共同组织实施；“3次把关”即乡镇村务协调指导小组负责对村“两委”形成的意见进行把关，对党员大会和村民代表会议审议表决的程序进行把关，对议定事项执行后的财务收支账目进行入村“审结”把关；“2个公开”即决议执行前向群众公开实施方案，决议执行后向群众公开实施过程及结果。“532”工作法，最大限度地规范了村级组织议事程序，保证村民对重大村务有知情权、参与权和监督权，农民的主体地位得到充分体现，村干部“一言堂”、敏感事情不透明等问题得到较好的遏制。

组织村民学习
法律知识

村民代表会议一般要避开农忙时节，农民地里活重又必须组织会议时，便只能选在晚上进行。当红日西坠、炊烟升腾时，忙碌了一天的村民开始陆陆续续走进村部，会议室里很快烟雾缭绕，先到的几个人从寒暄问候开始，慢慢就开始围绕议题进行讨论了。大家你一言我一语，看似漫不经心地聊天，其实内心都各有各的打算。等大多数人员到齐，村干部宣布会议开始，说明开会的主题，然后请大家发表意见。这时，会场总是先沉默一会儿，大家都不愿第一个发言而成为众人攻击的靶子。于是，有的人专注吸烟，有的人低头不语，有的人交头接耳，有的人端坐着发呆。用不了多久，总会有年长或资格老的村民代表率先提出个人看法，这个意见就成了众人讨论的焦点，否定别人时自己的观点也和盘托出。于是，争吵就开始了。

争吵是毫不掩饰的。能召集村民代表开会讨论决定的事情，基本上都与参与者的个人利益有关，每个人在利益面前当然不能让步。南倒拉板村最年轻的村民代表也在50岁以上，年龄最大的有70多岁，这些人虽文化水平不高，但对村里的事情了如指掌，土地边界问题、各类惠农补贴问题、土地开发问题等等，无一不牵动大家的神经。对政策的质疑，对村组织方案的不满，对个人利益最大化的诉求，对他人条件待遇的攀比，甚至以往个人之间的恩怨，都会牵扯到会议中并可能引起争吵。争吵从言辞激烈据理力争，慢慢到语言上的攻击谩骂，有的发展到肢体上的大打出手，吹胡子瞪眼，砸桌子抡板凳，还有的吵着吵着偏离了会议主题，把多少年前的恩怨都翻腾出来论是非，会场完全失去了秩序。大家七嘴八舌，你一言我一语，如同一棵树上的几百只麻雀在开会，气氛热烈得一浪高过一浪。于是，村干部赶紧大声喝断，拉住这个劝阻那个，最后书归正传，继续围绕会议主题进行讨论。水流千遭归大海，无论几个小时的争吵，最后总会形成一个决议。

孔子曰："天下有道，则政不在大夫。天下有道，则庶人不议。"意思是说，天下政治清明，国家的政权就不会掌握在大夫手中；天下政治清明，普通百姓就不会议论朝政了。百姓的事情让百姓自己做主，自然不会有非议。禹神治水重疏导而不靠堵。因此，创建服务型政府和服务型党组织，最重要的是选拔和培养合格的基层带头人。尤其是在组织召开村民大会或村民代表大会时，需要村干部具有熟知村民心理、提前搞好宣传引导、有针对性地组织个别谈话、有效把握会议节奏、及时果断形成会议决议的能力素质。绝大部分村民都是非常纯朴忠厚的，凡出现村民集体上访告状等情况，基本上都与村干部处理村务没按规定程序落实有关。

民主一词源于希腊字"demos"，意为人民。其定义为：在一定的阶级范围内，按照平等和少数服从多数的原则来共同管理国家事务的国家制度。民主政府的首要职能是保护公民言论和宗教自由等基本人权，保护法律面前人人平等的权利，保护人们组织和充分参与社会政治、经济和文化生活的机会。农民这种在会议上赤裸裸的争吵，虽然有时缺乏理性，却是内心情感和个人意愿的真实表达，反映了群众对会议内容的高度关注。相比之下，这种争吵比那种虚伪的认同或者"会上不说，会下乱说"的人，不知要好上多少倍。

印度民族解放运动领导人和国家大会党领袖圣雄甘地曾说："不宽容本身就

是一种暴力，是妨碍真正民主精神发展的障碍。”中国延续几千年的封建帝制，最大的问题是压制了人民的话语权，阻碍了社会的进步和发展。尤其是近代中国，掌权者的夜郎自大和闭关锁国，给国家和民族带来了深重灾难。历史上人民每一次话语权的取得，都伴随着大规模的农民起义，但由于缺乏强大的思想理论作指导，因此，无法从根本上改变人治社会的现状。

当年，毛泽东在和黄炎培讨论共产党执政后如何跳出“历史周期律”时曾说：“只有让人民监督政府，政府才不敢松懈；只有人人起来负责，才不会人亡政息。”党的十八届五中全会通过的《中共中央关于制定国民经济和社会发展第十三个五年规划的建议》的一大亮点，是提出了“六个坚持”的发展原则，居首位的就是坚持人民主体地位原则。让百姓有知情权、参与权、话语权，让群众畅所欲言充分讨论，集体决定涉及自身利益的重大问题，本身就是社会进步的重要标志，也是全面推进依法治国的重要组成部分。

2017年5月18日 晴 16℃~ 31℃

孝道之思

孝与不孝，说到底是人的道德品质问题，是人性心底最善良柔软的一泓感恩的清泉，与生活贫富没有关系。孝道与诚信一样，应该是伴随每个人一生的亮丽名片。

最近，新营子村委会被村民举报了。

事情的起因是这样的：30多岁的村民李某和年近70岁的老母亲一起生活，老母亲年迈体衰且有智障，李某一贯游手好闲，不务农事，日子过得比较贫困。按照政策规定，李母享受低保待遇，政府给发了保障卡，按时由镇里财务部门把低保款打到卡上。李某拿到保障卡后，没有很好地安排老母亲的生活，而是把这点有限的救助款项挥霍掉了，逼得老母亲四处讨饭。村干部和邻里亲戚多次找到李某规劝，道理讲了一大堆，李某就是听不进去，依旧我行我素。面对如此不孝的逆行，村委会经过研究，决定把保障卡扣留，买好米面油等生活必需品，定期给李母送到家里，确保其日常生活所需。这样一来，等于断了李某的“财路”，于是他跑到镇政府举报，说村委会扣留其母亲的保障卡是侵权行为。

距新营子村不足3公里的李家囫囵村，却传出另外一件事情。67岁的村民张老汉前段时间在医院查出患有直肠癌，一听说要做手术，老汉吓得直摇头，不为别的，主要是不富裕，农民辛苦一生，节衣缩食也积攒不了几万元钱，宁可挺着不治也不愿到医院看病，花得倾家荡产。儿子张俊奎最了解父亲的心思，告诉老汉说，这是个小手术，总共花不了5万元钱，而且还能报销3万多，余下的2万元家里拿得出来。善意的谎言打消了老父亲的顾虑，因此心情轻松地去医院做了手术。其实孝顺的张俊奎早就跑遍呼和浩特市多家医院咨询过，做这台手术至少需要12万元，按目前政策报销一部分后，自己还要筹集4万～5万元的治疗费用，对一个农民来说，这无疑是一笔天文数字。但张俊奎懂得，钱没了可以去挣，父亲却只有一个。

李某的举报自然不会成功，张俊奎的孝心传遍乡里。

由此，我想到国人自古及今倡导的孝道问题。《孝经》是儒家十三经之一，是中华民族优秀传统文化的重要组成部分。万千经典孝为先，《孝经》开篇就讲："夫孝，始于事亲，忠于事君，终于立身。"意思是说，所谓孝，最初是从侍奉父母开始，然后效力于国君，最终建功立业，功成名就。千百年来，孝道始终是中国古代政治家们用来构建伦理体系和政治哲学的核心概念，修身更是从讲孝道开始。试想，如果一个人没有把孝当作做人的根本，连自己亲生父母的冷暖疾苦都不闻不问，能交到真心朋友吗？当国家和民族有难的时候，他能奋不顾身挺身而出吗？一个政府官员不孝敬父母，他口中说的爱国爱民、为民服务、甘当公仆之类的话，群众能相信吗？

在农村，见惯了太多的不孝行为。关起门来只顾自己，不管年迈父母起居生活的大有人在，经常听到村里老人说："儿随老婆女随汉，留下老人无人管。"不孝行为在哪个村都能找出活生生的事例。有的人30多岁的年纪，每年都要到饭店请几桌，为自己的生日举办隆重的庆典，邀朋聚友，大吃二喝，把年迈的父母撇在家里不管，殊不知这一天是母亲的受难日；有的年轻人虚荣心比较强，挥霍父母的血汗钱不知道心疼，穿名牌衣服，用高档手机，丝毫体会不到父母"面朝黄土背朝天"赚钱的辛苦，以及"一滴汗水落地摔八瓣"的艰辛；还有的人为了一点财物，竟干出与双亲对簿公堂的大逆不道之事等等。我想，孝道的不盛行，有个人素养差异的因素，有生活贫困的原因，但主要还是社会上缺少“以孝为荣，以不孝为耻”的大环境；缺少看淡物质和金钱，追求健康和高尚道德情操的大氛围；缺少从娃娃抓起、让中华优秀传统文化伴随人成长一生的教育机制。经济下滑了，几年时间就可以赶上去，但如果教育一旦出了问题，可能几代人也抓不起来。

单纯给父母钱物供养就是孝吗？《论语》记载：“子游问孝。子曰：‘今之孝者，是谓能养。至于犬马，皆能有养；不敬，何以别乎？’”意思是说，人畜犬马，皆能有以养之，若能养父母双亲而敬不至，则与养犬马者有什么两样呢！

那么，孝道的最高之境是什么？《论语》有言：“子夏问孝。子曰：‘色难。’”宋代大儒朱熹注曰：“盖孝子之有深爱者，必有和气；有和气者，必有愉色；有愉色者，必有婉容。故事亲之际，惟色为难耳，服劳奉养未足为孝也。”意思是说，让父母始终保持一种发自内心的愉悦之色，是最难办到的。

《尚书·尧典》中记录这样一个故事，尧帝在位70年的时候，想选一位接班人来接替帝位。四方诸侯推荐说，民间有一个人叫虞舜，他是乐官瞽叟的儿子。其父心术不正，其母喜欢说谎，其弟非常傲慢，但舜却能和他们和睦相处，他用自己的孝行感化家人，使他们不至于沦于邪恶。尧经过考察后，把帝位传给了舜。舜无疑是践行孝道的典范，尧看重舜的不仅仅是行孝本身，而是透过行孝这件事，反射出舜身上所具备的宽广胸怀，海纳百川般的气度，潜移默化润物无声的行事风格，不离不弃、不抱怨和始终如一的坚忍品格。古人把孝道作为考察干部首要条件的做法，非常值得今人借鉴。看看那些落马的贪官污吏，无论在位时是否孝顺，怎样行孝，让年迈的父母为铁窗中的儿女伤心落泪，这本身就是最大的不孝。

当然，行孝并不是无原则的顺从。古人云：“故当不义，则子不可以不争于父，臣不可以不争于君。父母有言行不当的时候，当子女的有义务及时提醒和劝阻，帮助父母在法律和道德范围内自由快乐地生活，这种孝行更加弥足珍贵！

孝与不孝，说到底是人的道德品质问题，是人性心底最善良柔软的一泓感恩的清泉，与生活贫富没有关系。孝道与诚信一样，应该是伴随每个人一生的亮丽名片。如果每个人都如父母爱自己一样，去深爱和孝敬自己的父母，那么，这个世界一定会少很多问题。

2017年11月28日 晴 -11℃~ -2℃

贫困之殇

贫困并非不治之症，贫困痼疾不清除，则是国家和社会永远的伤痛，和谐无从谈起。

只要还有一家一户乃至一个人没有解决基本生活问题，我们就不能安之若素；只要群众对幸福生活的憧憬还没有变成现实，我们就要毫不懈怠团结带领群众一起奋斗。

——习近平

79岁的康富财夫妻俩各拄一副双拐，相互搀扶着一瘸一拐地来村卫生室买药了，老两口住在移民新村东头，距卫生室不到500米的距离，他们走一会儿歇一会儿，得花费1个多小时。

康富财老汉是南倒拉板村人，移民新村组建时，他们一家是第一批从山沟里搬出来的农户。年轻的时候，他们凭着勤劳节俭，小日子过得红红火火，是村里数得上的富裕户。但命运多舛，康富财10年前先后2次不慎把两条腿跌断，落下残疾，从此寸步离不开双拐。祸不单行，67岁的妻子患有先天性疾病，不能正常说话。几年前，一次上山劳动时，从装满庄稼的四轮车上滑落，也跌折了一条

接受社会捐赠

腿。儿子因患有神经性疾病，治疗花光了家里所有积蓄。因为村里土地收成不稳定，儿子病好后去市里租房打工，2个女儿也在呼和浩特市打工，日子都过得紧巴巴的，因此也无力照看父母。南倒拉板村都是旱地，广种薄收，家中几十亩土地无人承包逐渐荒芜了。农民一旦离开土地，生活便没了着落，康富财夫妻双双残疾后，生活一落千丈，只能靠政府给予的低保金和各种补贴度日。腿疼病发作实在忍不住了，就来村卫生室买点索米痛片，以缓解病痛。夫妻俩行动不方便，吃饭也成了问题，无论是米还是面，做熟后盛到碗里的都是粥，只有等女儿回来，老两口才能改善一下伙食。

前几天，我们再一次对全村农户信息进行摸底清查。2016年康富财老两口的收入情况如下：低保金6567元，养老保险金3840元，取暖补贴600元，公益林补贴1030元，农业三项补贴（玉米粮补）4014元，医疗补助190元，现金直补360元，合计16628元。

康富财一家的收入，在新营子行政村600余常住农户（含外地移民但户籍不在村里的农户）中，收入不是最低的，但因为身体残疾带来的各种不便，导致老两口的生活质量是全村最差的。2个人各自年均8000余元的收入看似不少，除去柴米油盐酱醋茶等生活必需的开支后，整日吃药也是一笔不小的开销，之后便基本上所剩无几。但按照现行政策2952元的贫困户识别标准，他们还进不了贫困户的行列。

正所谓富裕的家庭家家相似，贫困的家庭各有各的不同。目前新营子行政村符合建档立卡贫困户条件的，只有3户8个人，先来看看这3户人家的具体情况：

60岁的吴某是南倒拉板村人，和同龄的妻子住在年久失修的土坯房内（今年已搬入政府新建的幸福互助院）。86岁的老母亲，眼睛残疾视物不见，同时患有高血压和心脏病，常年看病吃药按规定报销后，自己还得承担3000～4000元医疗费。2个女儿均已出嫁，一个在本村，另一个在邻村。31岁的儿子成家后在盛乐镇租房居住打零工，夫妻俩养育2个孩子，收入不稳定，有时还得靠吴某救济生活。2016年，吴某与大女儿饲养了100只山羊，成本如下：除了每日早出晚归赶着羊群上山外，还购买了2吨饲料用去5600元，喂玉米5000公斤按市场价每公斤1元计算为5000元。到了9月份，某吴一看羊价始终上不来，再喂下去赔钱更多，于是按时价毛称重每斤6元钱卖掉30只羊，共收入1.2万元，基本上没赚到钱。等到年底羊价涨到每斤10元钱时，吴家已无羊可卖，养羊失败。由于老两口每天早出晚归放羊，还耽误了地里的活计，在南倒拉板地区今年风调雨顺年景好的情况下，吴家的50亩玉米地没顾上除草打药最后荒草连片，颗粒无收，仅靠卖绿豆挣的1万余元钱全部救济了儿子一家。

69岁的李某（女）老伴去世多年，在移民新村租房居住（今年政府补贴后新建了住房）。3个子女中，女儿出嫁，大儿子46岁至今未成家，二儿子43岁瘫痪在床，需要专人照顾。李家的特殊情况还在于，1998年二轮土地承包时，面对广种薄收的干旱土地，收入不高还得交农业税，于是举家搬迁到包头市投奔亲友打工另谋出路，故没有参加土地承包。2年前，在外打拼不成，举家再回村里时，既无房又无地，村里只好把一个不在村务农的光棍汉名下的10余亩地，让李家暂种，勉强解决李家的温饱问题。

73岁的康某（女）老伴已去世，在移民新村租房居住（今年已搬迁至幸福互助院）。4个子女中，女儿出嫁在新营子村，55岁的大儿子患脑梗，不会说话，丧失了劳动能力，48岁的二儿子今年患病去世后留下巨额债务，46岁的三儿子成家后在呼和浩特市租房居住又患小脑萎缩症，成为家中又一个重病负担。家里的土地自己没能力种也无人租种，日子愈发难过，只能靠政府的各类补贴维持生活。

近年来，从中央到地方都对扶贫工作高度重视，政府部门接二连三针对贫困人口出台有关医疗、教育、最低保障等政策，向每个行政村派出了驻村扶贫工作队，扶贫力度空前加大。相比之下，贫困人口毕竟是少部分人，中国共产党举全国之力，打赢这场扶贫攻坚战，绝非难事。

行走在农村广袤的山野田地，时刻感受着来自贫困或非贫困人口传达的各种信息，纠结在他们心头的，永远是庄稼的收成，政府补贴的多少，家里的开支和疾病带来的丝丝愁苦。事实上，在新营子行政村中，绝大部分农户的日子过得都差不了多少，如果你不去他们家里认真核算，你根本不知道谁是贫困户。贫困的杀伤力，是全覆盖的。

新营子行政村2000多常住人口中，享受养老保险的有370人，五保10人，低保46人，高龄补贴36人，还有近百户村民虽按政策标准不够建档立卡贫困户条件，但实际生活却非常困难。没有具体标准，政策不好落实，有了标准又把很多实际贫困的农户排除在政策照顾之外。比如，现行最低保障标准政策规定，家中有子女的，按照每人每年给老人600元赡养费，算下来年总收入超过3700元的（低保标准），不得享受低保。实际上，这些贫困家庭虽有子女，但子女们有的身体有病或残疾，自身尚且难保，根本没有能力照顾父母。也有的子女常年在外地打工，干的都是毫无技术含量的力气活，一年回不来几次，根本顾不上父母的日子过得怎样，更谈不上赡养费的问题。还有的子女知道国家扶贫政策力度不断加大，便把所有希望都寄托在政府身上，产生了等、靠的依赖思想。每年春节前后，乡镇政府都会发放一批贫困群众救助金，分摊到每家贫困农户身上也不过区

接受社会捐赠

区200～300元，只能购买点柴米油盐等生活必需品过节。社会各界慰问，也多是单位党团支部组织的活动，带点米面油等生活物资，但解决不了根本问题。

除年老体衰，丧失劳动能力之外，因病致贫也是重要原因。以移民新村为例，全村65岁以上的老年人有74人，在卫生室治疗登记的高血压患者达92人，糖尿病患者17人，身患残疾者7人。在农村，很多百姓生了小病硬挺着，病情严重之后才去看医生，得了大病干脆放弃治疗。现在，国家不断出台医疗政策，但有的一贫如洗的农民，连各级医疗机构报销比例中，应该自己承担的部分费用也支付不起。生病，对贫困农家来说，无疑是雪上加霜。家里有学生的村民花费也比较大，举全家之力集几十亩土地的所有收成，能勉强维持一个大学生在外地求学的费用。移民新村以及附近村庄的孩子上初高中，都到45公里外的和林格尔县就读，吃住都在学校，孩子们基本上每月回1次家，各种费用也是一笔不小的开支。

党和国家对扶贫工作高度重视，习近平总书记在2012年十八届中央政治局常委与记者见面会上庄严宣示："人民对美好生活的向往，就是我们的奋斗目标。"党的十八大以来，总书记亲自调研推动扶贫工作，多次做出重要批示，从中央到地方先后出台了一系列扶贫政策，推动扶贫工作的深入开展。党的十九大报告中，又提出“坚持大扶贫格局”，倡导“扶志与扶智相结合”的扶贫理念。以盛乐镇为例，这两年政府也在积极想方设法推动政策落地，开展精准扶贫，各村开设淘宝网店推销农产品，规范村级卫生室服务，扩大水浇地面积，推广庭院种植板蓝根、芍药花等中药材，引进企业具体帮扶，以期打开扶贫攻坚的多种渠道，也取得了明显成效。

实际上，农民们发自内心地对党中央的关怀表示感激，对各级政府的扶贫举措双手欢迎，绝大多数农民都是身体力行地配合。但这些五六十年代以前出生的农民，他们缺少发展现代农业的必要知识，缺乏多渠道增收的长远眼光，加之年老体衰，受疾病和长期贫困的困扰，已习惯于自己熟悉的原始耕作方式，对新生事物有本能的抵触情绪，对小康生活既向往又不知所措。还有的农民主动性不足，等靠依赖政府的思想严重，认为只要到了2020年，国家会有更好的福利待遇，农民无论收成多少，都会直接进入小康社会。比如，推广一项种养殖品种，要村干部反复做工作，如果不投入或少投入还可以，盈利了自然高兴，一旦因各种因素赔了钱则问题就严重了，会因此产生各种矛盾和纠纷。即便国家有非常好的扶持政策，但大多数农民因自身条件不足，无力支撑项目落地和扩大规模。说到底，根源在于农民们在思想上难以突破长期以来的传统耕作模式，现实上家庭经济基础相当脆弱，一年辛苦种田的收入勉强能满足温饱，根本承受不起任何一点意外和风险带来的损失。

我熟悉的一位62岁的冯姓的贫困人口，女儿外嫁，2个儿子都在外打工，儿子成家后在市里租房居住，基本上是用一个人的微薄收入养活一家三口，根本无力照顾父母。老两口性格要强，不想因为自己的日子拖累儿女，于是拖着多年的老寒腿下地干活，一年的土地收成仅能维持温饱，想多喂养几只羊又买不起草料，老两口就想到了养猪。毕竟猪吃杂食，米面糠麸、野菜青草都能吃饱，而且现在农村猪肉价格远高于市场的肉价，算来远比种地划算。于是在年初一狠心花了3000元钱买了3只猪仔，一天3顿精心伺候，哪成想不到3个月，猪全部病死。

老两口欲哭无泪，再不敢打养猪生财的“非分之想”。

农村贫困人口基本集中在老弱病残的群体中，须因人、因户、因地制宜，找准原因，分类指导，灵活多样，精准施策，共性的问题政策推动，个性的问题逐个解决，把习总书记提出的“精准”二字落到实处。如，对农村出生的孩子必须从基础教育抓起，决不能让一个适龄孩子失学，决不能再变成新的没知识没文化的农民，从根源上斩断“穷根”；对老弱病残等丧失劳动能力的村民，政府兜底脱贫，把低保、医疗和各类补贴等政策落实到位。按照国家新实施的土地“三权分置”重大举措，将其土地集中管理、经营或流转，集中成片开发，农民以股份制形式参与，发挥土地的最大效益。对有劳动能力的，必须选派责任心强的驻村干部帮带扶持，积极主动给他们出主意、想办法，政府提供贷款保证，帮助其转变经营方式，发展庭院经济和特色种养殖业，扩大农民增收渠道。政府组织或引进企业，对本地生产的绿色无污染农产品进行深加工，精细包装外销，使农民的土地收益最大化。鼓励社会资金进入农村，盘活荒山荒坡和林地等资源，大力开发休闲农业、生态农业和旅游观光农业，协调村民出租土地并就地参加务工，年终按比例参与分红，增加农民收入。在社会大力弘扬扶贫济困慈善精神，推动社会各界尤其是企业家与贫困人口结对帮扶。政府有意识地引导社会上自发成立的各类民间慈善组织，到真正需要帮扶的贫困农户中开展活动，新闻媒体加大宣传报道力度，在社会掀起扶贫济困的热潮。对扶贫帮困贡献突出的企业和个人，政府要对其进行表彰，并在其从事营业的相关领域给予政策上的优惠照顾，把扶贫工作由“政府独唱”的局面转变为全社会共同发力的“大合唱”。众人拾柴火焰高，只要唤起社会各界对贫困人口的真诚关爱、真正关注、真心帮扶，消除贫困指日可待。

贫困并非不治之症，贫困痼疾不消除，则是国家和社会永远的伤痛，和谐无从谈起。老子曰：“甘其食，美其服，安其居，乐其俗。”2000多年前，圣人期望实现的理想社会，在那个朝代似乎都是建造空中楼阁。今天，中国共产党举全国之力，打一场前所未有的全民脱贫攻坚战，目标虽艰巨，却志在必得。

2017年12月3日 多云转晴 -11℃~-3℃

“大扶贫格局”之浅见

打赢脱贫攻坚这场战役，必须牢记习总书记的嘱托，全面贯彻“大扶贫格局”理念，清醒地看到任务落实的艰巨性和关键性，自觉运用战略思维运筹帷幄，方能决胜于脱贫攻坚一线。

习近平总书记在党的十九大报告中指出，要坚持大扶贫格局。我理解，“大扶贫格局”是战略之思，就是要把扶贫工作放在经济社会长远发展的全局中通盘考虑，不能就扶贫抓扶贫，眼睛只盯住少数贫困人口，那样看似把贫困户扶上去了，却会带来其他意想不到的问题。在两年来的驻村工作实践中，我感到，应把扶贫工作当成一项系统工程来抓，与全局性建设捆绑联动，才能收到最佳效果。

1936年12月，毛泽东在《中国革命战争的战略问题》一文中阐述道：“不论做什么事，不懂得那件事的情形，它的性质，它和它以外的事情的关联，就不知道那件事的规律，就不知道如何去做，就不能做好那件事。”

这就是说，扶贫工作同样需要各级政府和领导具有战略思维，从宏观和长远建设上来认识和把握扶贫进程。意大利经济学及社会学家帕累托提出，80%的结果归于20%的起因，这一结论被人称为“帕累托定律”。扶贫工作是实实在在的具体行动，但帮扶的质量和成效来源于各级政府的顶层设计，方向找准了，蓝图绘制好了，行动才能收到事半功倍之效。我认为，当前扶贫工作应处理好以下4

种关系。

1.处理好快速脱贫和持续发展的关系。扶贫工作现在基本上是国家的一号工程，党中央高度重视，要动员全党和全社会的力量攻坚克难。针对贫困人口的优惠政策接连出台，各级党政一把手负总责，驻村工作队亲自上阵，财力物力人力大力倾斜，在这种势不可挡的态势下，贫困户脱贫指标很容易出线。问题的关键在于贫困户能否保持稳定脱贫，考核验收过了，没过两年又返贫了，似乎是完成了任务，追求的不过是“短期效应”。因此，扶贫工作力戒“一阵风”式的做法，要时刻把贫困户能否持续发展作为考核的关键节点，看种植业是否稳定增产，养殖业技术是否成熟，产业项目是否符合市场需求等，扶上马不仅要送一程，还要确保马能沿着正确方向持续地跑下去，做到不用扬鞭自奋蹄，这才是真正的高质量扶贫。

2.处理好局部脱贫和整体推进的关系。贫困户在大部分村子里毕竟是一小部分群体，领导来来去去，工作队进进出出，今天送米送面给钱给物，明天帮助贷款扶持产业，自然就会引起非贫困户的不满。对于年老体衰、身体残疾的村民基本没人计较，非贫困户会和那些有劳动能力的贫困户攀比，“都是一样种地，我们靠自己的汗水勤劳致富，他们自己做不好甚至好吃懒做，凭什么还会得到政府的关照？这样对我们不公平！”我在村工作期间，已有非贫困户找上门来，询问下一步对贫困户有什么优惠待遇，说以前对自己的收入核算不准确，自己也需要政府的帮助等等。这种说法不无道理，目前贫困户识别标准为人均年纯收入低于2952元，那么超出这个标准哪怕1元钱，就不在贫困户之列。其实农户的纯收入核算，很多项目都是模糊的概略瞄准，尤其是在贫困线以上几百乃至千元以内，确认起来都是可上可下。草原上有“家财万贯，带毛的不算”之说，下雪白灾，不下雪黑灾，一场暴风雪就可能卷走全部牲畜，一个拥有成群牛羊的牧民可能在一夜间一贫如洗。农户也是一样，猪马牛羊鸡鸭等财产不好统计。这还是精准识别阶段，真正到了具体帮扶举措落实后，肯定会有一大批接近贫困户标准的农户

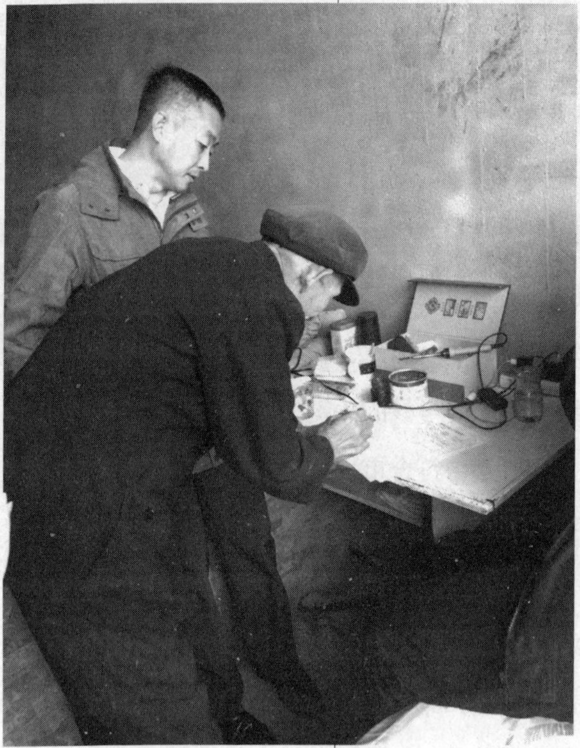

开展入户普查

找到政府要待遇，网上不断出现一些农户为争当“贫困户”不择手段刁难政府的故事，这些人不能忍受昔日穷困潦倒的贫困户，如今遇到了“天上掉馅饼”般的好事，小日子过得竟然超过了自己，心里严重失衡。因此，扶贫必须有全局观念，不仅要重视小部分贫困人口“点”上的帮助，更要重视对大部分非贫困人口“面”上的指导。特别是在产业扶贫等方面，要注重整村推进，让贫困者脱贫，让非贫困者更富，这样才能更好地体现公平公正，体现“大扶贫格局”的要求。

3.处理好帮扶带动和自主致富的关系。贫困人口的情况各不相同，政府开始介入后，不懂政策，有工作队上门解释；资金不够，到银行一路绿灯；拿不准项目，有政府亲自把关这，非常容易使一些贫困户对政府和扶贫工作队产生依赖。另一方面，容易产生贫困户价值观扭曲等不正常心理，“贫困户”一词似乎成了无所不能的“免死金牌”，甚至个别贫困户窃窃自喜，将其视为一种荣耀。有的人私下里说，我就不干你能把我怎么样，我不签字就脱不了贫，工作队就完不成任务。言外之意，好像无形中手里有了某种制约帮扶干部的权柄。我曾问过一个50岁左右的贫困户村民：“为什么不在冬天农闲时去市里打工赚点钱？”答曰：“打工哪有在家打麻将、喝烧酒、睡大觉舒服！”党的十九大报告指出，要注重扶贫同扶志、扶智相结合。扶贫绝不是给钱给物那么简单，贵在帮助这些贫困农户找到适合自己脱贫致富奔小康的办法途径，变“单纯输血”为增强“造血功能”。“扶志”和“扶智”虽比较难，却比给钱给物更为重要，也更为长远。

4.处理好短期规划和长远建设的关系。党的十九大报告再一次为扶贫工作明确了任务时限，要确保到2020年我国现行标准下农村贫困人口实现脱贫，贫困县全部摘帽，解决区域性整体贫困。这是底线，是硬任务，来不得半点讨价还价。各地区、各旗县、各乡镇、各行政村和自然村的发展条件不同，贫困人口的致贫原因也是千差万别。各级政府在制定扶贫规划时，必须因地制宜，处理好短期规划与长远建设的关系，从党的十九大报告中捕捉重要信息，从国家发展大势中找定位，找出路。坚持把扶贫工作纳入“五位一体”总体布局和“四个全面”战略布局中，同国家“实施乡村振兴战略”结合起来，同“实施健康中国战略”结合起来，使扶贫策略既有现实性，又具前瞻性，既要确保坚决完成党中央下达的贫困人口脱贫任务，又要考虑到“三农”问题今后及未来几十年的发展。

古人说，不谋全局者，不足以谋一域。打赢脱贫攻坚这场战役，必须牢记习总书记的嘱托，全面贯彻“大扶贫格局”理念，清醒地看到任务落实的艰巨性和关键性，自觉运用战略思维运筹帷幄，方能决胜于脱贫攻坚一线。

一言以蔽之，战略重在布局谋势，精准脱贫是实施乡村振兴战略的前提和基础，贫困的帽子甩不掉，就谈不上乡村振兴。因其艰巨，所以须尽全力；因其关键，所以必须攻克。

故事篇

2017年8月23日 多云 12℃～24℃

纱帽翅子

（此故事根据村内土地纠纷改编）

这一年入冬的第一场雪下得轰轰烈烈，洋洋洒洒地飘了一天一夜，广袤的山川大地银装素裹，秋收之后土地上残留的观之不雅的枯枝败叶通通不见了，洁白覆盖了一切。

一场突如其来的纠纷打斗，搅乱了龙泉村的平静。

事情发生在去年春天的一个早上，天刚放亮，钱来旺就套车出门，在纱帽翅子地插犁走马开始种地。他在前面吆喝牲畜犁地，老伴和儿媳在后面点种，一家人分工明确，密切配合，开始种黍子。春天里草木竞荣，让人心情愉快，两天前刚下过一场透雨，地面尚未干透，山风暖湿湿地吹着，空气中散发着泥土和新鲜嫩草野菜的清香。梁仓满今天也上山种地，只是昨天晚上在城里上班的一个亲戚来家里，多喝了几杯酒。太阳出来一竿子高了，梁仓满才睡眼惺忪地起床，收拾种地的用具，为此被老伴好一顿埋怨。人误地一时，地误人一年，春播可是耽误不得的大事。两个人开着四轮车一出村，隐隐约约看见纱帽翅子地里有人在穿梭似的忙着耕种，梁仓满心生疑虑，晕晕沉沉的酒劲顿时没有了。四轮车加快了速度，突突突地在地头停下后，梁仓满老汉才看清，是钱来旺一家，不禁心头一沉。

“来旺，你怎么在我家地里耕种，不是看错了地方吧？”梁仓满粗声大气地说，言语中带着指责。

“谁说是你家的地？我放了几年没种就变成你家的地了？天底下哪有这种道理！”钱来旺理直气壮，使劲把犁铧拔出来摔了摔沾在上面的泥土。

“这是当年村支书给我家退耕还林补偿的地，我也是地多种不过来才撂了几年荒，这事村里人都知道。”梁仓满据理力争，从四轮车的驾驶座上跳了下来。两家的女人们也都面露愠色，在男人身后小声絮叨起来。

“1998年二轮土地分地那会儿，这明明是分给我的地，种自己的地不犯法，谁也管不着！”钱来旺满脸怒气，死命勒回马头的缰绳，掉转犁杖，对着牲口大吼一声“驾——”，鞭鞘在空中优雅地打了个旋，“啪”的一生脆响，两匹马一起发力向前，钱来旺扶犁执鞭迈开大步继续耕地。

这种轻蔑的态度让梁仓满顿时火冒三丈，他三步并作两步冲上去，一把扯住缰绳，说：“你给我住手，不说清楚，我今天就是不让你种！”钱来旺毫不示弱，扔下犁把和鞭子冲着梁仓满扑了过来，两个年岁相当、身材魁梧结实的男人就在地里扭在一起，厮打起来，双方女人由互相指责发展到对骂，各执一词谁也不让谁。两匹受了惊的枣红马迎着春日的阳光，拖着犁杖哗啦啦地跑向龙旱地的另一面山坡，满坡翠绿的青草地被刮出一道亮痕。直到周围种地的几个男女村民跑过来，才把头上青筋暴涨、衣衫撕成碎条的两个老汉拉开，有腿脚快的村民帮着把马牵回来，大家七嘴八舌地一顿劝说。眼看太阳升到正当午了，两家人稍稍平息了怒气，女人们依旧不依不饶地相互责骂着，各自收拾好农具悻悻地回家了。

村民梁仓满住村东头，钱来旺住村西头，几十年生活在一起相安无事，想不到已过花甲之年，竟然因为纱帽翅子这块八亩半荒地大打出手，成了村里人茶余饭后议论的焦点，简直让他们没有脸面出门了。

这几年，城乡经济快速发展，一条经过村口通向山外繁华城市的公路修好了，手机电话等通信工具也普及了，来来往往的车辆，把龙泉村里的青壮年男女陆续带向山外热闹的城市，村里只留下百十口识不了多少字的老年人，守着近万亩贫瘠的山坡梁地。公路两边都是从山里搬迁出来的移民户，在本村没有土地，经营着十几家大小饭店、商店、旅店和车辆修理铺，为过往的车辆行人提供方便。春去秋来，农民能种多少看体力，能收多少看老天，赶上风调雨顺的好年景，收入2万~3万元钱倒也不费力。由于人少地多，收成不稳定，各家都挑选离村较近的平坦地块耕种，许多山坡梁地荒芜多年了也没人过问。

村南正对的一大片山地统称为龙旱地，三面环坡，呈扇面缓坡舒展而下，地南顶部是蛮汉山余脉的最高点，坡势走向直指北部阴山山脉。龙旱地西侧被雨裂沟自然分割出一个长条形地块，尾宽头窄，形似古代官员头上乌纱帽的方翅，可能地方戏看多了，人们在取地名时，就把这块原本无人问津的山坡地，形象地叫作“纱帽翅子”。

蛮汉山由东向西蜿蜒过来，山势渐缓，与广袤平坦的土默川平原融为一体，甚至连石块也埋入地下看不见了。在龙泉村正南面形成了两个波浪形的大丘陵，山脊呈龙形从东西两面分别伸展开来，两个龙头形成的山谷，恰好与几条雨裂沟分割出的椭圆形村庄相对应，于是，此地便有了点“二龙戏珠”的意境。村南山脚下有一泉眼，日夜涌流出清洌甘甜的泉水，水流如大地吐出的一股绵绵不绝的银色飘带，沿洮儿河河槽向下游浸润伸展，流量不受旱涝影响，龙泉村由此得名。

据说，这个普普通通的传统小山村，自明朝起就有人居住，到了20世纪80年代中期，人口达到400多人。那时生态环境好，村前屋后，漫山遍野全是杏树、桃树、李子树，狐狸、狼、野兔和山鸡等动物时常出现。每年4~5月份，桃花、杏花、木瓜树花次第开放，洮儿河从村南向西环绕再向北流去。村内有学校，方圆十几里的40多个孩子在此上学，琅琅的读书声伴着乡野鸡鸣犬吠不绝于耳，现在却只残留一堵青砖墙依稀可辨。村西北有一座道观，一个70多岁的童身老道，敲着一口大钟，执着地坚守到中华人民共和国成立后庙被拆除，如今仅留下一座高大的圆柱状黄土墩在风雨中屹立不倒。村口北面断崖的中间处，生长着一棵被当地人称为野木瓜的大树，已有130多年的树龄，根须千丝万缕地与黄土融为一体，粗壮的树干和枝条向上自由地伸展，蓬勃如盖，展示出顽强的生命力，被村里老人们奉为“神树”。

大自然以神秘之力，不断地制造着各种平衡。龙泉村的村民们谁也想不到，世代耕种的荒山梁地长不好庄稼，但沟坎断崖随处可见的野木瓜树竟是一种珍稀树种。春天一到，野木瓜树花团锦簇，粉白如雪，花期长达1个月的时间，秋天成熟的果子像木瓜大小，里面包裹着七八颗黑珍珠一样的坚果。这两年信息网络发达了，有年轻人告诉老人们，这种树学名叫文冠果、文冠花、文官果。这种树不是栽到哪里都能成活的，它对土壤和气候要求比较高。《本草纲目》中又称其为天仙果，是北方特有的木本油料植物，有“北方油茶”之称，村里人还是不怎么在意。但是从去年以来，有个南方来的开发商一直在山前山后考察，据说要承包龙泉村的荒山梁地，大规模种植这种野木瓜树，开展生态农业和休闲旅游农业开发。这个消息在村民之间早就传开了，承包合同一签就是30年，村民不但每年能分到租金，还能上山打工挣钱。真是天地倒悬，村民眼里毫不起眼的野木瓜树一夜间竟变成了摇钱树。

小村虽地处偏远，却民风淳朴，这么多年，几乎没有发生过闹到让外村人都知道的不光彩的事。平日里东家长西家短的，也难免出点小摩擦，经德高望重的老人们劝说一阵带训斥几句，也就过去了。谁知道因为这兔子不拉屎的几亩荒地，两个世代居住在一村，低头不见抬头见的老邻居，竟然撕破脸皮，全然不顾几十年朝夕相处的老交情。这事想一想，都让上了年纪的老人们摇头叹息。

纱帽翅子一时成了焦点，梁、钱两家互不相让，明里暗里展开了较量。

春雨贵如油，正是春耕播种时节，隔三岔五就来场雨，淅淅沥沥，才几天时间，小草和山野菜就冒出了嫩芽，远远望去，山川大地有了一层朦朦胧胧的梦幻般的绿意。地里的活计耽误不得，庄户人家起早贪黑、牵马吆牛，忙得不亦乐乎，雨水淋在身上，喜在心里，看来年景错不了。

雨水浇在梁仓满身上，却是另一种感觉。望着烟雨迷蒙中的山坡梁地，还有清晰可见的纱帽翅子地，梁仓满心里五味杂陈，绵绵不断的春雨似乎冲洗不掉这场土地纠纷带来的烦恼。自从上次和钱来旺争吵以来，这些天他饭没吃好、觉也没睡舒坦，在龙泉村生活五六十年了，还没受过这样的窝囊气，这次让钱来旺占了便宜，以后哪还有脸面在村里混了。纱帽翅子地多少年了一直荒着，早就想拾掇拾掇种上，哪知钱来旺抢先下了手，这口恶气绝对不能咽下去，得想办法扳回这一局。再说，村里人都在议论有商人要承包荒山种树，一包就是30年，纱帽翅子地上去就是蛮汉山，从哪划片都能划进去。事发当天晚上，梁仓满就找过村委会了，陈书记和蒋主任劝他要忍耐，说要查一查底账，了解一下情况再处理。到哪查去？分地是十八九年前的事了，这些毛娃娃知道什么？这些天合计来合计去的办法只有一个，还得把时任村支书的老亲家胡治国搬出来，是亲三分向，现在到了关键时刻，只要他站出来，就能把这件事搞定。攀上这门儿女亲家，那些年没有人家私底下照顾，自家哪来这么多地种，当年胡治国大手一挥，找个理由就能给分地。哼，甭管哪朝哪代，都是当官的说了算。想到这，他感到欣慰多了，一扫多日来心底的不快，胜利似乎就在眼前，心底竟莫名升腾起一股战胜者的豪气。

正在地头干活的老伴，远远地听到了他粗大嗓门的呼喊："小俊他妈，别干了，回家。后晌咱们和儿媳妇一起去县城看亲家！"

钱来旺也很不痛快，心里烦闷就一个人喝闷酒。窗外，细雨丝丝如麻，在眼前织成一片雨幕，时有微风吹来，带着阵阵凉意。屋内，餐桌上摆着一小碟花生米，还有几棵刚从地里拔出的羊角葱，劣质老白干的酒精在钱来旺的血液里流淌，他的思维反而更加清晰。纱帽翅子这块地早就看好了，眼看老爹快90岁的人了，前几年找风水先生满山转过，就属那块地风水好，万一哪天老爷子一口气上不来，得安放在那里让上好的风水滋润。纱帽底下无穷人，钱家一定会兴旺发达起来，不能世代窝在这穷山沟里，得让后代做官才有出息。再者说了，城里人讲房多，农村人讲地多，乡下人过日子谁不靠这个？听说有人要承包荒山种野木瓜树，多一分地就是一分地的钱。谁知半路杀出个程咬金，一个村生活几十年了，梁仓满也不是省油的灯，他要干涉还真有麻烦。虽然地是种上了，再让人家要回去，岂不是竹篮打水一场空。当年二轮土地承包分地时，全村推选出5人小组共同负责，赵三娃已经去世了，除了自己和冤家梁仓满，只剩下老李会计和王大栓两个人知道内情。这两个人要说起来，和自己关系都不一般。年轻时就和王大栓一起在生产队放羊，有一年夏天洮儿河发洪水，羊群四散奔逃，我们两个人奋不顾身把羊群往岸上赶，王大栓一脚踏空，要不是我眼疾手快，王大栓早就掉到河里淹死了。事后王大栓还专门请我到镇上喝了顿烧酒，当时就表态，这辈子要做生死兄弟，几十年的老交情了。再说老李会计，从母亲那辈论还有亲戚，论辈分得叫我表叔，这种时候总不能胳膊肘向外拐吧。尽管如此，这两天还得请他们来家喝顿酒，把这事说道说道。前些年梁仓满凭着和村支书胡治国儿女亲家这层关系，在村里简直横着走路，现在改朝换代了，这回我就和梁仓满死磕到底。说办就办，钱来旺起身招呼在外屋忙活的女人："明天去镇上割几斤肉，买条鱼，我要请人吃饭！"

事情发生了总得有人管。从钱、梁两家在纱帽翅子地头发生纠纷开始，村支部陈书记和村委会蒋主任已经不止一次找他们协调做工作了，甚至还动员了退休在家的原乡党委郝书记出面说和，两家均无动于衷，态度不变，坚持说地是自己的，但都拿不出白纸黑字的有力证据。而且，那时村里掌握的机动土地比较多，老村支书胡治国以各种理由分给农户的"手指地"也不少，都没有规范的程序和记录。各家虽都有《土地证》，当时为了少缴纳农业税，本上只记了一部分亩数，还有相当一部分土地没有上账，这在当时是普遍现象。村干部认真查过1998年二轮土地承包时的底账及其他遗留下来的分地账本，都没有明确记录纱帽翅子属于谁家。知情的老人们都说，分地时是几个人在屋子里商议的，哪块地的东西南北四至及亩数大小，大家基本清楚，也就没有去实地测量。

纱帽翅子在不在当年的分地范围之内？到底是谁家的？村干部们一时也理不清头绪。六月不热，五谷不结。太阳的炙烤日渐有了力度，庄稼和野草在阳光雨露的作用下一起疯长，农田里锄草、打药等农活又开始了，大家似乎忘记了这件不愉快的事，各自忙自家地里的活计。只有梁仓满偶尔来找找村干部，诉说这件事对自己的不公，要求为他主持公道，但因为拿不出有力证据，事情就被搁置下来。哪知随着秋天的到来，纱帽翅子之争波澜再起。

对于龙泉村来说，今年是多年不遇的丰收之年。金色的秋风漫过田野，庄稼把一春一夏的积蓄都凝结在金灿灿的果实上，豆子黑绿的叶片开始发黄，圆滚滚的豆荚一串串坠得秧苗倒伏，玉米叶子丝丝缕缕，一片金黄，粗壮的玉米穗颗粒饱满，成片的高粱地如一抹浓重的晚霞。凉爽的秋风吹过来，头重脚轻的秸秆像大头娃娃般四处摇摆，沉甸甸的谷穗无语低垂，拱起的颈部已经禁不住一只山雀站立了。三春不如一秋忙。人们起早贪黑地在地里干活，村里没了三三两两聚在一起闲聊天的人了，只有马车和四轮车穿梭在田野和场院之间，运送着辛苦一年得来的收获。

又是一个清凉的早晨，晨雾正慢慢散去，夜空中两颗硕大的星子还在眨着眼睛，梁仓满开始实施思考了一个夏天的行动计划。头一天，他就打电话把在县城打工的儿子小俊找回家，又悄悄找来邻村几个年轻力壮的亲戚，当天晚上盛情款待。几杯酒下肚，梁仓满便长吁短叹地把纱帽翅子地纠纷的事讲说了一遍，又说明把大家请到家来的意图。毕竟是亲戚，几个人一听，当年在村里威风八面的梁仓满，竟被人欺负到这般田地，不由得心头火起，一仰脖把酒喝尽，杯子放到桌上，话也砸到地面："不蒸馒头争口气，您老说怎么办，我们是指到哪打到哪！"饭后，这些人直接留住在梁家，方便大家一起行动。第二天凌晨，公鸡还在朦胧之中打瞌睡，梁仓满第一个起床，准备好收割用的镰刀等农具，招呼全家人早早起床，开上四轮车直奔纱帽翅子地。借着黎明微露的晨光，梁仓满带着儿子和几个亲戚在前面挥镰收割，儿媳妇和老伴在后面负责打捆装车，寂静的山野中，只有镰刀割断黍子秸秆发出的"唰唰"声，全家人只有一个明确目的，就是要以最快的速度，把这几亩地的黍子收割完并拉回家。收割的过程毕竟不像以往那样从容，梁仓满感觉每一把黍子抓在手，心里都有一种说不出的气恼，每一镰刀割下去，又有复仇般的快意，更不像以前那么小心和仔细。黍子穗细密，果实易落，但今天管不了那么多了，梁仓满要的是速度，无关收成多少，关乎脸面和人前一口气。终于，在别人家鸡鸣狗吠、牛马喧嚣准备下地干活的时候，梁仓满已经擦干汗水，望着院中成垛的黍子，开心地品茶了。“荞不见霜不老，麦不见风不黄。你钱来旺能先下手种地，那我就先下手收割，笑到最后才是赢家。”

派出所冯所长和村蒋主任到梁家时，梁仓满正在午睡。真是“挖完河，打完堤，割了麦子，扛水泥”，这种累是实打实的，连带着心情紧张。再者，年龄也不饶人，困劲上来，眼皮都抬不起来，朦胧中看见一个穿制服的人站在眼前，耀眼的警徽在熠熠放光。尽管梁仓满料到派出所的人会来找他，真的来了内心又不免一阵惊慌，脸上却堆起了笑容，起身招呼老伴给冯所长和蒋主任沏茶拿烟。没等冯所长说话，梁仓满直奔主题，一副理直气壮的样子。

“大热天的，辛苦所长和村干部到家里来，是为了纱帽翅子这点黍子吧？”

“是啊，有人报案，说是丢了庄稼，我来了解下情况，土地归谁是另一码事，你不该割别人种下的庄稼。”冯所长喝了口水，平静地说道。

“小冯啊，你梁叔我没杀人、没放火、没抢劫，割自己家地里的黍子，这也算犯法吗？他钱来旺强种我的土地，怎么没人管啊！”梁仓满说罢点着一支烟，深吸了一口，蓝色烟雾在面前升腾着，黑红的脸庞看上去变成了绛紫色。不容冯所长说什么，他就把纱帽翅子纠纷的始末和盘托出，似乎他比窦娥还要冤屈，就差“六月飞雪”了。

蒋主任赶紧打圆场说：“我们是过来了解一下情况，至于土地的事还得下一步调查。”

“那是你们当领导的事，我们老百姓有冤就要上告，赶明儿我就去镇上找大领导去，现在是法治社会了，总会有说理的地方。”梁仓满扭过脸继续抽烟，看也没看蒋主任一眼，充分表达着自己的不满情绪。

冯所长和蒋主任一看谈不下去了，只能暂时到这，当前最重要的还是查清楚纱帽翅子地的归属问题，于是又闲扯了几句别的话就告辞了。

钱来旺岂能善罢甘休，一年的辛苦白费了，到手的鸭子飞了，简直是奇耻大辱。于是，一纸诉状把梁仓满告上了县法院。

法院的程序是繁杂而漫长的，就在这等待判决的时间里，钱梁两家的矛盾持续发酵。以传统农业为主的龙泉村，村民们基本是干半年歇半年。尤其是秋收入冬之后，很多人都东一家西一伙地打麻将，不仅男人们打，那些开饭店、旅店不种地的女人们也打，人们就在稀里哗啦的麻将声中，不知疲倦地打发漫长的冬季时光。梁仓满利用临街的3间房，也开了个小麻将馆，购置了几套自动麻将机，顺便卖点烟酒糖茶，人多时一天也能有百十元的收入。来打麻将的都是本村的熟人，时间一长，就想玩点刺激的，三元五角、十元八块地就被押上牌桌，一有输赢，玩起来兴致就不一样，个个精神头十足。这一天晚上，两桌8个人围在一起又摆起了长城，旁边还有几个看热闹押宝的，满屋烟雾缭绕，人们七嘴八舌的叫喊声，麻将牌噼里啪啦的撞击声不绝于耳，与院内的狗叫声搅在一起，被清冷的西北风裹挟着在街巷回荡。一天晚上，一伙人正打在兴头上，派出所的人来了，按说打麻将倒没什么，一动钱性质就变了。警察毫不客气，当时就收了麻将，把参与赌博的人批评教育一通遣散了，麻将馆被责令限期整改。梁仓满满口应承，过不了几日，好玩的人哪能管住自己，只要钱一拿上桌，派出所的人就出现了，好像有人坐在门口看着他一样。如此3次，麻将馆被彻底查封。

梁仓满心知肚明。村里的麻将馆不止他一家，如果说村民凑个乐子赌个几元钱就算违法，哪一家麻将馆能开成？不允许大家这么玩，谁还来你家？可是派出所不管这一套，只要有人举报，就依法查封。断自己财路的，除了冤家钱来旺还能有谁！

屋漏偏遭连阴雨，麻将馆被查封2个月后，县法院的判决通知书也下达到村委会，判决梁仓满赔偿钱来旺八亩半黍子款4300元，至于纱帽翅子土地归属问题，由村委会组织进行土地确权。

钱来旺笑了。

梁仓满不服判决。他深信对方也拿不出什么令人信服的证据，一边继续去县城游说亲家胡治国帮忙，一边跑到镇上找领导，以期在土地确权时争取主动权。同时，他内心还有一个不被人知的秘密，一个人暗自思忖好久了。前两次村委会换届选举，自己曾被提过名，只是票数少了些。现在习主席主政中央了，广播电视里天天都在抓当官的，什么腐败的、不作为的，只要一告状，村干部就得下台。眼下纱帽翅子地纠纷的事，拖了这么久都没解决，村干部就是典型的不作为。反映情况不犯法，把他们反映上去，自己没准还能当上村干部，戴几天乌纱帽呢！每每想到这，梁仓满眼角就会漾起发自心底的笑意，似乎望见自己站在村部广场的戏台上，手拿麦克风，神采飞扬地主持群众大会了。

这个世界上唯一不变的就是变，就像一株庄稼，你怎么看也看不出它在生长，时令到了，该开花开花，该吐穗吐穗，秋风一吹，就给你结出金灿灿的果实。在梁仓满到镇里四处反映情况，镇领导要求村干部尽快对纱帽翅子土地进行确权的时候，村里来了第一书记郑为民。村民们早就在电视广播中听到了中央将要向所有行政村派驻第一书记的消息，今天终于到了村里。第一书记的到来，如同一块石子投进了平静的湖面，在村民心中激起阵阵波澜，马上成了大家茶余饭后议论的焦点话题。想当年，上山下乡的知识青年都是年轻的娃娃，这个新来的第一书记40岁出头，不在市政府好好当官，来偏远穷困的农村，肯定是来“镀金”的，这么差的条件能住下来吗？没准过几天就走了，住下来也未必能干成什么事，宁管三军不管一会，农村的事太复杂了。大家心怀疑虑地看着郑书记怎么烧好“三把火”。

首先感受到变化的是村干部，原来有紧要的事都是书记一个人说了算，最多和主任、会计碰个头事情就定了。党课和理论学习基本从没认真组织过，只有小学和初中学历的几个村干部，也没有能力讲党课。第一书记到来后，一切都正规起来了，支部研究问题时人人表态，理论学习有计划有检查，党课辅导认真负责，讲的都是百姓关心的话题。60多岁的老会计以前需要花上大半天时间才能整理出来的资料，人家用电脑20分钟就能搞定，这让村干部们感受到了差距和压力。

梁仓满和钱来旺的纱帽翅子土地纠纷，自然是要解决的重点工作。此前，梁仓满已经找过郑书记，述说自己遭受的“不公正待遇”，还委托市里上班的亲戚，不知道拐了多少个弯才和郑书记联系上，希望在纱帽翅子土地确权时能关照一二。这次镇领导亲自打电话，要求尽快解决这起土地纠纷，不能把梁仓满拖成上访告状的“专业户”。为这事，村党支部召开专题会议，研究解决办法。大家认真分析了事情的原委，认为钱梁两家争地的缘由，主要是听说有人要承包荒山种文冠果树，在利益面前谁也不肯相让。当前矛盾的中心主要有两个：一个是梁仓满的亲家是时任老支书的胡治国，只有他才能证实梁仓满所说的话是真是伪；另一个是1998年二轮土地承包时的5人分地小组，一个已经去世，梁钱二人就不说了，各执一词，还有就是老李会计和王大栓是关键，老邻旧居多少年了，越是在这个时候，都不愿意出面得罪哪一方。只有把这两方面反映的真实情况汇总起来，才能搞清纱帽翅子地的归属问题。最后，郑书记在总结时讲了三点意见：“第一，纱帽翅子地的纠纷问题，县法院已经判决，我们的任务是进行土地确权，因为涉及农民切身利益，村“三委”成员要高度重视，并立即着手解决，给群众一个明明白白的交代；第二，无论采取什么办法，都要还原事实真相，公平公正地处理此事，不能助长个别村民贪小便宜的侥幸心理；第三，请求镇里土地所等相关部门配合调查，尽快了结此事。”

郑书记把政府机关严谨高效的作风带到了村里，村干部们一改以往疲沓、应付的工作习惯，很快协调组成了由郑书记、村支部陈书记、村委会蒋主任和镇土地所人员组成的临时工作组赶赴县城，找到时任村支部老书记的胡治国。寒暄过后，一行人首先向老书记介绍了近期从中央、自治区、市、县及镇里关于党建、扶贫及产业发展相关政策，村里的发展现状，“两学一做”学习教育、惩治“雁过拔毛”式腐败和治理“村霸”活动的进展情况，最后讲到纱帽翅子土地的确权问题。郑书记诚恳而又严肃地说：“纱帽翅子土地纠纷问题处理不好，不仅影响到党组织和党员干部在群众中的形象，也会对将来的全村土地确权工作带来负面影响。在涉及切身利益方面，群众都有攀比心理，必须公平公正处理。老书记是老共产党员了，还要为村里建设发挥余热，协助我们把事情处理好。”

其实，这一段时间以来，胡治国就陷入进退两难的矛盾之中。一边是党的纪律和规矩，入党40多年，快70岁的人了，还曾是村党支部书记，岂能连一个普通党员的觉悟都没有？如果说前些年有些事随大流，没有严格按程序和规定办，现在党的十八大召开以后，国家从上到下呈现反腐的高压态势，而且在向农村延伸，这个时候怎能糊涂？另一边是儿女亲家，梁仓满隔三岔五就跑到家里来，一把年纪的人，一说到这点地就老泪纵横，如果不出面帮帮他，以后这亲戚还怎么相处？但看到今天这种情况，问题比自己想象的要严重得多，甘蔗哪有两头甜，得豁出一头去。想到这，胡治国把手里快要烧着手指头的香烟往烟灰缸里狠劲一拧，扬起脸一字一顿地说：“各位领导，你们都别说了，我虽然老了，但脑子不糊涂。我明确地告诉你们，纱帽翅子那块地，当时属村集体的机动地，我在任时没有分给任何人做退耕还林补偿，我可以写证明材料。”

钱来旺也笑不出来了。郑书记又和老李会计谈了整整一个下午，老李会计在农村算是文化人，两个人从郑书记的老父亲六七十年代在这一带下乡，一直聊到党的十八大后国家发生的大事，最后扯到以“四书五经”上，这让老李会计找到了知音，两个人谈兴甚浓，都有相见恨晚之感。事后，老李会计也写材料证实，纱帽翅子地不在二轮土地承包分地之内，属村集体所有。性格直爽喜欢喝酒的王大栓，在一个起风的周末晚上，被郑书记请到村头小酒馆内，两个人谈政策，论感情，瓶对瓶一直喝到后半夜，据说王大栓吐得一塌糊涂。第二天酒醒后，他也托人写了一份证明材料，自己不会写字，在上面按了手印，内容与老李会计的材料基本一致。

这一年入冬的第一场雪下得轰轰烈烈，洋洋洒洒地飘了一天一夜，广袤的山川大地银装素裹，秋收之后土地上残留的观之不雅的枯枝败叶通通不见了，洁白覆盖了一切。待到来年春雷激荡，春暖花开的时候，这些枯叶便化作肥沃的泥土，滋养着新生的幼苗。

村里老人们都说，明年的收成会更好。

回忆篇

2017年8月1日 多云 19℃～ 29℃

遥想当年

对第一书记来说，农村就是战场，群众就是战友，贫困就是敌人，扶贫就是战斗。能真正体会群众疾苦，融入百姓之中，并投身到习总书记带领的这场轰轰烈烈的伟大扶贫事业中，同样是一场啃硬骨头的攻坚战！

今天是八一建军节。

坐在村办公室内，窗外的国旗迎风招展，菜地里一小片正在拔节的玉米随风摇曳，墨绿宽大的刀型叶片交织在一起，发出一阵悦耳的唰唰声。微信里满是庆祝建军节和习主席沙场大阅兵的内容，正在服役的和曾经当过兵的战友们，以各种形式庆祝这个属于军人的节日。自己当年以中校军衔告别军旗，一晃3年过去了，内蒙古军区部队原有体制已在新一轮军改大潮中不复存在。不破不立，大破大立，没有悲壮就没有崇高，不改革军队就无法生发更强悍的战斗力。回想自己曾将最美好的青春年华洒在内蒙古八千里边防，洒在莽莽森林、无垠草原和浩瀚戈壁，成就了人生中一段刻骨铭心的如歌岁月，内心难以平静。

歌声。此刻无言，只有歌声能表达一切。

“天边有一对双星，那是我梦中的眼睛。心中有一片晨雾，那是你昨夜的柔情。我要登上，登上山顶，去寻觅雾中的身影。我要跨上，跨上骏马，去追逐遥远的星星，星星……”此时此刻，耳畔首先回响起《天边》的优美旋律，出生在伊敏河畔的蒙古族音乐家乌兰托嘎舒缓深情的演唱，把昔日的蓝天白云、星辰大海、雨露草地缓缓送入心田。往日时光不再，何处追寻？如潮情感却如封坛老酒，历久弥珍。

在这样一个特殊的日子里，国门与哨兵、界碑与草地、巡逻路与敖包、哨所与孤独、士兵与爱情、牧民与酒、蒙古包与蓝天白云、戈壁滩与沙尘暴，如跳跃的音符不断在我脑海中闪现，点点滴滴，历历在目。

火热的新兵连

“十八岁十八岁，我参军到部队，红红的领花映着我开花的年岁，虽然没有戴上大学校徽，我为我的选择高呼万岁。生命里有了当兵的历史，一辈子也不会感到懊悔。”这首《十八岁》，是我们走入军营学会的第一首军歌。无论你当兵多久，新兵生活是最难忘的，这不仅代表着苦和累，更主要的是要完成心理上的适应，生活方式的重塑，完成从社会青年向军人的艰难转变。

1990年12月，我和其他战友一道被一列遇站就停的闷罐车拉到满洲里，军旅生涯正式拉开大幕。这是一座边境小城，当时人口不足3万，主要由东西向5条街道组成，有人这样形容满洲里的袖珍形象：两个公园一个猴，一个警察看两头，一把瓜子吃到头。那时苏联正酝酿着土崩瓦解的重大事件，而满洲里市距国门仅9公里，全团上下全时战备，以防边境地区出现突发事件。在这样的大背景下，我们这一批新兵必须抓紧时间进行高强度的训练，以尽快补充到边境一线连队，形成战斗力。为整好内务，我们凌晨4点多钟起床，把被子铺到冰冷潮湿的走廊通道压平折齐，捏出棱角；为站好军姿，班长让每个新兵棉帽反顶，衣领扎大头针，肩头和两手贴腿处及两膝并拢处夹上棋子，一动不动保持立姿不少于2个小时；为5公里越野成绩达标，早起或熄灯前后绕操场一圈接一圈跑到精疲力竭；为练好战术动作，拿支木枪在冰天雪地的操场没有尽头地匍匐前进；为锻炼快速反应和集结能力，从来看不到笑脸的班长一晚上能拉动7次紧急集合。最难熬的是“冷”，12月的满洲里滴水成冰，中午阳光最充足时仍零下20℃左右，早晚零下30～40℃稀松平常，早上出操回来，棉帽上全是哈气结成的冰疙瘩，皮革材料的武装带冻成半圆状无法对折。白天训练基本都是在冰雪上进行，戴着皮手套却依旧冻得失去知觉，连56式自动步枪护木都握不住，瞄准训练时只顾准星缺口和目标三点一线，脸颊一不留神贴上枪支机匣盖就会沾下一块皮肉。经历过那段时光，我才真正感悟到，人的潜力是无限的，没有什么苦吃不得，人们总是习惯性地在困难面前找借口原谅自己，而在近似冷酷的军营里，能快速学会该怎样成长。

新兵的转变是由内及外的，某种程度上说，是一种“苦难”的历程。军校毕业之后，在每年12月份北疆冰封雪裹的隆冬时节，我们都会到站台上挥泪送别那些已经摘下领花帽徽军衔依依不舍的退伍老兵，敲锣打鼓接回对军营充满好奇，探头探脑四处张望的新兵。每当看到这些来自天南海北，一张张充满稚气的面孔，自己的新兵生活总是不由得在脑海中闪现。踏入军营，这种短暂的热情氛围和好奇新鲜在吃完下车后的一顿面条之后就立刻消失了，代之以严格正规的养成训练。兵舍内擦拭得一尘不染，所有物品摆放标准都是直线加方块，卫生评比流动红旗每日择优悬挂。对士兵则要求站如松，坐如钟，举手投足干净利落，出来进去要请假报告，走在路上是标准的齐步走动作，甚至去卫生间都要报告并规定时间。每日的操课安排得相当紧张，起床、早操、整理内务、洗漱、早饭、操课，一直到晚饭后学习或唱歌、点名、就寝、夜间站哨，基本上没有个人自由支配的时间。即便在兵舍内，也要留心随时可能响起的集合哨声，必须着装整齐并以最快的速度跑到室外集合，这个时候要的是速度，因为动作稍有迟缓的班，会受到连值班员的严厉批评，班长的心情更决定着全班新兵的心情。

军人以服从命令为天职。新兵生活中，喊得最多的是“到！”“是！”和“一、二、三、四”，要求气发丹田，声音洪亮。喊不标准的兵，班长会给你示范，然后让你面壁喊到标准为止。这种严格的看似“无情”的训练，才能成就和锻炼一名军人雷厉风行、令行禁止的作风。条令和纪律是最好的“试金石”，每年部队都有或多或少的退兵，那些经受不住艰苦环境和紧张训练生活考验的男女青年，在被遣送回原籍的同时，也为自己的人生留下一段难以对人言说的“印迹”。

新兵训练结束的标志性科目是手榴弹实投和实弹射击。3个月后，在巍巍国门旁的宝石山靶场，我用5发子弹打出了50环的最好成绩，斩获从军后第一个荣誉：连嘉奖。那一天，阳光普照，天蓝地净，白色冰雪如玉脂般晶莹剔透，凛冽的寒风也变得轻柔起来，几个月训练的疲惫和辛劳一扫而光。那一天，军旗猎猎，歌声震天，高大的国门熠熠生辉，火车的汽笛格外响亮，当一个好兵，做一名真正军人的梦想在心底升腾。从此，我喜欢上了扣动扳机，子弹出膛的感觉，沉稳平静，人枪一体，果断击发。枪口所指处，目标环中洞穿，声音清脆悦耳：

“砰——”

北山哨所

“阿木古郎，阿木古郎，大街小巷牛粪成行，十盏路灯九盏不亮，大风一起尘土飞扬……”。军校毕业的时候，我被分配到巴尔虎草原深处的小镇阿木古郎——内蒙古军区原边防某团团部所在地。那是1996年7月的一天，我和其他3位战友一起来团部报到。

我们从海拉尔长途客车站分乘两辆大轿车，向170公里外的新巴尔虎左旗阿木古郎镇进发。车辆一前一后驶出市区，如两叶轻舟一头扎入茫茫草原的无边绿色海洋之中。路况非常不好，走的是车多了便成了路的草原自然路，大轿车年久失修，吱吱呀呀的声音如同一个初学马头琴的孩子拉出的不成旋律的曲调。有水的低洼处车轮原地打转就得下来几个男人推车，没水的地方尘土飞扬，在车内四处弥漫，每个人都被弄得灰头土脸。中午在一个叫莫达木吉的苏木吃饭休整，直到暮色苍茫时分，满车疲倦热切的双眼才望见小镇时隐时现的灯火。

不足2万人口的阿木古郎镇坐落在巴尔虎草原腹地，小镇只有东西向一条水泥马路，西段北侧基本是铁栅栏围起来的部队营房，东段北侧是旗委政府机关，马路南侧是商店饭店和蒙汉杂居的居民。小镇说小也不小，不知哪位高手总结出来的一句名言："上有天堂下有苏杭，除了北京上海就是阿木古郎。"或许在人迹罕至的草原深处居住的牧民心中，阿木古郎就是传说中梦幻般的香格里拉。有一年我陪同北京军区一位首长视察军分区边防部队，为打发长途行车中的寂寞，我在车上给他讲了一个笑话，说："一位大地方来的领导问草地上的牧民，是否去过北京？"牧民不屑地回答："海拉尔我都去过，北京算个啥！"满车人捧腹大笑。

弹药库历来是部队管控的重中之重。当连长带我第一次登上守卫团弹药库的北山哨所时，我不禁哑然失笑，天底下还有这么小的山？不过是位于团部西北方向2公里左右风沙积聚起来的小山丘，顶部是2间不足60平方米的兵舍，北面500米处是3道铁丝网围住的两排弹药库房，哨所和库房向北向西的铁丝网以外都是沙土地，再向西北延伸10公里处是只有2个喇嘛的甘珠尔庙，东面和南面都是小镇居民，与哨所隔铁丝网相望。我就在这个虽不起眼但责任重大的小哨所任排长坚守了1年。白天留下2名哨兵、携带2支冲锋枪执勤放哨，我带着另外8名战士回到团部院内的连队组织正常操课训练，晚饭后再带着战士们回哨所执勤，日子虽充实辛苦却也平淡无奇。生活就是这样，长久的平静未必是好事，往往会酝酿出意想不到的问题。

1997年3月，南方早已是花红柳绿，一片春意盎然了，塞外阿木古郎依旧冰封雪裹，风如刀割，室外执勤的士兵仍是从里到外一身厚重的军服。那天夜里，战士们像往常一样进入梦乡，室外2名哨兵在库区游动巡逻。凌晨1点多钟，头顶的警报器突然警铃大作，刺耳的喇叭声划破乌云翻滚的漆黑夜空，又被呼啸的西北风传送到铁丝网围墙外面。出事了！警报器的喇叭只有团机关人员进入弹药库关闭不及时才会发出声音，深更半夜鸣叫只能传达一个信号：库区有情况！平时一直紧绷的安全之弦此刻极速扩张，我迅速蹬上棉裤棉鞋穿着衬衣带着枪冲了出去。外面伸手不见五指，显然哨兵也发现了情况，手电筒在库区门口晃动，库区的几只狗在西北方向狂吠。我和他们会了面才知道，他们是听见警报器和铁丝网响动才跑过来，我们马上打开铁丝网大门，在四五级西北风的吹扫下，两个人的脚印尚清晰地印在沙地上。我马上命令领班哨兵进库区查看库房，另一名哨兵从东南、我从西北迂回向北包抄，查找库区内是否有可疑人员，但因天黑风急，搜寻无果。万幸之至，库区安然无恙。这里有一个细节令我至今记忆犹新，就在警报器大声鸣叫，我冲出房门后，我的8名可爱的士兵兄弟仍在继续“酣睡”，正在执勤的哨兵也感到了莫名的害怕，惊惧的眼神游移不定。我决定亲自带队执勤，当夜由1995年入伍的哨所班长守东南方向，我守西北方向，有情况鸣枪示警。就这样，我们在呼啸的西北风中，早已忘记了寒冷，利用地形或潜伏或游动，仔细辨别哪怕任何一点可疑的声音，直至天明。

西蒙娜·薇依有云：“所谓勇气，就是对恐惧的克服。”从那时到现在，我一直理解战士们面对生死考验时的恐惧心理。孟子说，要集义养气，义是要积累的，气是要靠养的。军人的勇气也不是天生的，他们只是一群十八九岁的孩子，同样需要在特殊环境下艰苦历练。影视剧里战无不胜、攻无不克的天兵神将，是编剧在歌舞升平和太平盛世的环境下臆想出来的。古人云：“知耻而后勇。”勇敢不等于鲁莽，自有大义在里面，所以人们说“勇”字就是男人头上戴着花冠。1275年，潮水般的元军投鞭渡河，一路呐喊着挥刀杀进长沙，位于湘江西岸幽静的岳麓书院也未能幸免于难。令后人动容的是，为保卫家园，书院几百名学生，面对蒙古人的铁马弯刀，毫不畏惧，奋起战斗，血染湘江，城破后大多数人自杀殉国，这是何等的壮烈，虽死犹荣。这群终日只读圣贤书的文弱书生，看似手无缚鸡之力，却内心强大，慷慨赴死。钢刀可以劈倒形体，但他们坚守的心灵和道德高地，旗帜高扬，从未失败！

1年后，2名犯罪嫌疑人在地方再次作案时落网，交代了曾企图到团弹药库盗窃枪弹的事实，终因我们看管严密而没有得手。

阿木古郎是蒙语，译成汉语意为“太平”。

克鲁伦河畔的月光

“古老神奇的克鲁伦河，从这里缓缓流过，深情地滋润着茫茫草原，载着多少美好的传说……”大草原是歌的海洋，蒙古人喜欢用歌声表达内心的情感，歌唱河流、草原和蓝天白云，歌唱长生天和神圣的宝格达山，歌唱骏马、骆驼和绵羊，歌唱爱情和美酒，歌唱一切他们认为应该歌唱的东西。发源于蒙古国肯特山东麓的克鲁伦河，在中游乌兰恩格尔西端进入我国，流经新巴尔虎右旗，最终东流注入呼伦湖。克鲁伦河的高贵之处，就在于两岸丰美的水草哺育了成吉思汗所出生的蒙古乞颜部、塔塔儿部以及弘吉剌部等原始部落。幼小的铁木真从这里成长壮大，并由此开始策马扬刀，实现统一蒙古、征战欧亚的宏图伟业。成吉思汗曾说：“斡难河、客鲁涟河（克鲁伦河）、土兀剌河，是祖先为我们开辟的生息之所。”因此，波澜不惊、静水深流的克鲁伦河又成为蒙古人当之无愧的“母亲河”。

近距离接触克鲁伦河是在1997年9月，我奉命带领20名战士进入驻守在克鲁伦河畔的边防某连，参加中蒙边界铁丝网架设。内地正是秋高气爽、瓜果飘香的好季节，巴尔虎草原已经进入深秋了，日渐寒冷的西北风早已吹走大草原五彩斑斓的色调。湛蓝高远的天空下，辽阔的草地和山丘呈现出一片枯黄。牧民们已打完马草，在连绵起伏的草场上晾晒几天后，用机器将马草卷成圆柱状捆结实，然后把这一个个如同蛋糕店里肉松面包似的干草装上四轮拖拉机，突突突地拉回蒙古包旁垛好，作为牛羊过冬的草料。每天早饭后，连队派运输车把我和20名战士送到十几公里外的边境线，同时随车携带铁锹、钢钎、铁锤和镐等作业工具，再从炊事班拿上几暖瓶热水、1盆馒头和2盘咸菜作午餐，晚上太阳快落山时连队再派车接我们回去。一整天在室外的主要工作就是在边境线我方一侧，按照团边防部门规定的距离、口径和深度，挖好架设铁丝网用的水泥桩深坑，完成铁丝网架设任务的第一道工序。工作不复杂，也没有什么技术含量，需要的是体力、耐力和在艰苦条件下完成任务的决心。

日复一日的机械式辛苦劳动，战士们已经非常疲惫。负责接送的运输车因为白天还有其他任务，导致我们晚上收工也没有正点，披星戴月回来是常有的事。那时边防连队还没有通常明电，发电机只能保障到熄灯前照明用电，战士们吃过饭、洗漱完都早早休息了。连队的齐排长和我是同乡，在这方圆百里无人烟的边境一线地区，我们可以做挚友了，彼此的共同话题就多了起来。白天都忙于边境施工和执勤训练，在每个有月色的夜晚，到河边散步成了我们晚饭后必做的事情。

人生中很多美好的事情，都是事过多年之后才感觉到的，如同喝一杯咖啡，初尝全是苦，慢慢品味才感觉到荡气回肠的沉香，但以当时的心境却不足为奇。我们有时边走边交谈，更多的时候什么话都没有，只在河边默默地踱步。克鲁伦的汉语意思为“光润”，星月交辉，月色光滑如镜，四野万籁俱寂，人马无声。在这天赐的银色世界中，宽不足百米的克鲁伦河缓缓静流，转弯处或有鱼儿跃出水面，传出轻微的哗哗水流声。水面鱼鳞般细小的银色波纹隐现荡漾，如额吉手腕戴了几十年的银手镯发出的温暖柔和的光亮，随着弯弯曲曲的河道流向远方。河谷两岸地势平坦，远处的丘陵只能看见黑色的轮廓，草原笼罩在一片安详静谧之中。天地入眠，不宜大吵大嚷，不宜热情奔放，最适宜舒缓轻柔，柔软得像蒙古族少女丝滑在手的洁白哈达。如果有歌声，耳畔响起的也应是蒙古长调的低吟浅唱，或是摇篮曲的轻慢舒展。

静能生慧，静极能生大慧。据说，每当战神铁木真要进行一次大的军事行动，都要带上美丽的妻子孛儿帖来到水草肥美的克鲁伦，在其岳父弘吉剌部的德薛禅专门为他和妻子修建的“达翰尔朵”（行宫）住上一段时间。静下心来运筹帷幄，定下行动决心，然后发动起一次次狂风暴雨般震惊世界的军事进攻，创造了一个又一个的经典战例，把铁马弯刀狂飙式的战法推向人类战史的巅峰。其实，在克鲁伦河畔静静的月光里，在这位伟大军事家的心中，战争已经过无数次推演，胜负早已了然在胸。

天气渐冷，我们的任务也即将完成，战士们都在为即将归队而兴奋不已。这一天傍晚，连队派出的运输车照例在日暮时分到边境线接我们回营。下午5点多钟，天已经渐渐黑下来了，晚霞悄然隐去，太阳的余晖在天边勾勒出金色的美丽线条，沿着山丘的形状弯弯曲曲向两边延伸，一颗亮亮的大星子率先探头探脑地在西天上空闪烁，连绵起伏的草原慢慢变得模糊不清，远处的克鲁伦河变成清亮亮的一条白丝飘带。就在工具上车，战士们全部裹紧大衣在车厢坐好之后，车却出了问题。任凭司机怎样努力，就是打不着火，我们这些人也没有懂汽车修理的，只能眼睁睁地看着司机一个人车上车下地忙活。太阳留在天边的最后一抹亮光消失了，星星睁着惺忪的睡眼一个个陆续醒来，一轮金黄的圆月在草原尽头缓慢上升。司机的所有努力宣告失败，满手油污地提着扳手问我怎么办。

怎么办？其实我早就在思考这个问题了，指挥员最重要的职责就是决策，一个个方案在我的头脑中翻滚。那时候没有像现在这样方便的通信工具，领兵在外就得全权处置一切事务。派人回连队求援？往返几十公里，来回2个多小时过去了，且连队只有这一台运输车，小型指挥车一次只能乘坐5～6个人，来来回回就得折腾到半夜，这个办法不可取。弃车徒步回营？更不行！近两年受韩蒙朝三国政策影响，朝鲜人从东北越境我国，然后取道蒙古，投奔韩国的偷渡事件时有发生，此外还有非法走私和狩猎人员经常出入此地。更重要的是，军车是部队装备，决不能出现任何闪失。接下来只有一个方案，那就是把车辆推回连队！分析了一下地形，这一带地势较缓，回连队没有大的爬坡路，应该可行。

年轻人的激情是很容易被点燃的，简短的动员后，我把战士们分成3组，开始行动。明亮的月光下，十几条汉子甩掉军大衣，一声大吼，车辆缓缓地由慢到快移动起来，向着明亮的克鲁伦河方向驶去。若干年后，我每每想起这段往事，内心仍激动不已。十几公里蜿蜒曲折的巡逻路，整整推车跑了近3个小时，战士们跑累了就在路边歇一会儿，换下一波人再上，汗水早已湿透军衣，却没有一个人抱怨，没有一个人叫苦叫累。月光下，那一张张汗水蒸腾的年轻稚气的脸庞，是那样光彩动人。

那一晚，克鲁伦河畔的月亮又大又圆。

草原孤狼

1998年留在人们记忆中的，永远是那场滔滔肆虐的大洪水。这一年我已调入团机关政治处工作。

一碧千里的呼伦贝尔草原，近3000条河流纵横交错，大小500余个湖泊，可谓星罗棋布。驰名天下的呼伦湖和贝尔湖烟波浩渺，鸟飞鱼跃，乌尔逊河如银色的飘带一般，将两大湖泊连接在广袤无垠的大草原上。自入伍以来，我一直感觉草原上没有缺过水，河道交织密布，大多水较深，不熟悉地形的人根本不敢涉足。有一年3月份，团长带作训参谋从边防连队返回时，抄近路走虾米桥附近的冰面过乌尔逊河，结果连人带车掉入2米多深的水中，万幸的是在南方水乡长大的作训参谋反应机敏，在车辆下沉的瞬间，迅速砸开车窗，司机3人才得以逃脱。搞笑的是，团长前一天刚刚签发命令，全团所有连队人员、车辆一律不准从冰面过河。这位参谋是我的军校同学，事后我问他当时害怕没，他笑答逃命要紧，哪里顾得上害怕。

这样水草丰茂的地方，再遇上百年不遇的连日降水，于是乌尔逊河水汹涌上涨，草原上水洼遍地。6月份的一天，我和团汽车队司机小石下连队回来，见路边一个不大的水坑在翻花吐泡。小石也是在边防生活3年多的老兵了，我们俩抡起212吉普车的摇把，竟砸上来4条3斤多重的大鱼，民间一直有“棒打狍子瓢舀鱼”的说法，果然名不虚传。这一年，本就是车辆自然行走碾压出的草原自然路，被大水冲得七零八落，沟壑纵横，下连队回团里只能按大致方位走，好在草原上地势总体较为平坦，最终还是能找回目的地。

8月份，团里组织一线连队进行全面建设对检，团首长机关、各营连主官共9辆指挥车一起行动。这天傍晚时分，工作结束，车队沿边境线向一营部驻地新巴尔虎右旗阿拉坦额莫勒镇开进。连续一个星期的紧张工作，早起晚睡是正常的事，大家都在颠簸的车里打盹，东倒西歪，似睡非睡。忽然，司机小王发现左前方百十米处好像有一条狗在草丛中跑动，开始以为是牧民家的牧羊犬，可观察附近并无蒙古包，跟了几分钟后终于看清楚了，是一头狼！对讲机将此消息传遍车队时，这群疲惫的军人马上精神抖擞起来，没有比出现战机更让人兴奋的了。团长一声令下：追！于是，在开阔的巴尔虎草原上，9辆军车分南北两路成扇形开始包抄追击这头草原孤狼。这一片草原地势平坦，利于车辆机动，可对这头狼来说，天开地阔却无藏身之地，耳畔马达轰鸣意味着杀机四起。但这毕竟是头老狼，青灰色的皮毛，体形高大略显瘦弱，它没有惊慌失措全速奔跑，而是匀速前进以保持体力，不回头张望却能灵巧地不远不近保持与各车的距离，它对地形太熟悉了，利用草丛、石缝、沟坎、水洼等一切障碍物躲避车辆，草原终究是自己的家。天色渐黑，车队开启大灯继续包抄追赶，不知不觉早已偏离回营的方向，车队被老狼引入无垠的草原深处。狼不见了，漆黑的草原上只有汽车灯光在闪烁，各车相继陷入或大或小的水坑里，相互间也失去了联系。

现在想来，当年9辆车追赶1只狼，可能是军人想法简单，生性逞强斗胜，也可能是茫茫草原上长途行车无趣无聊找点乐子，再往深处考究，当然是人与自然不够和谐或者动物保护意识不强等原因。毕竟都在边防艰苦的大环境中生存，井水不犯河水，何来非得争个你死我活？但狼不是狗，狼行千里是要吃肉的，狼在大敌当前表现出的镇定、机智、泰然和果断，不能不让人佩服。而我们那天晚上行动的结果，只能用一个字来形容：惨！天黑定之后，车队开始在老狼引入的一片水洼处挣扎了。水坑小的地方，人还能把车推出去，水坑稍大一点，就得呼叫邻车过来用钢丝绳往外拖，车刚从泥窝爬出来却找不到回营部的路，多半对讲机又因频繁使用耗没了电，每个人都是军容不整，一身泥水。我们这个车带队领导是政治处王主任，他从入伍时就守在巴尔虎草原上，是名副其实的“老边防”，这回也没了主意。但他坚信，只要找到宝格德乌拉山，就能找回营部，此山海拔只有几百米，在茫茫草原上就像一个大土丘，回营部必从山前经过。这个时候也联系不上其他车辆了，只能想办法自救，在漆黑的草原上摸索着行走，最后车开上半山腰，手摸到裸露的石头后方确认出自己的方位。就这样，9辆军车直到凌晨1点多钟才陆陆续续回营。

老子曰：“人法地，地法天，天法道，道法自然。”古人讲天人合一，是说人要对大自然和自然界万物充满敬畏之心，积极去顺应自然，和谐共生。顿悟出正见。这次追狼事件后，团党委研究决定并在全团下发了严禁狩猎的通知，团长在全团干部大会上誓言：“违令者严惩，黄羊就是跳进锅里，你也得给我捞出来放掉！”平坦辽阔且水草肥美的巴尔虎草原，历来是黄羊生活迁徙的乐园，我曾多次在巡逻路上望见整群的上万只黄羊，如奔腾的黄河水在草原上快速流动。惯性使然，总有人以身试法，结果先后有7名打黄羊的边防一线营连干部受到处罚，非法狩猎之风才得到遏制。

2007年11月份，按照军区的统一部署，我到地处锡林郭勒大草原的边防某连蹲点，连长小崔说连队管段内有盘羊，但数量不详。我知道，这是草原上的珍稀物种，是国家级保护动物。谁知第二天我带队乘车巡逻时，刚出连队10余公里，就见5只高大肥壮的盘羊在距路边不足50米的地方一字排开，头上粗壮的羊角优美对称地自然卷曲，似在列阵接受检阅。我轻轻压住了年轻连长刚要抬起的枪口，车辆驶过，羊群优雅地转身，从容地跑向草原深处。

巡逻路上，我给官兵们讲述了孤狼的故事。

鸡冠子顶上的连队

伊木河这个名字，在许多人心里并不陌生。这个坐落在大兴安岭腹地、额尔古纳右岸，位于祖国版图鸡冠子顶部的小连队，虽毫不起眼地安卧在兴安岭的绿野长风和阵阵松涛中，但在90年代中期以后，其先进事迹屡见报端。连队曾先后3次荣立集体一等功，4次荣立集体二等功，被北京军区授予“模范边防连”荣誉称号，有数不清的先进典型人物，也有很多献身边防的烈士。在百度上随便搜索一下，有关这个连队的信息比比皆是。

能被评为先进典型，必有这个时代需要弘扬的伟大精神。2000年3月份，我被调入呼伦贝尔军分区政治部工作，开始近距离接触这个名声远扬的连队。说伊木河这个地方太苦了，很多夏秋季节去过的人不一定认可，山清水秀多好的地方啊，怎么能说苦呢！

先说春季。伊木河地处大兴安岭密林之中，当地民谚：“五月雪，八月霜，九月一片白茫茫。”一年仅80多天的无霜期，使春天形同虚设。当漫山遍野的山丹花、杜鹃花激情绽放，布谷鸟两短一长卖力歌唱的时候，已经是6月份了，冬天过去就是夏天，伊木河没有春天。

再说夏天。除了早晚凉爽一些外，正午的太阳毫无偏颇，绝不因为伊木河小而手下留情，照样把十足的热力倾泻下来，晒得你无处躲藏。这还算不了什么，5月份一过，大地萌动，草木吐绿，一种叫草爬子的血吸虫率先登场亮相。这种虫子虽无翅不飞，但在草木间爬行迅速，常在白天侵袭人体，是很多病原体的传播媒介和储存宿主，如病毒、细菌、立克次氏体和螺旋体等，还可引起继发性感染，甚至发展成脑炎等严重疾病，当地人谈之色变。随着天气炎热，蚊子、瞎蠓、小咬开始轮番上阵。蚊子是全天候攻击，不论何时何地都得防着，这种蚊子个大凶狠，如同河对岸人高马大的俄罗斯军人，能穿透厚厚的防蚊帽。中午天气一热，蜜蜂大小的瞎蠓围着人乱飞乱撞，嗡嗡直叫，人在外面手舞足蹈仍首尾难顾；太阳快落山时，小咬遮天蔽日而来，只要身上遮盖不住的地方都有可能钻进去，包括你的耳洞，叮上就是一个红点，有时一巴掌能打死二三十只，搅得你心烦意乱。有一年夏天，连队要盖几间蔬菜大棚，团刘政委高薪从莫尔道嘎镇请了几位工人来施工，半月后再来检查工程进度时，几个工人扑通一声跪倒在地："首长，求求你把我们带下山去吧，工钱我们不要了，这地方实在受不了！"

百姓说："长冬短夏挂个秋。"一个"挂"字非常了得，可以理解为"秋天可有可无"。天气正常的时候，每年9月份温度骤降，霜打红叶，山丁子、稠李子、红豆等灌木五彩斑斓，樟子松、落叶松、白桦林各树种尽展妖娆，整个兴安岭层层叠叠，落英缤纷，无论远望，还是近观都美不胜收。无须挖空心思构图找角度，相机随手一拍尽可收藏，但这样的好时节仅能维持十天半月。如遇不正常的天气，一场大雪落下来，便再无融化的可能，伊木河直接进入长达7个多月的漫长冬季。

冬天如果用一个字来形容，那就是"冷"。据气象部门测量的数据显示，伊木河最冷时达零下57℃。新兵入营时，连长警告说，如果谁要逃跑，一定要顺着电线杆走，这样有可能搭上便车，否则别说森林里的狼虫虎豹，零下几十度的严寒就能把你速冻成冰棍。新兵下连队时，老兵提醒说，冬天在外面撒尿得带根棍子，尿出来直接变成冰柱，边撒尿边敲，新兵就笑得不行，太夸张了。真的身临其境时才觉得，没有比老兵这种形容更准确的了。早上一出门，冷空气扑面而来，如千百根钢针同时扎向你一般，吸到鼻孔和嘴里，冻得生疼，洗脸水泼到地面，噗的一声，腾起一片白雾后马上凝结，随之手也沾到脸盆上了。冬季执勤主要是乘车和骑马，潜伏勤务搞不了，穿上棉衣防寒大头鞋，外面再穿一层纯羊毛的笨重皮大哈，在雪地里坚持不了20分钟就得起来活动，否则人就会被冻僵。严寒之下，通往伊木河的道路上鼓起一个个冰包，道路完全阻断，额尔古纳河凝固成冰雪世界，冰凌、冰坎、雪块纵横交错，伊木河成了茫茫林海中的"孤岛"。因此，第二年冰雪融化前几个月内所有的给养必须在封冻前全部运送到连队，否则官兵就有断炊的危险。有一年11月，连队拉给养的车在半路转弯处甩掉了两袋米，第二年4月份下山时，那两袋米还好好的丢在路边，伊木河的偏远可见一斑。

最难熬的还是寂寞。很多人都是在夏秋季节去伊木河，住上一两晚，感觉很新鲜，时间长了没有一个人可以待住的。有一年，从北京来了几位画家，跳下车一看兴安岭的金秋美景，激动地告诉团领导：“一个月后来接我！”结果连半个月都没坚持住。伊木河的寂静，不是随便哪个人都能享受得了的。官兵们说，在这里见陌生人比见珍稀动物都难。连队处在密林之中，鹿、狼、棕熊在巡逻路上出没，飞龙、野兔、松鼠、沙半鸡成群结队地走过哨所，原始森林的松涛千百年来反复吟唱着同一个曲调。况且森林没有草原那样开阔，伊木河三面环山，一水中流，看哪都是绿色，怎么看都是附近一两公里这点地方，无边的寂寞如同一张无形大网，弥漫、席卷直至将戍边官兵的激情覆盖湮没。有时执勤官兵抓获一两个非法狩猎或界河捕鱼的人，都让大家兴奋好一阵子。团领导担心官兵孤独寂寞压抑得太久精神上出问题，发明了“轻松周末”活动。就是每周六早上把战士们带到河边，让大家对着额尔古纳河尽情宣泄，大喊大叫甚至骂连排长、团长、政委，骂谁也可以，此时干部回避。

当雪消门外，花发江边，第一批人进山，瞬间点燃了这群久居深山年轻人的热情。此时连队比过年还热闹，喧天的锣鼓欢迎仪式结束，全连开始忙碌起来，通信员步履匆匆地传递连首长的一道道指令，炊事班有条不紊地奏响锅碗瓢盆交响曲，战士们换上整洁的军装清理卫生，就连整日望山看水不识愁滋味的军犬，也摇着尾巴兴奋地跟在客人身后，似乎在倾听山外的新鲜故事。

伊木河精神的可贵之处就在于，官兵们把在兴安岭樟子松顶风御雪、不屈不挠的精神植入自己的信念，把春天的生机勃发和欣欣向荣融入连队建设中，用汗水浇灌着属于伊木河的春天。他们自己动手改造训练、居住和生活条件，建设花园式连队；自导自演“伊木河之夜”系列文艺节目，丰富边关哨所文化；开垦荒地养猪种菜，丰盛连队的“菜篮子”。苦熬没出路，苦干换甘甜。有付出就有回报，一代代戍边官兵用实际行动，赢得了属于他们的荣誉、鲜花和掌声。

处在和平时期的人们，在为自己的“小家”如房子、车子、票子、位子奋斗的同时，无法理解这群戍边军人为祖国“大家”默默付出的一切。他们守卫在人迹罕至的森林、草原、大漠戈壁，在准星和缺口间审视着战争与和平，付出的是奉献和坚守，是忠诚和信念，是一去不复返的青春年华。从某种意义上说，这种牺牲带有一种悲壮色彩，也更加凸显新一代戍边军人的崇高和壮丽！

英雄胡杨

“遥远的海市蜃楼，驼队就像移动的山，神秘的梦幻在天边，阿爸的身影若隐若现。神秘的梦幻在天边，阿爸的身影若隐若现。哎，我的阿拉善，苍天般的阿拉善……”

到过阿拉善的人，基本都听到过《苍天般的阿拉善》这首歌。当浑厚醇美、音域宽阔的蒙古族女中音歌唱家德德玛的声音响起时，浩瀚无垠的戈壁沙漠，婀娜多姿的金色胡杨，居延海的弱水流沙，沙漠明珠般的月亮湖，南寺北寺的袅袅香火，重峦叠嶂的贺兰山脉，一泻千里的大漠风光，羌笛胡笳的凄美之音，一定会像云朵般从你眼前飘过，让你久久不能忘怀。

在最好的季节以最短的时间看最美的景色，阿拉善给游人们展示的都是梦幻仙境般的美好。

如果你读过唐代大诗人王维的《使至塞上》：“单车欲问边，属国过居延。征蓬出汉塞，归雁入胡天。大漠孤烟直，长河落日圆。萧关逢侯骑，都护在燕然。”尚能感受到西部边疆雄浑粗犷的独特风光，感受到戈壁、沙漠、湖泊等大自然原生态的壮美。如果你读过唐朝诗人王翰的《凉州词》：“葡萄美酒夜光杯，欲饮琵琶马上催。醉卧沙场君莫笑，古来征战几人回。”再读宋朝名将岳飞的《满江红·写怀》：“怒发冲冠，凭栏处，潇潇雨歇。抬望眼，仰天长啸，壮怀激烈。三十功名尘与土，八千里路云和月。莫等闲，白了少年头，空悲切。靖康耻，犹未雪。臣子恨，何时灭。驾长车，踏破贺兰山缺。壮志饥餐胡虏肉，笑谈渴饮匈奴血。待从头，收拾旧山河，朝天阙。”我想，你未必能够亲身体验到，但可能猜到了，边疆的荒凉、艰苦、寂寞和风雨，注定只属于一种人，那就是——戍边军人。

谁能长久地欣赏“天上无飞鸟，地上不长草，风吹石头跑”这样一种天地雄浑之大美？

在东部兴安岭，连队哨所都在山旮旯里，战士们极目四望，头顶一片天，四周除了树还是树，除了绿色还是绿色，生活简单重复，单调寂寞，让人倍感一种无法宣泄的压抑。在西部戈壁滩，连队孤零零地伫立在黑黢黢的砂石上面，无依无靠。一年四季，这里除了风沙还是风沙。人长久处在天地开阔的环境中，不仅感觉压抑，还会觉得自己无比的渺小，那是一种不可言说的卑微和落寞，似乎一不留神，就会被吹到天上或掉进地缝里。能和驰骋天地的沙尘暴比吗？漫天的黄沙抢天揭地般瞬间吞噬了一切，呼啸的飞沙走石吹掉了运输车的风挡玻璃，把军绿色的车身打成“花脸”，如同一只蚂蚁眼中对面开过来的列车，人自觉如一粒空中飘荡的沙尘。能和寂寥荒芜的戈壁滩比吗？走呀走呀，怎么也走不到头，如果不是太阳在天上明晃晃地照着，连方向都辨不出来，几公里外看一个人，还不如一块石头显眼。能和浩瀚无边的沙漠比吗？无垠沙海，峰谷相连，绵延不绝，风一起，整座沙丘都在移动，人从沙丘上滑下去，瞬间便没了踪迹。能和穿越时空的胡杨树比吗？胡杨树“千年不死，死后千年不倒，倒下千年不朽”，英雄树的称谓岂是浪得虚名？人生不过百年，随便哪一棵胡杨树都见过路过此地的先人，见证过几百上千年前这里发生的沧海桑田般的巨变。人只能与人比，可在这生命禁区，人又在哪里？

一个哨所，三五个兵，一两条犬。巡逻、站哨、做饭、看新闻联播、擦拭武器、睡觉，时间久了，大家一天不说话，也能知道什么时间干什么，在这里当兵就变成了“熬”。工作之余，变着法子打发时间，年轻人的好动和激情被单调的日子化解于无形。最先耐不住寂寞的是军犬，这是一条从首都某警犬基地配发到连队的纯种狼狗，来哨所服役1年多了，机警健壮，巡逻潜伏忠于职守，和军犬引导员配合默契，形影不离。军犬引导员快28岁了，好不容易找了个对象，家里人着急让他回家抓紧完婚，以免夜长梦多。连长指导员也不敢耽搁，以最快速度打报告请假，一直派车把他送到车站，才长出一口气，总算又解决一个“大龄青年”。引导员前脚一走，军犬开始躁动不安，然后在营院内外四处寻找，到通往外面的漫长砂石路上张望等待，最后不知疲倦地到无边的旷野里狂奔。那段时间，正赶上执勤任务重，战士们忙得只在吃饭时扔给它2个馒头，也没时间安抚这条犬。终于，这条出身高贵、见过大城市繁华的军犬，开始发疯了。战士们只得把它关在笼子里，向连队报告。连长心一横，含泪把枪口对准了无言的有功战友……

2500多年前，一个苍老的声音说：“上善若水。水善利万物而不争，处众人之所恶，故几于道。居善地，心善渊，与善仁，言善信，正善治，事善能，动善时。夫唯不争，故无尤。”

水是生命之源。在戈壁沙漠，水就是生命。

当我踏上清河口的土地时，四顾苍茫，内心一种酸楚和悲壮之情油然而生。某连驻地在清河口，这里既没有河湖江海，更谈不上水质清冽，方圆几百公里的沙漠戈壁横亘，每年7级以上大风要刮260多天，年均降雨量不足20毫米，是极度缺水地区，被联合国教科文组织定为不适合人类生存的“生命禁区”。官兵们这样命名，并非自嘲，而恰恰表达的是对边防的热爱，谁不说自己的家乡好，有苦自己咬牙咽下去，让微笑从心底浮上来，这是精神境界的一种超越。60年代，清河口缺水的问题曾惊动了中南海，日理万机的周总理专门派直升机给这里的官兵送水。找水打井一直是几代戍边人的梦想，可每次打出的都是牛马羊不饮的苦咸水，这里的官兵只能每天到百公里外的其他连队去拉水。即便这样，官兵们同样把仅有的一口苦水井命名为“甜水井”。戍边苦虽苦，可不说出来，就是甜。

2002年5月14日，连队19岁的战士张良，和3名战友徒步前往距离哨所17公里的界标处执勤，为救护中暑的战友，他把自己的半壶水让了出来，在独自返回哨所求援时天黑迷路，体力透支，入伍只有153天的张良牺牲在浩瀚的戈壁滩上，犹如一朵沙漠玫瑰，尚未激情绽放，就凋谢在茫茫沙海，化入莽苍大地。当天，地表最高温度升至59.7℃。人生短暂，许多人奋斗一生，未必能干成一件轰轰烈烈的大事。一个年轻战士仅此一举，已足千古！

如今，行驶在漫长的巡逻道上，不时能在巡逻路旁看到涂着沙漠迷彩的小屋，这就是上级为巡逻官兵修建的“风雨亭”，里面有简易床、液化气灶、矿泉水和方便面等生活用品。一座座“风雨亭”，就是千里边防的一道风景，就是茫茫沙海中的灯塔，就是守护戍边官兵安全的生命之舟。

人们说胡杨是英雄树，是说她性格的坚韧、生命力的顽强，戍边官兵依此总结出了“环境苦吓不倒，任务重压不倒，困难多难不倒”的“胡杨哨兵精神”。如被誉为“沙漠之舟”的骆驼，只做一个动作，在茫茫沙海中负重前行，不抱怨，不畏惧，就这样默默地一步一个脚印地一直走下去，不问也不去思考远方是路漫漫还是路迢迢。坚持到底就是胜利，说出来容易，想要做到真难。

我的一个军校同学李瑞强，入伍就在阿拉善边防连，军校毕业后又分配回连，别人都是一路升迁调走了，他转了一圈又回来了，一待就是6年。我问他为什么不换个地方，他憨憨地说：“在这里习惯了，再说我走了还得有别人来，岗位不能离人。”6年时间，李瑞强每年只有30余天探望父母的假期，父母在老家给找了个对象，只见了一面两个人就匆匆结婚。第二年有了儿子，妻子一个人上班带孩子照顾体弱多病的老人，在千里之遥的清河口哪能想回家就回家。结婚不到3年，这个家就实在撑不下去了，他把孩子托付给父母，自己又过上了形单影只的生活。他说结婚成家太麻烦，自己不会处理人际关系，还是一个人无牵无挂的清净。家门虽没撑起来，国门必须顶天立地。20多年的边防生活，岁月爬上额头，豪言壮语消失，内心的繁华和五彩梦幻早已被猎猎风沙打磨殆尽，他感觉自己普通得就是戈壁滩上的一块石头，只要部队需要，自己就应像胡杨树一样，不言不语地选择坚守。

他已经适应了边防纯净简单的生活，一直到去年干满营职最高服役年限，选择自主择业离开阿拉善到包头市买房置业，并与一位来自辽宁的大龄姑娘成了家，开始学习怎样在城市生活。

那一年冬天，我奉命到驻守在额济纳旗的边防团调查一起事件。一个星期之内，在640公里的腾格里、巴丹吉林和乌兰布和沙漠来回往返了4次，睁眼闭眼都是黑乎乎的戈壁滩，眼前都快出现幻觉了。返回呼和浩特市时，我决定换条路线，取道酒泉，然后从嘉峪关乘火车。正值隆冬时节，天寒地冻，火车如长龙般轰隆隆地在祁连山下穿行，山头是皑皑白雪，在阳光的照耀下银光闪烁，辉映天地，黑褐色的戈壁滩更显贫瘠荒凉。如同圣洁的白衣天使面前，匍匐着一个失魂落魄的流浪汉。我想起了我的同学李瑞强，以及那些数不清的和李瑞强一样驻守边关的战友，他们在风沙中列阵，气势如虹，在我眼前幻化成一棵棵屹立不倒的胡杨！

没有戈壁滩，就没有英雄胡杨树。清河口连队的荣誉室里，那一枚枚沉甸甸的奖章，在默默地诠释着“特别能吃苦、特别能战斗、特别能奉献”的“骆驼精神”。

历史应该为这些普普通通的官兵树碑立传！因为没有他们，就没有都市的繁华和乡村的宁静，就没有老人慈祥的目光和孩子甜蜜的笑靥！

八千里路云和月

2006年6月，我调入军区司令部军务处工作，舞台变了，生活开始在新的起点上运转。全新的工作环境处处充满挑战，以前在基层连队从事师团机关政治工作，现在开始接触军事管理，而且管理对象覆盖全区。一个地方的朋友问我，军务处是干什么的，我想了想告诉他，军务处全称应该是“军队日常事务管理处”。军队“三大条令”基本上成了我的口袋书，部队从早上起床到晚上熄灯，直至夜里士兵站岗、干部查哨，军务处都有职责管理。战时，战场管理更是重中之重。虽然当班排长、指导员时也在管理部队，但毕竟范围太小，军一级机关抓管理，不仅要身体力行督导检查，更要思考如何调动师团营连各级指挥员抓管理的内在动力。

广袤辽阔的内蒙古自治区，八千里漫长的中俄中蒙边境线，边防团和一线连队呈线状靠前配置。距邻国边界最近的连队不足百米，十几个军分区和上百个人武部点状遍布在118.3万平方公里的土地上，还有近百个各类保障分队和预备役部队，大到军分区和建制团队，小到三五个人的执勤哨点。东部莽莽森林，中部茫茫草原，西部浩瀚戈壁沙漠。管理对象不仅仅是人，有车船和武器弹药等各类装备，还有油料和各类军需物资，一线连队还编制有军马、军驼、军犬等等。当然，人还是部队管理的中心环节。

8年时间，我披星戴月地在各部队穿梭，每年100多天工作在基层，走了多少路程已无法统计。从呼和浩特飞东北部呼伦贝尔军分区驻地海拉尔需2个多小时，然后乘车800多公里才到达最远的伊木河连队；去西部阿拉善军分区需先飞至银川，然后乘车150公里到军分区所在地阿左旗巴彦浩特镇，再乘车穿越640公里巴丹吉林沙漠，在苏宏图边防营营部吃午饭，顺利的情况下至少需要13个小时，才能到达西部最远的边防团驻地额济纳旗，此地距最西边的清河口边防连还有320公里。

8年时间，只能用一个“忙”字来形容。现在回想起来，竟后悔没有挤出多少时间，认真看看5月兴安岭森林随处可见的红彤彤的山丹花，坐在晚风吹拂的大草原上看着大蛋黄似的太阳慢慢坠入地平线后留下万道霞光，流连呼伦湖贝尔湖居延海额尔古纳河的波澜壮阔，体味上善若水的真谛，到一望无际空旷寂寥的戈壁滩里走到洪荒天地间只有自己一个人，去蒙古包里与说不清汉话的牧人吃带血丝的手把肉、喝劣质白酒、唱跑了调的草原歌曲，在夜深人静时分走出营房看墨玉般穹顶的颗颗星斗明亮闪烁似伸手可及……

人在年轻的时候，总是不知道什么时候该停下来，留意一下人生旅途中遇到的诸多美好。知止，是一种情怀，更是一种境界。

管理者的责任重于泰山。可以说，军队管理工作的每一条规章制度，都是用血的教训换来的，违规与危险如影随形。但年轻的官兵就因为年轻、冲动、侥幸、蛮干等因素造成的事故屡禁不止，轻则装备损伤，重则人员伤亡，造成非战斗减员。一个没有月亮的夏夜，执勤小分队在中蒙界河边潜伏，返回途中，一名战士没有跟上队伍落入水中溺亡；诺门罕古战场，哈拉哈河岸边，和我一起入伍的蒙古族战士莫日根在架设通信线路时不慎掉入水中，连史上又增添了一位烈士名单；3月5日，连队派车送战士杨宝民到团部参加学雷锋演讲比赛，途遇暴风雪，车辆抛锚，司机徒步去寻求救援，优秀的年轻战士怀揣着演讲稿被冻成一尊雕像；风沙弥漫的戈壁滩上，一名人武部领导驾车慰问沿边牧民，返回时由于视线模糊冲下路基，车毁人亡，留下年迈的父母、无工作的妻子和正在上中学的女儿；胡列也吐20多米高的随连哨所顶部，一名战士认为连队干部对自己有误解，心中的郁闷无法排除，把手中自动步枪的枪口对准自己的头部，扣动了扳机；热闹繁华的城市夜，营区旁宾馆内，年轻男女战士私自外出谈恋爱，一言不合，女战士从宾馆四楼窗户纵身跳下摔成残疾……

当然，事故发生最多的还是车辆，全区部队每天需动用大小上万次车辆才能保证正常执勤训练和生活所需。车辆动用得多了，管控就会出现漏洞和死角，私自出车、超速行车、疲劳驾驶、酒后开车、带故障出车等，致使车辆事故居高不下。有一年，北京军区大抓安全管理，规定车辆单日行驶超过300公里的，必须报北京军区作战值班室批准。我打电话问："内蒙古军区怎么办？"上面请示领导后答复："内蒙古军区例外。"在其他地方，这个公里数可能要跨省了。在内蒙古辽阔的大地上行驶，区区300公里就算不得什么距离了。

虽然每一起事故的发生都有原因，但管理者永远在理性反思，审视每一起事故的根源，反复追问为什么发生，能不能避免？管理者思考的是如何在高标准完成任务的前提下，把事故发生率降到最低。和平时期，因为管理不到位导致事故案件甚至人员伤亡事件时，我们无法面对官兵亲人悲痛的泪水，这些事故反过来又严重影响部队的中心工作。安全教育，制定制度，严格奖惩，都是行之有效的举措，但关键还是管理者要实施不间断的检查督导。于是，军区开始组织一个波次又一个波次的安全检查，最有效的就是不打招呼的突击检查，部队的隐患和问题暴露得最多。在月明星稀的夜晚前往边防哨所，查看哨兵是否在位执勤；在风雪之夜出现在武器库门口，检查人员执勤和监控系统是否正常；熄灯之后进入驻城区的小散远分队，看是否有私自外出人员；沿途到人武部、干休所、预备役团，查看干部值班和武器管理情况……

三千个日夜抓管理，八千里奔波为平安。行走在内蒙古辽阔漫长的国境线上，我有过迷茫、有过痛苦、有过快乐，但从没有过后悔。事事如意只是人们的美好愿望，风雨相伴才是人生常态。

巡逻路草绿草黄，戈壁滩风沙依旧，胡杨林屹立千年。当兴安岭的松涛、居延海的波光、牧人的银碗、少女的长调、天边的蒙古包、雪白的羊群和雄鹰划过万里长天的矫健背影一起在脑海闪现之际，8年时光，该积淀为怎样的一种沧桑阅历?

永远的内蒙古军区

当我在村部办公室写下这篇日记的时候，秋天已经来临，漫天的金色秋风里，山川大地、草木庄稼一如黄金般高贵典雅，一派富丽堂皇。

没有人能与时间为敌。成吉思汗的铁马弯刀已经成为历史，只属于那个永恒的13世纪，锋利的刀剑无法与飞机大炮对阵，一代圣主勇往直前，征战世界的伟大精神在天宇间熠熠生辉。

老子曰：“兵者，不祥之器，非君子之器，不得已而用之。”

孙子曰：“兵者，国之大事，死生之地，存亡之道，不可不察也。”

1949年5月13日，根据中央军委命令，内蒙古人民解放军内蒙古军区改称中国人民解放军内蒙古军区，后来又先后改为内蒙古人民自卫军、绥蒙军区、蒙绥军区。1954年4月1日，又改为内蒙古军区，归中国人民解放军华北军区领导。1955年4月，内蒙古军区从华北军区划出，改为大军区，直属中央军委领导，乌兰夫任司令员兼政治委员。1967年5月，根据中共中央军委决定，内蒙古军区改为省级军区，划归北京军区建制。随着新军事革命浪潮的到来，2017年2月，内蒙古军区再次接受了大规模的改编，机关和直属分队减人撤编，执行新的编制，边防团队和预备役部队划归战区建制。战场上的胜负，主要看人与武器的最佳组合是否合理，一个机关臃肿、指挥和隶属关系不顺畅的军队，无法打赢一场信息化条件下的现代战争。那个我置身其中并战斗了23年的内蒙古军区，已完成自己的戍边卫国使命，如风过草原般渐行渐远。

草原上盛产一种伊拉岗花，俗名干枝梅，红的似火，粉的如霞，白的像云，一丛丛、一簇簇点缀如茵绿野。其可贵之处在于，饱经严冬风霜雪打之后，枝不折，色不衰，叶不落，枝干枯死后仍迎风傲立，不屈不挠，傲立雪原。这，不正是我熟悉的内蒙古军区的象征吗！

脱下军装，我并未感觉离开了内蒙古军区的战斗序列，只是工作岗位变化而已，我还是我，依旧行走在内蒙古辽阔的山川大地上，坚定的内心并未因环境变化而变化。62年前，一位伟人说：“农村是一个广阔的天地，在那里是可以大有作为的。”安徒生说：“如果你是一只天鹅蛋，放在养鸡场又有什么关系。”生活是富有戏剧性的，就像我对转业后的生活做过若干种设想，却从未想到过还能到农村基层任职。被日光暴晒，皮肤黝黑憨态可掬的民众，波涛般绵延无尽的群山，夜空中皎洁星月洒下的点点妩媚光辉，拔节般奋力生长的五谷庄稼，感觉既真实又如梦如幻。曾国藩说，君子处下则排一方之难，居上则息万物之嚣。对第一书记来说，农村就是战场，群众就是战友，贫困就是敌人，扶贫就是战斗。能真正体会群众疾苦，融入百姓之中，并投身到习总书记带领的这场轰轰烈烈的伟大扶贫事业中，同样是一场啃硬骨头的攻坚战！

“爱上你我走进你的身旁，穿过茫茫草原闻到那花香，额尔古纳流淌我青春的河，千年胡杨激励我意志如钢。守卫你我巡逻在边防线上，站在高高哨塔眺望那远方，座座界碑就像那战士的身影，伴着马儿听我把军歌唱。八千里边防大北疆，八千里征程军旗扬，八千里路啊云和月，给我使命也给我荣光，给我使命也给我荣光。”这首《八千里边防大北疆》，曾作为内蒙古军区部队的军歌被八千里边防的官兵深情传唱。那些爬冰卧雪、艰辛困苦而又平淡如水的戍边生活，早已与歌声一道，融入每一个戍边者的血液。

永远的内蒙古军区！

后 记

从我出生至今，差不多和我的父亲有19年的交情了。可是现在，我第一次要和他建立一种全新的关系，他是作者，而我是他的读者。当我坐下来再一次认真地阅读思考这些文字时，我发现自己很难做到客观地去评价这部作品，因为于我而言，父亲创作的过程本身就是一个故事。而此刻正在写后记的我更像是记录下这个故事的人。

父亲脱下军装是他人生中的一场“变革”。

父亲参军入伍的年纪和现在的我差不多大，所以他不曾体验过我们现在拥有的快乐与烦恼，他的少年模样与全部的青春都烙印着飘扬的军旗。在他性格里严谨、干练（并且固执、枯燥、单调）等很多的因素，包括到现在他都还保持着早上5：30起床的习惯，这些都是他在部队里养成的不可剥离的身体的一部分。

可以说，他的世界观基本就是在部队特殊的环境里建立起来的，那里有他炼剑成长的故事，有他全部的信念与骄傲。但是英雄总要有挥别战场的时候。脱去戎装，收剑入鞘，所有闪亮的勋章都将被封存，蒙上时间的尘埃，那些军歌嘹亮、军令如山的峥嵘岁月，将成为埋藏心底慢慢褪色的记忆和提起时嘴角向上扬起的一抹弧度。

地方的生活于他是陌生且未知的，他成了一个新手。我虽深信父亲完全有重新开展事业版图的能力，但仍不可避免地担心他不能适应，不能去热爱。那时他甚至从未去过电影院。

2015年，父亲去万亩滩任第一书记，并于同年开始动笔写这部驻村日记。

写文章，父亲并不是科班出身，也不曾有过专业的训练和扎实的基础。我看着他不断地反复尝试，一次次把写好的内容打散重塑，因没有老师系统地传授写作章法，便以书为师，进行大量阅读，甚至买了《尔雅》从零开始学习。这是一个以网络为生活载体，以手机为操控提线的时代，全球化流通的爆炸性信息量让人应接不暇，现代人在匆忙向前的脚步中变得更加急功近利。父亲却刀枪入库，马放南山，安心地在乡间月色与粗茶淡饭中将桌上的书籍越摞越高。他像是在驻守一座城堡。我不懂是什么让父亲在纷扰浮躁的社会中突然静了下来。他把一个个不起眼的乡民们当成著名的人物一样去粉墨装扮；他把农村那些或许人们早就习以为常的琐事当成重要的工作任务，也当成收集的珍贵藏品，细细品读；他把文字当成艺术品一样一次一次用心打磨推敲，并不断提出新的想法和要求；他把自己的热情与期盼深埋在这片荒凉的土地，执笔为犁，用汗水浇灌。我陪伴着父亲经历过文笔生涩、故事乏味的阶段，也见证过他灵感迸发行云流水的时刻。在不断的质疑与自我怀疑中，在文字翻来覆去的排列中，他像希腊神话的神祇一样推动着他的巨石，似乎总能有足够的耐心对待这些文字，终于呈现出了现在大家所看到的这部作品。

坦白地说，我出生在巴尔虎草原腹地一个名叫“阿木古郎”的小镇，从小接触的是蓝天白云、茵茵绿草、纯朴的牧民和云朵般的羊群，并跟随父亲的脚步从草原随军来到首府呼和浩特，对农村的事情并不怎么感兴趣。从小没有农村生活的经历也对农村缺乏认知，偶尔看看电视节目，被喜剧演员演绎的农村题材的故事逗得捧腹大笑，我想我们这一代人大多数也都不过如此。但在一次次地阅读、分析父亲写下的这些文字时，竟然觉得自己也同这些素未谋面的乡民们产生情感，心里勾勒出土默川平原上的一个小村庄，阡陌交通，鸡犬相闻。在人人山下这片荒凉的土地上发生的所有故事，它们的贫穷苦难抑或啼笑皆非都让我——一个成长在钢筋森林、天空四角的孩子大开眼界。年轻的人们更容易被霓虹绚烂、物欲横流的城市锁住视线，贫穷、饥饿、面朝黄土背朝天、粒粒皆辛苦、“可怜身上衣正单，心忧炭贱愿天寒”，这样的字句并不曾让我们停下脚步细想，但却并不代表它们远离我们的生活。

通过父亲的讲述，农村的形象不再停留在电视的荧幕上，更走入了我现实生活的世界中，真实可触，有血有肉，有阳光，也有阴影。或许说，这部作品对我的教育意义更大一些吧。

习惯了看父亲写那些逻辑严谨、条理明晰的总结报告，最初看到这部作品时，我惊喜于在他的笔下嗅到的初夏时野芳发而幽香，眺望到的星垂平野阔，我从未想过他写得出这样优美柔软的文字。在创作的这段日子里，父亲开始在下班后偶尔埋首于厨房像做化学实验一样鼓捣出各种他自己的原创菜（其搭配及口味令人惊奇与不解）；他每日带着小狗御风下楼散步，有时态度极其认真地批评教育我的小猫德芙淘气惹祸；他尝试去坐公交，带着相机去拍照，在新年的时候去热闹的市场上买年货。也许是他的写作需要观察生活，也许是在乡下任职工作让他变得更“家常”了。这么多年，他似乎从未如此认真地关注过生活，也前所未有地热爱着生活。他第一次打开内心，让世界走进来。直到此时此刻写下文字的我才发现这些改变原来是这么令我感动。

父亲1990年12月参军入伍，1999年生下我，2015年转业到地方工作。如今他每天晚上9：30就犯困，开始不能接受我们喜欢的流行歌曲，曾一度抵触微信付款并坚持使用现金支付。

他在慢慢变老。

不过，鬓微霜，又何妨。数风流人物，还看今朝。

他仍然让我期待。

张译丹

2018年1月10日